凪良汐

汝、星のごとく

宛如星辰的你

凪良汐
Yuu Nagira

簡捷——譯

目次

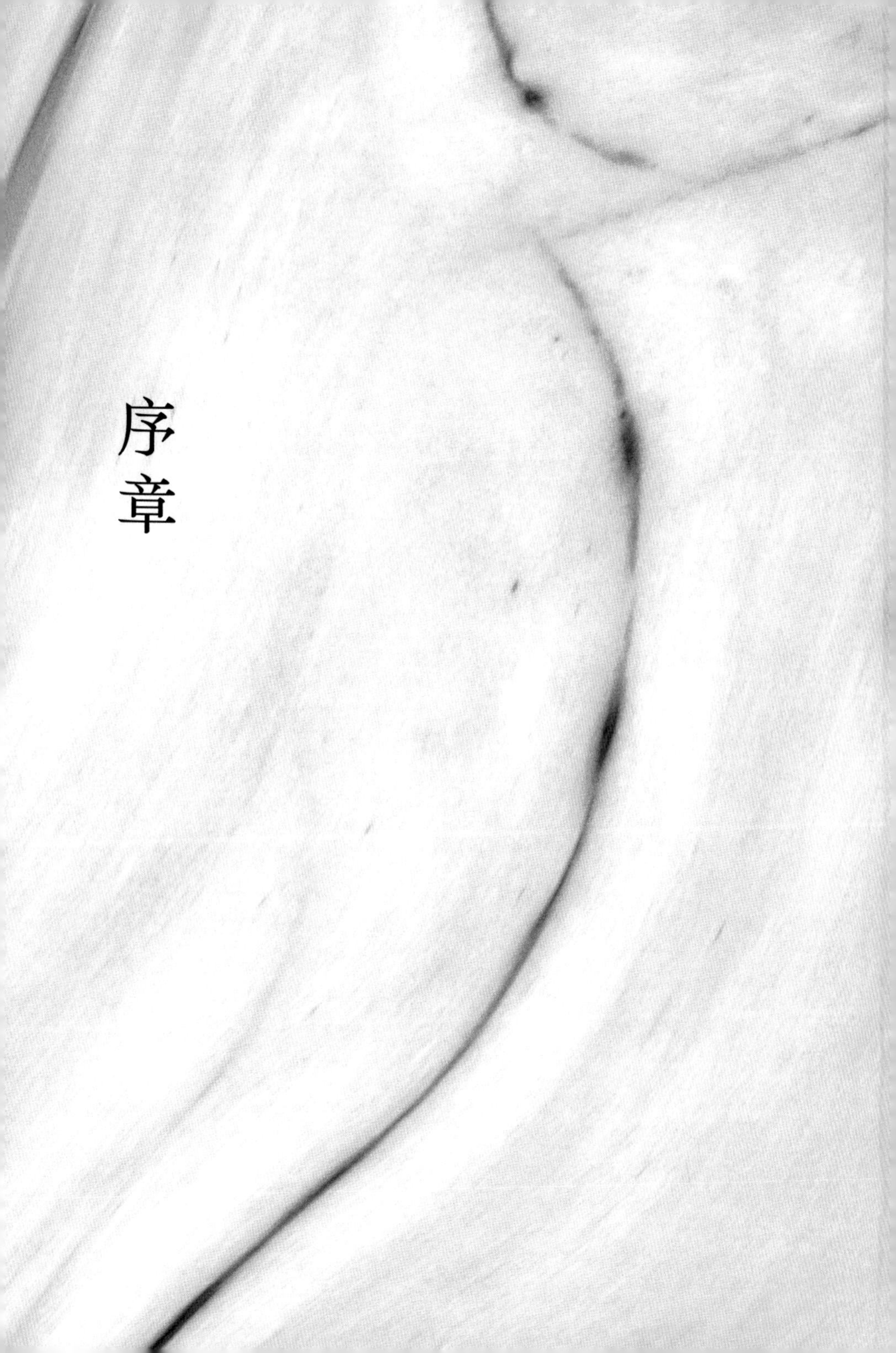

序章

每個月有一天，我的丈夫會去跟情人見面。
他在上車前看了看信箱說「有信哦」，把郵件交給我。
夏季的夕暮時分，我暫且停下澆花的手接過那疊郵件，混在帳單、ＤＭ廣告之中，有個書籍尺寸的厚實信封，從東京寄來的。寄件人是個陌生的名字。
「需要買什麼東西回來嗎？」
我回答「不用」，丈夫便點點頭，說他明天回來，然後上了車。
和他說了聲「路上小心」，我繼續澆花，手指按住水管前端，把水捏成一片薄膜，花灑前幾天壞掉了。對了，應該請他買花灑回來才對——我思考要不要打電話，很快又打消了念頭。
——在明天之前，那個人不是我丈夫。
我調整水管的角度，朝著上方噴灑水膜。
悶熱的橙色空氣中灑落一整片閃閃發亮的水珠，我看著這美麗的景象，等待不久後即將升上西方天空的金星。
——是晚星。
我閉上眼睛，傾聽仍殘留在鼓膜的那句話。
「天氣遲遲不轉涼呀。」

我回過頭，看見佐久間太太站在那裡，頭戴草帽、腳踩長筒靴，可能剛從田裡忙完回來。她推著堆滿蔬菜的單輪推車，黃瓜、茄子、南瓜、番茄。

「妳挑些喜歡的吧。還有這也給妳，是人家送的。」

她遞來一塊包裝精美的磅蛋糕。

「放在我們家會被爺爺吃掉，都跟他說血糖太高不能吃了，他就是不聽。曉海你們家都是年輕人，就不用擔心這個了。」

說著說著，小結嫩綠色的輕型車開進了庭院。

「阿姨好。」

小結打過招呼，轉向我說：

「剛才爸爸的車從我旁邊開過去。」

「他說今晚要去今治那邊。」

「這樣啊，那晚餐只要煮兩人份囉。啊，阿姨，這個我先收下了。」

她向佐久間太太點頭道謝，拿著裝蔬菜的籃子先進了家門。

「妳還好嗎？」

佐久間太太從草帽帽簷底下擔心地打量我的臉色。

「夫妻久了，難免時好時壞啦，妳要打起精神哦。」

「嗯，我很好。」

「……是啦，曉海妳可能是這樣沒錯。」

佐久間太太看起來有點掃興似的，又推著單輪推車回去了。

我澆完剩下的花，拿著收到的郵件回到工作間。今晚小結負責煮晚餐，我還能再工作一下。

在窗邊的椅子上坐下，我拿起放在繡架上的鉤針。這不同於一般的刺繡針，是法式鉤針刺繡專用的工具，珠子已經事先串在線上。在漆黑夜空般的布料上刺上施華洛世奇水晶，紋樣一點一滴浮現。仔細、迅速而精確地操作著鉤針的過程中，自我的存在逐漸淡薄，彷彿和一點一滴出現的美麗圖紋融為一體，一回神幾個小時就過去了。

但今天卻怎麼也無法專注，於是我拿起放在桌上的郵件，走出房間。

走向玄關的途中，聽見小結說話的聲音從廚房傳來。

「因為今天我爸不在。對啊，去今治那個人那邊。」

『你們家真的很不得了耶，正妻公認的外遇也太不正常了。』

她好像把智慧型手機開著擴音在聊天，也聽得見小結朋友的聲音，對話中混雜著菜刀切菜的規律咚咚聲，還有蒜頭的香味。

「我倒是很習慣了。」

『這就是最不正常的點啊。』

把兩人的對話留在身後，我穿著涼鞋走出家門。

八月的黃昏時分，天色遲遲不暗，我在震動空氣的蟬聲中前行。不遠處有間小雜貨店，太太們坐在供人休息用的長椅上聊天。經過那裡的時候，我們彼此只點了點頭，像不同生態的魚一樣擦肩而過。

——沒想到北原老師居然也搞外遇。

——畢竟之前曉海也很誇張。

——那時候還真虧北原老師有辦法原諒她。

——他一定無法原諒，所以才在外面找了女人。

流言在島上傳得甚囂塵上。在這座娛樂稀少的小島，我們家的內情就是島民共同的、現在進行式的「即時娛樂」。

視野遠方，能看見銀色的海映照著夕照。這時間的海面平穩，也幾乎聽不見潮聲。我沿著平緩蜿蜒的海岸線走，對向有輛雙載的腳踏車騎了過來，我看見高中母校的制服。男生踩在後輪腳踏桿上，手扶著踩腳踏車的女生肩膀。髮絲在風中翻飛，笑聲被海風吹散，兩人從我身邊通過。

看著遠去的制服背影，我回想起正午陽光照耀的高中走廊，就連身穿學校指定白襯衫的人群當中，不經意掠過鼻尖的酒香都如此鮮明。

第一章 潮騷

青埜櫂　十七歲　春

「你喝了酒？」

我抬起視線，和幫我撿拾掉落講義的女生四目相對。同年級的井上曉海——之所以知道她的全名，是因為這座島上的高中一個年級只有三十人左右，和我去年前在京都念的高中完全是兩個世界。我裝作沒聽見提問，當場離開。

她看起來那麼正經，卻聞得出酒味？走回教室的途中，我有點意外地想。沒染過的及肩黑髮、曬黑的肌膚，乾燥的嘴唇也沒塗唇膏，看起來完全沒打扮。並不是那個女生特別土，島上的學生全都差不多。看到一年級生戴著南瓜形安全帽上學的時候，那種純樸感濃厚到讓我大感震撼。

我收拾東西準備回家，這時口袋裡的智慧型手機傳來震動。

「放學了跟我說。」

是母親傳來的訊息。

「放學了，怎麼了？」

「今天魚很便宜，你到漁港這邊來。」

雖然回了她「好麻煩，我才不要」，但這一句已經不再顯示已讀，我咋舌一聲。今天上半天課，我不太情願地走在陽光毒辣的濱海道路上。

「櫂，這邊——櫂——、櫂——」

站在忙著卸貨的大叔、島上來買魚的婆婆媽媽之間，穿著輕飄飄淺桃色洋裝的女人朝我揮手。

「真是的，讓人家等這麼久，我沒帶防曬出門耶。」

「是妳突然叫我出來的吧。」

搬到島上已經過了一年，但母親和我都改不掉京都腔。我是因為沒有親近的朋友可以聊天，但母親單純是為了受男人歡迎才刻意這麼說話。

「家裡明明只有兩個人，妳要買多少啊。」

交到我手中的塑膠袋裡，塞了滿滿的冰塊和魚。

「我想說做成生魚片給客人吃呀。」

「生魚片這種東西，島上的大叔早就吃膩了。」

「是嗎？可是人家很喜歡耶。」

認為自己喜歡的東西，對方也一樣會喜歡，說好聽點是純真，說難聽點就是自我中心。這種典型的女人就是即使一開始覺得可愛，到最後也會被男人嫌棄。

「你好，天氣很好呢。」

母親跟經過的島民們打招呼，大叔們色瞇瞇地回應，大嬸們則露出徒具表面的禮貌笑容應付。母親是這座島上唯一一間小酒店的媽媽桑。

我家是單親家庭，聽說父親在我出生後不久就得胃癌死了。母親是個片刻沒有男人就活不下去的女人，從我懂事以來總是頻繁看到男人進出家中。這一次她也是追著在京都認識的男人，搬到瀨戶內海的這座小島上來。據說他們約好了要結婚，但誰知道呢？身為兒子的我敢斷言，這傢伙不是能放心託付家庭的類型。

島上也有居酒屋，但沒有其他明目張膽把女色當作賣點的酒店。和島上肌膚曬成健康小麥色的女人相比，白白嫩嫩又說著軟糯京都腔的母親是一種異類，我身為這種女人的兒子也同樣是異類。我好想快點脫離這個地方。

回到家，之前下訂的酒已經送到了。我把放在店門口的瓦楞紙箱搬進屋內，比對著訂購明細一瓶瓶收進酒櫃。和平常一樣的威士忌、啤酒、燒酒。

酒類和小菜的進貨和庫存管理，從國中開始就由我負責。一開始是因為當時母親正在談她口中「絕對是最後一場的戀愛」，把酒店事務丟著不管，我迫於無奈只好幫忙。結果她被男人拋棄，「最後的戀愛」無疾而終，只有我幫忙管理酒店這件事理所當然地繼續下來。

「櫂，幫我刮魚鱗。」

「自己刮，妳不是很喜歡生魚片嗎？」

「喜歡歸喜歡，可是魚鱗好噁心。」

我說著「真拿妳沒辦法」走進廚房，要母親讓開，拿菜刀從魚尾逆著生長方向一點一點刮到魚頭，淺灰色的魚鱗噴得不鏽鋼流理臺到處都是。

「謝謝你，櫂。雖然嘴上這樣說，你還是都會幫忙，真的好溫柔哦。」

我把魚鱗全部處理乾淨之後，母親從後面抱了上來。「好啦好啦。」我甩開她，回去繼續管理庫存。請不要用對男朋友的態度對待兒子。

「唉，好想交到朋友哦。」

聽見她喃喃這麼說，我回過頭。

母親彎著腰從側面看著魚，一點一點切下鯛魚肉，把形狀破破爛爛的生魚片排列到方形底盤上。她維持著這奇怪的姿勢繼續說：

「我跟到漁港來的人搭了話，但大家也只願意跟我聊天氣。」

那當然。要是有著正經來歷的移住居民就算了，對於一個追著男人搬到陌生土地的酒店媽媽桑，島上的女人怎麼可能輕易敞開心胸。再加上母親也拿捏不好距離感，會在初次見面的時候突然聊起情人曬恩愛，把對方給嚇跑。

「我從以前就交不到女生朋友，到底是為什麼呢？」

「不是因為妳活著從來不思考嗎？」

「好過分哦——人家明明就想了很多。」

都三十幾歲的人了還用撒嬌的語氣說話，這也讓同性很不耐煩吧。我隨口應著她的話，這時店門打開了。

「阿煌。」

母親的注意力瞬間轉移到戀人身上。這點也是啊，我心想。她總是把男人放在第一順位，對於女性友人的約定出爾反爾，親手毀了友情。

「阿煌，怎麼了呀，今天來得特別早。」
「因為我很想見到穗乃香妳呀。」
阿煌在隔壁島的造船廠工作。他老家在東北，震災發生之後開始到外縣打工賺錢，到京都工作的時候結識了我母親。
「今天有很好的黑鯛，做成生魚片了，你要不要吃？」
「要，妳煮什麼都好吃。」
「我最喜歡阿煌了。」
這種時候，小孩子只能徹底不聽不看、保持沉默。我從電鍋裡把飯盛進碗公，隨便堆上破破爛爛的生魚片，直接淋上醬油，擠上軟管裝的芥末，配上沖泡的味噌湯。無視他們兩人在旁邊你儂我儂，我坐在吧檯把飯吃光，立刻撤退到樓上。
我家一樓是店面，二樓是住家。過一會兒，樓下傳來卡拉ＯＫ的前奏，阿煌總是唱Mr.Children的歌。母親一定在吧檯邊撐著臉頰，陶醉地凝視著戀人吧。
——這一次一定要長長久久啊。
這是我由衷的願望，我已經厭倦了在母親每一次被男人拋棄、抓著我哭得不成人形的時候照料她。我戴上耳機，遮蔽業餘演唱的雜音，啟動筆記型電腦，打開尚人郵件裡的附加檔案。
——啊，好厲害。
我瞬間掉進另一個世界，原本只存在於我腦海中的故事變成了繪製好分鏡的漫畫，在螢幕上躍動。這種震撼和感動，初次看見時總是讓人熱血沸騰。我興奮難耐地跳著讀完，第二次則以原作者的視角仔細捲動頁面。

兩年前，我和久住尚人在投稿漫畫、小說的網站相識。我寫小說，尚人畫插畫，我們一開始只是互相按讚的關係，但有一天尚人主動聯絡我，說想把我的小說畫成漫畫。我本來就喜歡他的畫風，完成的漫畫也比想像中更帥氣，而且最讓我有好感的是，尚人非常尊重原作。

常見到原作和作畫組成搭檔，卻因為理念不合而吵架分開，這是因為故事的核心在原作者身上，而漫畫的核心在作畫者身上。雙方以同等力道拉扯、繃緊繩索的狀態是最理想的，一旦其中一方力有未逮，作品本身便會逐漸塌垮。尚人就連小細節都會一一跟我確認，所以我也才願意把故事交託給他。我和尚人的作品在網站上獲得好評，士氣大振的我們順勢投稿到大型出版社的少年雜誌，結果卻落選了，就連鼓勵獎都沒拿到。在我們灰心喪志的時候，接到了同一間出版社青年雜誌編輯的聯絡。

——你們的漫畫比較適合青年雜誌。

姓植木的編輯這麼說，似乎是我們投稿的少年雜誌編輯告訴他「這組新人不錯，但還是更適合你們那邊」，因此把原稿交給了他。即使內容足夠優秀，根據讀者層不同也可能無法觸動人心——聽他這麼說，才發現這是我的盲點。

從那之後，植木先生開始幫忙審閱我和尚人的作品，去年根據植木先生的建議修改完成的投稿作品獲得了青年雜誌的優秀獎。植木先生自此正式成為我們的責任編輯，現在我們三人正一起為了取得連載名額而努力。

——你以後要當職業漫畫家嗎？

——有夢想真好。

這在當時京都的高中掀起了一些話題，但我自己從來沒有過什麼夢想。母親每次一為男人著迷就遺忘兒子的存在，為了跟男人見面，把還是小學生的我一個人丟在家裡也是家常便飯。

母親從以前就在酒店工作，因此我已經很習慣一個人顧家，卻無法連著寂寞感一併習慣。孤身一人的夜晚，我逃進漫畫的世界裡。跟朋友借、在附近的舊書店站著閱讀，怎麼讀都讀不到盡頭的假想世界安慰了我，允許我得以逃離現實。對我來說，故事不是夢想，是把我帶離現實的必要手段。

慢慢地，我也開始自己在筆記本上繪製簡單的漫畫。但我似乎沒有繪畫天分，為了快點讓充滿腦海的世界成形，寫出的對白越來越多，後來的創作就越來越偏向文字。

尚人說他正好相反，單純只想畫自己喜歡的場面，無法把它們組合成一個故事。只寫得出故事的我，以及只會畫圖的尚人——「你們都不完整，所以能夠互相彌補彼此缺少的部分，如果是你們的話一定能發揮出超越 1+1 的效果」，植木先生這麼說。

我不太明白。欠缺對我來說只意味著痛苦和寂寞，為歪曲的事物賦予特有價值的永遠都是他人。

兩首歌之間的音樂中斷處，微微傳來阿煌唱 Mr.Children 的聲音。我把耳機按得更緊以遮蓋噪音，拿起放在三層櫃上的威士忌倒入馬克杯。酒瓶上用快沒墨水的白色馬克筆寫著「阿和先生」，是不再來店的客人的酒瓶。我沒兌水便直接喝下，酒我從國中的時候就開始喝了。

——跟那個人一樣的喝法呢。

據說我的生父也喜歡純飲。「這樣對身體不好哦。」母親只形式上責備了一下，從此以後都裝作沒看見。或許是自己活得任性的關係，她也不會一一干涉我的行為。雖然覺得輕鬆，但也讓我納悶到底何謂父母親情。

一口、兩口，酒水流過的地方開始發熱，全身沉甸甸的，意識卻反而輕飄飄地浮遊。酒和漫畫都一樣是一種工具，我藉此把自己拋進「不屬於這裡」的另一個世界。

雙手使勁按住耳機，讓音樂填滿我的聽覺，故事的世界填滿所有思緒。酒精漸漸發作，意識抽離我的輪廓，逐漸往外擴散。

唯有這時候，我是自由的。忘掉該如何替母親收拾善後、忘掉庫存的酒還剩多少、忘掉下個月的帳單，到不存在於任何地方的故事世界裡隨意遊戲。

——你喝了酒？

井上曉海的臉不經意掠過腦海。

井上曉海　十七歲　春

今晚爸爸也沒有回來。我和媽媽都知道爸爸有了情人，不只是我們，整座島上的人都知道了。

——聽說是東京來的裁縫老師。

——別管她，都市人在島上住不長久啦。

——男人出軌就像得感冒一樣嘛。

在大嬸們鼓勵下，媽媽從容不迫地笑著。

——真搞不懂啊，聽說對方年紀比他老婆還大。

——我有稍微看到一眼，不怎麼性感啊。

——偶爾想換換口味吧。

紅著被太陽曬得黝黑的臉，大叔們笑著說。

那是兩年前的事。大家都認為女方馬上就會離開這座島、男方馬上就會玩膩，但進入第三年之後，今年春天，爸爸離開家，媽媽也不再笑了。她總是心浮氣躁，開始為一點小事發怒。

因為自己是最理解丈夫的人，知道丈夫遲早會回到身邊，所以才有著妻子的餘裕，能讓他在外逍遙。最近我開始明白，這種餘裕其實打從一開始就不存在，媽媽只是靠著這種偽裝來維持自我。

從不久前開始，爸爸一週裡就只有一半的時間會回家，現在則再也不回來了。媽媽深陷憤怒與憂鬱中悶悶不樂，一個月兩次，她會過橋到今治的心理診所去拿精神安定劑。島上也有醫院，但她怕被人家閒言閒語，說不要在這裡看。雖然明白她的心情，但閒話早就傳開了，在這座島上，再怎麼微小的事情都不可能保密。

即使如此，餐桌上每天還是有媽媽準備的早餐，放學回家也會發現她一如往常地完成打掃、洗衣、準備晚餐等家事。即使勸她難受的時候多休息，媽媽也不肯聽。「妳爸爸不知道什麼時候會回來，爸爸最討厭家裡亂七八糟了。」她總是這麼說著，完美做完家事，然後精疲力竭地癱在廚房的椅子上，也開始喝她以前從來不碰的酒。

半夜，我因為口渴而醒來。下到一樓，發現媽媽呆坐在玄關階梯邊緣，嚇了我一跳。隔著老舊的玻璃拉門，在玄關燈光下浮現的媽媽像個幽靈，她周身的空氣隱約散發出酒的氣味。

「妳在做什麼？」

我戰戰兢兢地喊了她一聲，媽媽緩緩回過頭來。明明是半夜，她卻穿著體面的衣服，甚至化了妝，我不敢問她怎麼了。

「哎，曉海。」

「嗯？」

「妳去看看爸爸。」

我倒抽一口氣。

「……現在？」

「明天去就好。明天三方面談，很早就放學了吧？」

在我來得及回答之前，媽媽已經滔滔不絕地說起來：

「聽說對方在今治開刺繡教室，很厲害呢，但是女人獨自賺錢餬口是很辛苦的，她個性應該很強勢才對。妳爸爸是島上的男人，怎麼可能甘願被女人騎在頭上，差不多想要回來了吧。」

「媽媽……」

「男人愛面子，我們要妥協一下，主動去接他回來才行。雖然讓人不太高興，但不給他個臺階下，他想回來也回不來吧？」

「我說，媽媽……」

「別看妳爸爸那樣，他是很愛浪漫的，平常雖然沒表現出來，但其實很喜歡看愛情電影。所以他一定是想嘗嘗那種感覺，這沒有什麼。」

我呆站在幽暗的玄關，一聲不響地聽著媽媽絮絮叨叨地說話。對於父母親絕對的信賴感、安心感，像寫在海灘上的字一樣，過於輕易地被浪捲走。我除了在原地害怕之外，什麼也做不到。

今早我在不安中醒來，戰戰兢兢地探頭往廚房看。媽媽轉過頭來跟我說「早安」，問我要荷包蛋還是煎蛋捲，和平常沒什麼不同。

——昨晚是一場夢啊。

我決定這麼想。儘管知道那不是夢，仍然把昨晚的記憶連著早餐一起囫圇吞下。「我出門了。」準備走出玄關的時候，媽媽說「等一下」，把一張便條交給我，上面畫著鄰島的公車路線圖、下車的車站，和簡單的地圖。

「記得跟爸爸說，我在家煮好飯等他回來。」

我僵在原地，媽媽並未理會我的反應，轉身回到屋裡去了。

這天我幾乎無心上課，在中午放學後逃進圖書室。姑且還是打開了備考用的參考書，但也只是視線掃描過去，讀不進腦袋裡。

高中畢業之後，我原本打算離開這座島，到松山或岡山念大學。同學們大多都決定從島上離開，只是目的地或遠或近的差別，這座島上沒有工作機會，也沒有我們想共度未來的對象。在這所全校學生加起來大約只有九十人的高中，戀愛能夠成立堪稱奇蹟了。其中當然也有人在一起，能順利走到結婚的話自然相安無事，但一旦分手事情就有點麻煩了。無論過了幾年、即使後來和別人結了婚，總會有人不斷提起「他們兩個以前交往過」，光是想像就令人厭煩。

更討厭的是，只要跟誰交往過一次，大家就會用「那是某某人用過的二手貨」的眼光看你。只有女生會遭受這種眼光，這在男生身上反而會被當成一種勳章，這點也讓我無法接受。連老爺爺們都知道這種觀念已經跟不上時代，但世界和這座島嶼之間彷彿隔著一層半透明的雞蛋薄膜，島上還是有島上的作風。

——我想去看看更寬闊的世界。

仰望天窗，耀眼的光刺得我瞇細眼睛。要是爸爸就這樣不再回家，最後父母離婚的話，媽媽又是家庭主婦，我們倆的生活會變成什麼樣呢？可以肯定的是到時一定談不上升學了，這我還是明白的。那到底該怎麼辦？

我沒有優秀到能領獎學金，聽說貸款型的獎學金未來要清償也很辛苦。離婚之後，爸爸還願意幫女兒出學費嗎？連短短一年後的未來也看不見，我闔上參考書，畢竟念了說不定也是白念。

在我苦思冥想的時候，智慧型手機震了一下。是親戚阿姨傳來的訊息，說今天捕魚大豐收，要我到漁港拿魚。平常老是嫌麻煩，今天我卻因為找到不必去接爸爸的理由而鬆了一口氣。

騎著腳踏車，我沿著海岸線前進。海風不受任何遮擋直吹到這座島上，把頭髮吹成逆流的浪，輕輕拍打我的臉頰。一整年都平靜明亮的翡翠色海面，微暖的陽光和仍有些冷的海風，讓人好想就這麼一直騎下去。

我並不討厭這座島嶼，即便在旅遊時見過其他地方的海，還是覺得島上的海最美。熱愛自己出生成長的島嶼的心情，和想要離開這座島的心情——兩種截然相反的感覺在我心中捲成漩渦。

漁港已經有人拿著鍋子和篩網在排隊，漁夫大叔們將魚大把大把地倒進去，銀色的玉筋魚在春天的陽光下閃閃發亮。當我在人群中尋找認識的人借塑膠袋時，一個陌生的女人映入眼中。

未經日曬的白色肌膚，捲成波浪的淺色頭髮，穿著一身很適合她的薄荷色連身及踝長裙。傳聞說她追著造船廠的工人，和兒子從京都一起搬到這裡來。她親切地向大家搭話，但女人們紛紛躲著她，跟喜形於色的男人形成鮮明對比。總覺得有點可憐，我看著她這麼想，這時有人站到了我的身邊。

是同年級的青埜櫂。非學校指定的黑色書包很有都會男孩的感覺，明明和我們穿著同樣的制服，不知怎地看起來卻特別瀟灑。櫂以一種外人的目光看著自己的母親，他的眼睛不像島上的男孩那麼大，眼尾往旁邊細細地收起，看起來卻不兇，或許是因為眼角微微下垂吧。是一種看不出是溫柔還是銳利的五官。

「啊。」

海風吹來一陣酒香，我忍不住發出聲音。櫂轉向這裡，帶著「搞什麼」的表情。我心想糟糕了，實在沒辦法，只好開口：

「你又喝酒了？」

先前在學校走廊問他的時候被無視了。

櫂偏了偏頭，像在思考要不要回答。

「妳怎麼聞得出來？」

這次沒有被無視，光是這件小事就讓我鬆一口氣。

「島上的男人常常喝酒。」

「是嗎？」

集會所每個月會舉辦兩次聚會，我上小學之前經常去玩耍。名目上是討論島上的各項事務，最後往往會變成一場酒宴。

我從小時候就聞慣了酒味，但直到最近，才知道除此之外還有不同種類的酒。比歡快的酒散發出更濃烈酒香的，是一個人獨飲的酒。媽媽的酒量與日俱增，廚房流理臺底下的酒瓶也越來越多了。

「櫂——」

櫂的媽媽拿著裝有魚的鍋子跑過來。

「你看你看，今天是玉筋魚，亮晶晶的對吧？拿來煮什麼好呢？」

「隨便妳。話說回來，這麼一點妳自己就能拿了吧……」

櫂正要接過鍋子，阿姨卻閃過他的手看向我：

「這是你女朋友？好可愛喲。」

我嚇了一跳，急忙搖頭。

「沒關係沒關係，抱歉打擾你們啦。魚就交給我，你們去約會吧。」

「她只是我同年級的同學。」

「不用害羞啦。」

阿姨一個人興奮地說完，哼著歌回去了。或許是穿著輕薄涼鞋的關係，她的腳步不太穩健，薄荷色的連身裙襬在風中翻飛，阿姨好像整個人都要被吹走一樣。她帶有一種奇妙而不穩定的氛圍，漁港的大叔都在偷瞄她。男人就喜歡那種感覺的女人吧，他們的心情我也能理解。爸爸如果也一樣就好了。如果喜歡上的是那樣的女人，爸爸或許已經回家了──

「也不必瞪成那樣。」

咦，我看向身邊。

「不過，她確實不是討女生喜歡的類型就是了。」

我一直盯著阿姨看，似乎引起了櫂的誤會。

「我不是在瞪她，只是覺得你媽媽好漂亮，忍不住一直看而已。島上從來沒見過這樣的人，附近的阿姨們都擔心，要是自己的老公跟這樣的人外遇怎麼辦。」

聽我加快語速說出藉口，櫂撇著嘴笑了。

「這不用擔心。」

「咦？」

「這也就表示，這樣的女人頂多只能搞搞外遇吧。」

我一時間沒聽懂，在腦海中反芻過櫂所說的話，才終於察覺自己嚴重的失言。櫂沒有生氣，但看我的眼神溫度冰冷。

「那個、我不是那個意思。」

自己的無禮讓我羞恥得連耳垂都開始發熱。

「我知道，不用介意。再見。」

權轉過身，我反射性抓住他後背的襯衫，權大吃一驚回過頭。

「幹嘛？」

我的嘴巴像魚一樣一張一闔。權的媽媽追著男人來到這座島上，他以為我瞧不起他母親，把她當作那一種女人，但不是這樣的。不，或許確實是這樣，心中某個角落我可能真的鄙視著權的母親，所以才下意識說出那種話。可是不只是這樣，我、我——也不顧權一臉錯愕，我拉著他的襯衫，大步走向漁港前的公車站。我在做什麼？腦中一片混亂，權露出極度困擾的表情，卻還是毫不反抗地被我拉著跟過來。不知幸還是不幸，一小時一班的公車馬上就來了。

「要去哪裡？」

平日白天的公車空空蕩蕩，我們在最後一排座位坐下之後，權這麼問。

「還真的要約會？」

我搖搖頭，實在不知該怎麼解釋，卻又不得不說些什麼。

「……我要去接我爸爸。」

權露出「為什麼我也得去」的表情。

「爸爸他，現在在他喜歡的人家裡。」

短暫的沉默之後，權微微垂著頭，「啊……」地搔了搔側頸。

「真麻煩。」

我縮起穿著制服的肩膀。

「對不起，你在下一站下車吧。」

「不是，我是說大人真的很任性。」

咦？我看向身旁。

「一個人闖進情婦家，很需要勇氣吧。」

櫂呼出一口氣，靠上椅背，沒再多說什麼安慰的話，但感覺得出來他答應陪我去了。和一個根本不曾好好說過話的男生兩人獨處，我卻安心得想哭。我們並肩坐在最後一排的公車座椅上，各自看著不同的方向，在駛過島波海道的公車中搖晃著前進。

渡過連接兩座島的橋梁，進入鄰島，我們在便條上指定的公車站下車。我們島上以栽培果樹為主，氣氛優閒，這座島則是造船廠的所在地，相較之下更有活力。

「啊，便利商店。」

當我邊看著地圖邊走的時候，發現了 LAWSON 超商。

「妳想買什麼嗎？」

「沒有，只是我們島上沒有便利商店，下意識就……」

「喔，確實。搬過來發現沒有便利商店的時候我可絕望了。」

來都來了，進去逛逛吧——櫂這麼說著，走進 LAWSON。我沒心情買東西，只是在店內閒晃，櫂則買了三明治和兩支裝的 papico 冰棒。走出便利商店，櫂馬上撕開三明治的塑膠膜，邊走邊吃了起來。

「要吃嗎？」

他遞來雞蛋三明治這麼問，我搖搖頭。沿著海岸線走一會兒，就能看見這座島上最大的聚落，再沿著主要道路往山上走到底，林瞳子小姐的家就位在快到山腳的位置。那是間古老的平房，通往門口的小徑上種著黃色的木香花。

「不進去嗎？」

「我想觀望一下。」

我們繞到房子後面。寬敞的庭院裡種著許多樹木花草，質樸自然，感覺沒什麼修剪，不知為何卻看起來很有品味。我媽媽也喜歡園藝，但總覺得不太一樣。在我凝視著院子的時候，旁邊遞來了一支 papico 冰棒。

「什麼？」

「papico不就是要分著吃的嗎？」

原來如此，我順從地接下。我們兩個人躲在開著滿樹白花的雪柳陰影底下，吸著冰棒發出缺乏緊張感的啾啾聲，過不久，一個女人從緣廊下到庭院來了。

「情婦？」

櫂輕聲問，我點點頭。她年紀比媽媽更大，所以應該四十五歲左右了，看上去卻非常年輕。她剪著一頭像男孩子一樣露出後頸的短髮，身穿米色棉質連身裙，化著淡妝，背脊挺得筆直。她不像櫂的母親那樣散發著顯而易見的女人味，替植物澆水的身影有如一棵健壯的小樹。

「跟想像中不太一樣啊。」

櫂喃喃這麼說的時候，澆花噴頭的水嘩地從我頭上灑下來。我嚇得站起身，還來不及想「完蛋了」就跟瞳子小姐對上了眼。

「那、那個，對不起，我……」

瞳子小姐並未表現出任何動搖，對著我粲然露出微笑。

「妳是那個人的女兒吧，好久不見。」

「咦？」

「去年妳來今治的教室上過課吧？」

我睜大眼睛。其實不必等媽媽叫我來拜訪，去年我就已經到過瞳子小姐經營的刺繡教室參加了初學者課程。

「妳認識我嗎？」

「因為先前聽那個人提過名字，住址也相同。那時我就想，要是妳來找我的話要跟妳打聲招呼，畢竟我也不好主動報上身分。」

「……對不起。」

「進來吧，我泡茶請妳喝。」

妳在緣廊等一下哦，瞳子小姐說著，進到屋子裡去了。

「妳道什麼歉啊。」

櫂露出傻眼的表情。

「凡事最重要的是開頭，妳之後要逆轉形勢就不容易了。」

「我想回家了。」

「要回去嗎？」

在我思考該怎麼辦的時候，房子深處傳來聲音。

「曉海——妳喝中國茶嗎？」

「喝——」

我下意識回答之後，「啊」地摀住嘴巴，但為時已晚。櫂用一種「妳是笨蛋吧」的眼神看了看我，跨過低矮的樹籬進入庭院。在緣廊上緊張地等了一下，瞳子小姐就端著托盤回來了，上面放著三人份的茶和點心。

「……好漂亮。」

我情不自禁地脫口而出。玻璃茶壺裡，開著白色與紅色的花。

「這是工藝茶喲。把花朵包裹在茶葉裡面，倒入熱水之後茶葉慢慢泡開，裡面的花朵就會跟著綻放。這是百合和木梨花的普洱茶。」

「木梨花？」

「就是茉莉花。」

我看著在茶水中綻放的花朵看得入迷，在我身邊，瞳子小姐拿金色的小刀開始切分起磅蛋糕，白色糖霜彷彿隨時會滴下來，就好像童話故事裡的甜點一樣。蛋糕放上小碟子的時候，清爽的香味鑽進鼻腔。

「好香哦。」

「是在妳的島上採收的檸檬哦。」

是爸爸帶來的嗎？

「現在還不是產季呀。」

「我做成了果乾，可以長期保存。」

「自己在家就能做嗎？」

「很簡單喲，放進烤箱，用低溫烤乾就可以了。」

在我們家，媽媽也經常拿檸檬來做果醬、釀酒、做糖漿，但果乾我還是第一次聽說。

玻璃製的茶壺、純白色小碟子、金色刀叉。

——這種東西都是在哪裡買的呢？

瞳子小姐的指尖塗著接近膚色的指甲油，直到現在，我才發現她的手非常漂亮，手指柔滑而細長。乍看之下明明是個像男孩子一樣的人，細節卻打理得無微不至，這些難以一眼看穿的亮點，就好像藏著不為人知的秘密。

——跟媽媽的指甲完全不一樣。

我難以呼吸，把視線轉向室內。屋內與它隨處可見的外觀截然不同，應該是拆除了原本房間的牆壁，改裝成了寬敞的整合式客廳兼餐廳。木質地板搭配純白色灰泥牆，舒適的沙發椅上披著男用的條紋襯衫，是爸爸的衣服嗎？

「我對妳感到很抱歉。」

瞳子小姐忽然這麼說。事出突然，我一下子慌了陣腳，我必須答些什麼才行。無論怎麼想，外遇都是不好的事，但瞳子小姐看著我的雙眼又太過於直率了。

我，對妳，感到很抱歉。

言外之意是，她感到抱歉的對象只有我一個人，對母親則不然。瞳子小姐只用這一句話，就揭示了我家黑暗的未來。這個人一定不會把爸爸還給我們吧。我該生氣才對，這於情於理都說不過去，我希望她至少低頭說句對不起。可是即使她道了歉，也無法改變什麼。我還沒有跟男生交往過，但也明白戀愛不是這麼一回事。

瞳子小姐並不算特別漂亮，光論臉蛋的話，媽媽說不定長得更討人喜歡、更好看，而且她的年紀甚至比媽媽更大。但她是個凜然堅毅的人，看來這是比起美貌、性感、青春都更禁得起時間考驗的珍貴寶物。

我覺得想哭，咬緊了嘴唇，卻看見瞳子小姐的表情有所動搖。這時我明白了，瞳子小姐內心也並不平靜。在我們都即將潰堤的時候，「啪」地響起一聲合掌的聲音，我和瞳子小姐同時驚得肩膀一抖，看向聲音的方向。

「我開動了。」

櫂雙手合十，低頭這麼說完，直接伸手拿起磅蛋糕大口大口地吃，然後喝了一大口盛在玻璃杯裡的花茶。他沒說好吃也沒說難吃，只是把剩下的磅蛋糕也和著茶吞下肚，又「啪」地拍了一下手。

「謝謝招待。」

他合著掌，又低頭這麼說。戲劇化的誇張動作把瞳子小姐逗笑了，我差點決堤的眼淚也縮了回去。冷靜下來之後，磅蛋糕嚐起來非常美味，吃得出滿滿的奶油香，檸檬的滋味十分清爽，花茶則帶有我從沒喝過的香氣和味道。

「今天打擾了，茶和點心都非常美味。」

和來時一樣，我們跨過庭院的矮樹籬。

「要不要吃過晚餐再回去？」

「不用，我要回家了。」

「那個人再過一會兒就會回來了。」

「我媽媽在家也煮了飯。」

「這樣呀，也是呢。」

瞳子小姐點點頭，要我隨時再過來玩。

「需要幫妳跟那個人轉達什麼嗎？」

我稍微想了一下，搖搖頭。瞳子小姐直到最後都以「那個人」稱呼他，沒有配合我叫他「爸爸」。

我們走下聚落的斜坡，沿著夕陽眩目的海岸線走向公車站。每次海上湧起波浪，浪頭便反射出堪稱野蠻的亮光，刺得眼睛好痛。我低下頭，長長的影子從我腳下延伸出去。

「那個人的話沒有勝算，太棘手了。」

櫂喃喃這麼說，我也有同感。我束手無策地走著，公車從身邊駛過，站牌就在不遠處，跑過去還來得及，但我全身上下任何一個關節都已經擠不出力氣。

「很難受嗎？」

櫂打量著我問，我回答「還好」。

「下一班公車多久會來？」

「大概一小時。」

櫂皺起臉。

「沒辦法了，只能找個地方打發時間。麥當勞——」

這裡沒有啊。櫂說著垂下肩膀，接著把視線投向大海。「總之先坐下吧。」他跨過護欄，大步走下護岸磚鋪成的陡峭斜坡。

空無一人的海灘上，不知為何有顆蜜柑被浪沖上岸邊。我靠在剛才走過的護岸磚上，在沙灘上隨意伸展雙腿坐下。稍微隔著一段距離，櫂也在我旁邊坐下來，開始滑智慧型手機，因此我可以放心保持沉默。

接下來該怎麼辦？

我不想回家，不敢跟媽媽說「爸爸不會回來了」。我試著像節拍器一樣，左右擺動擱在沙灘上的白色運動鞋鞋尖，專注在規律的動作上，試圖整理好亂成一團的心思。滴答、滴答、滴答，要是假裝自己是一臺小小的機器，這種窒息感會不會減輕一點呢。

「來到這座島我才第一次知道，原來大海這麼平靜。」

櫂忽然說。

「瀨戶內海幾乎沒什麼風浪呀。」

「連海浪聲都聽不見。」

「海面在傍晚特別平靜。」

在我變成一臺小小機器的期間，太陽已經落到水平線附近，大海靜靜改變著面貌。原本閃亮得懾人心魄的海面陰沉下來，開始湧起悠緩的浪濤，使人意識到底下潛藏著深不見底的暗潮。

「感覺要被吸進去了。」

「很恐怖呢。」

「妳看習慣了吧？」

「就算從小看到大也不會習慣。爺爺常說，海上會發生什麼事沒人知道，自以為熟悉海象而掉以輕心的人就會被它帶走。去年在那邊那座島上，也有觀光客溺死了。」

「會淹死人啊？」

「瀨戶內海雖然平靜，但是有些地方潛藏著強烈的漩渦，一旦貿然靠近很容易被捲進去。所以越是土生土長的本地小孩，越清楚有些地方絕對不能靠近哦。」

正因為在這座島上出生長大，我很清楚大海是可怖的，總是在某些日子、某些季節捲起狂風惡浪，彷彿告誡我們世界上不存在真正的平穩，人生總是避不開暴風雨。

「如果是我媽就好了。」

「咦？」

「我媽一旦陷入戀愛，就會把對方當成她的全部，把家庭和工作都丟到一邊。男人一開始雖然覺得她可愛，久而久之就感覺太沉重了，最後她總是會被拋棄。」

我不知該作何回應，櫂卻毫不介意地繼續說下去：

「如果對象是我媽的話，就能肯定妳爸再過不久就會回家了。」

啊，原來是這樣，他是想安慰我。

「謝謝你。」

「因為這樣被人說謝謝好像也有點奇怪。」

他說得沒錯，所以我笑了。總算笑得出來了。

櫂反手撐在沙灘上，看著沉入夕暮中的海。我回想起櫂剛轉學過來的時候，當時整所學校、不，整座島都鬧得沸沸揚揚。

——聽說他沒有爸爸，媽媽開小酒店。

——聽說他媽媽喝醉酒之後，整個人抱住木元大叔。

——我爺爺叫我不要跟青埜同學講話。

在學校見到櫂的時候，他總是一個人，看起來卻不可憐，因為櫂很適合獨來獨往。雖然這麼說很自私，但他這樣的氛圍確實使得我們更加畏縮，無論從好的或壞的方面來說，那都是與我們不同的、異質的存在。可是現在，坐在我身邊的人卻像個普通的男生——不，比起普通還要溫柔許多的男生。

「今天謝謝你，陪我處理這麼討厭的事情。」

我再次向他道謝。

「不用謝，我心情也輕鬆了很多。」

「輕鬆？」

「我還以為這座島上只有『正確』的家庭。」

「什麼意思呀。」

「爸爸、媽媽、小孩、爺爺奶奶、很多親戚。」

「沒那回事，裕太家爸媽離婚之後，媽媽就離開島上了。舞依的爸爸大概從五年前開始，就跟前田同學的媽媽有點曖昧。」

「在這麼小一座島上，還真敢這麼搞。」

「是呀，明明在這座島上所有的秘密都會敗露，而且無論再過多少年都不會被大家忘記，一發生什麼事就會被人拿來當作話題，說那傢伙以前有過哪些事蹟。」

「我家的事也全部傳開了，大家到底有多愛聊八卦啊。」

「因為沒有其他娛樂嘛。」

島上沒有便利商店，沒有麥當勞，也沒有卡拉ＯＫ包廂，所以聊天是一種重要的娛樂手段，有什麼事大家總會聚在一起互相討論。

「人類果然是需要互動的生物啊。」

「說好聽點是這樣。」

我爸爸外遇離家、拋妻棄子的事情，無論再過幾年都不會被忘記吧。想到從此以後都要承受眾人若有似無的同情，就讓我心情消沉。

「真不喜歡為了別人的笑容而被消費。」權說。

我點點頭，心想有個人能討論這種事真是太好了。

「你常常喝酒嗎？」

我放下所有偽裝，試著這麼問。

「是啊。」

「你媽媽不會生氣嗎？」

「畢竟她是個除了男友之外，基本上什麼事都無所謂的女人。」

「連兒子也是？」

「兒子也是。」

「你不生氣嗎？」

「不生氣。」

「為什麼？」

「生氣也沒用。」

權站起身，往海浪拍擊處走。

「大人並不是那麼偉大的生物。」

手插在制服口袋，權垂下視線，看著被浪拍到腳邊的蜜柑。

大人也會說任性的話，會恣意妄為，就像小孩子在零食架前哭鬧耍賴說「我想要那個」一樣。我在十七歲時明白了這件事而不知所措，櫂的語氣和態度卻平靜得像無風無浪的海，我想，這個人說不定在更幼小的時候就懂了這些。

望著被海風吹得輕微鼓起的襯衫背影，我看見公車從描繪出悠緩弧線的濱海道路另一頭開了過來。正當我想著「還想再聊久一點」的時候——

「再一起聊天吧。」

櫂回過頭來這麼說，我答了聲「嗯」，回答得有點太早。

回程的公車上我們也坐在最後一排，不同於去程，這一次我們聊個沒完，不知不覺就回到了我們居住的島上。途中，公車從教化學的北原老師身邊駛過，北原老師腳踏車前面的籃子裡堆滿食品店的袋子，白袍的下襬在風中翻動。

「連衣服都沒換，到底有多趕啊，他老婆很兇嗎？」

被櫂說得那麼悲慘，我笑了出來。

「北原老師是這座島上唯一的單親爸爸哦。他有個名叫小結的小女兒，來到島上之前好像在關東的高中教書，這是公所的大叔說的。」

「公所的員工到處散播別人的個資沒問題嗎？」

「這裡就是這樣的地方呀。」

「真想快點逃獄。」

對櫂而言，這座島似乎就像一座監獄一樣。

「畢業之後你要離開島上嗎？」

「是啊，本來就只是跟著我媽搬過來的。妳呢？」

「還在想。」

換作是不久之前，我會理所當然地說要到島外念大學，可是——

說著說著，我們到了漁港前的公車站。櫂家從這裡大概要走二十分鐘，我家則位在翻過一座山之後的聚落，不過我把腳踏車停在了這裡，因此和他一起下車。

「妳要從這裡越過一座山？」

櫂皺起臉。

「天色這麼暗，太危險了，我送妳回去。」

「不用啦，我很習慣了。」

我跨上腳踏車，努了努下巴說「來」。

「什麼？」

「你坐後面，反正順路，我送你回家。」

「反了吧，妳坐後座啦。」

「沒關係，我們從小翻山越嶺，身體都鍛鍊過的。」

我催他快點，櫂於是不太情願地踩上後輪的腳踏桿。

「騎累了要說，不要勉強啊。」

第一次有男生對我這麼體貼。島上的男生雖然也很和善，這卻有點不一樣，有種意識到被當成女孩子的感覺。

櫂的手扶上我的肩膀。體溫隔著制服的薄襯衫傳來，左胸一陣騷動。我憑藉一股氣勢用力踩下踏板，背後傳來「唔喔」的聲音。

「妳騎太快了吧。」

「很正常啊。」

路上沒有車也沒有紅綠燈，島上的孩子不會放慢速度。

「連路燈都沒有，太暗了。」

「很正常啦。」

「妳的正常，和我的正常不一樣。」

為了不輸給耳邊呼嘯的風聲，我們倆都扯開嗓門說話。

「大都市裡那麼明亮嗎？」

「很明亮，但京都不算是大都市。」

「跟這裡比起來已經是大都市了。」

「比較的對象錯啦。」

我張大嘴巴大笑，風從正面吹來，翻湧的頭髮不停拍打額頭和臉頰。好久沒這麼快樂了，不知不覺就到了櫂家。他們家位在商店聚集的島嶼中心，以前是間餐廳，現在則掛著「穗乃香酒館」的招牌。

「謝謝妳，害妳繞遠路了吧。」

「我也是，今天謝謝你陪我。」

彼此打過最後一聲招呼之後，產生了短暫的沉默。「那我走了。」我急急忙忙踩下踏板，背後傳來一句「路上小心」，我卻莫名害臊得不敢回頭。

站到自家玄關前面的瞬間，愉快的好心情急速萎縮，現實和廚房小窗飄出的料理味道一起撲面而來。今天的事該怎麼跟媽媽說？我實在說不出口，也不想說，但我只有這個家能回。

打開玄關大門，我像平常一樣說了聲「我回來了」，一陣腳步聲從屋內趕來。

「回來啦，弄到這麼晚。」

發現只有我一個人，媽媽的笑容蒙上一層陰霾。

「爸爸呢？」

我背脊發寒。

「他去上班了。」

「妳可以在那邊等他的。」

一陣短暫的沉默。對媽媽來說，我真是毫無用處。

「飯已經煮好囉。」

媽媽勉強擠出笑容這麼說完，回廚房去了。我到洗手間洗手，肚子確實餓了，但和媽媽兩個人坐在餐桌邊教人心情鬱悶。

晚餐煮了好多道菜，佃煮玉筋魚、竹筍燉蜂斗菜、雞肉野菜天婦羅，全都是爸爸愛吃的東西。一想到媽媽用什麼心情煮了這些料理，在瞳子小姐家吃的甜點就讓我感到罪惡，飄搖著百合與茉莉花的茶也一樣，全都是罪惡。

「她是什麼樣的人？」

媽媽邊盛飯邊問。

「很普通。」

「怎麼樣的普通？」

「普通就普通啊。」

「長得漂亮嗎？」

已經不可能矇混過關，我把今天的記憶掃出腦海。

「長得不太起眼啊，看起來土裡土氣的。」

我刻意使用粗暴的口吻。

「連媽媽妳都比她漂亮。」

「『連』是什麼意思啊。」

媽媽皺起眉頭，聲音卻聽起來有點高興。我要加油。我要加油。

「不用太在意，爸爸不用多久就會回來啦。」

放輕鬆、放輕鬆，不要讓媽媽感覺到沉重，我調動所有神經專注於這件事上。媽媽在餐桌邊坐下，我回想起櫂是如何一瞬間改變了氣氛，於是「啪」地合起手掌說「我開動了——」，把豌豆飯一股腦扒進嘴裡，再塞進雞肉天婦羅。

「我說妳啊，吃飯要好好咀嚼。」

我像倉鼠一樣，兩頰被食物撐得鼓鼓的，豎起大拇指表示很好吃。媽媽先是露出受不了的表情，接著忽然垂下眼瞼。

「妳爸爸在那邊，人家也不曉得有沒有好好讓他吃飯。對方自己有工作，一定顧不上家事吧，而且妳爸爸對調味要求很多的。」

讓他吃飯——我不喜歡這種說法，都是大人了，要吃飯自己去吃不就好了。撇開這種反抗心理不談，我想爸爸的三餐應該用不著操心，瞳子小姐家的廚房裡各種稱手的廚具一應俱全。她可是會自己親手製作果乾的人。

「這些妳明天帶去給爸爸吧。」

媽媽環顧餐桌這麼說，我大吃一驚。

「不要啦，好麻煩。」

「可是都是妳爸爸愛吃的。」

「不會剩下來啦，我今天超餓的。」

我佯裝遲鈍，把盤子裡的東西一口接一口塞進嘴巴，為了讓媽媽安心，還說了許多瞳子小姐的壞話。每說出一句違心之論，舌頭就更麻木一些，到最後再也嚐不出料理的味道。

「妳真的吃好多哦。」

等大多數盤子清空的時候，媽媽的表情柔和了不少。

「因為媽媽煮的飯很好吃啊。」

說完這句話完成最後收尾，我開開心心地回到自己房間。反手關上拉門的瞬間，徒具表面的笑容便一片片剝落下來。連換衣服的力氣也沒有，我穿著制服倒在單人床上，胃膨脹到了極限，覺得好想吐。

——好痛苦。

整個人體內塞滿了多餘的東西，必要的事物反而被排擠出去。我躺在床上伸出沉重的手臂，拉出藏在床墊底下的刺繡用圓形木框。綳緊的烏干紗上，以富有光澤的繡線繡著蝴蝶，接下來在翅膀內側繡滿亮片就完成了。

——去年妳來今治的教室上過課吧？

早知道就不去上那種課了。明明是對有婦之夫出手的壞人，瞳子小姐站在講臺上的時候背脊卻挺得筆直，明亮的聲音清楚傳到我所坐的最後一排。

『高級訂製服刺繡，聽起來好像很高不可攀對不對？好像是為了少數被選中的人而存在的技術，是日常生活中不需要的東西。』

我也這麼想。裁縫什麼的，學會縫鈕釦、改短下襬就足夠了。有段時期媽媽迷上做手工藝，家裡到處都是可愛手作小物，總讓我心浮氣躁。

『確實不需要。然而，懂得欣賞非必要的東西，正是所謂的文化所在。高級訂製服刺繡，是長久以來深受巴黎代表性服飾品牌喜愛的一種藝術。』

我聽得愣住了，文化、藝術，這些在我生活中完全不存在的詞彙排列在一起。

『高級訂製服刺繡最具代表性的主要技法之一，就是呂內維爾刺繡。學會這種刺繡手法，就能夠製作出這樣的作品。』

瞳子小姐輕輕展開那件作品給大家看，漣漪般的嘆息頓時在教室裡擴散開來。純白的新娘頭紗，配上椿花髮飾，上頭不知什麼質料的東西反射著照進窗戶的陽光閃閃發亮，據說是椿花頭飾的所有花瓣上，都縫滿了珍珠色的亮片。第一次見到這麼精巧而美麗的東西，只消一瞬間，它便奪走了我的心。

我每個月去上四次初學者課程，除此之外無法更頻繁地去上課了。但我無論如何都想自己做出那麼美麗的作品，便跑到今治買了呂內維爾鉤針和針柄，還有繡線、布料、亮片、珠子，零用錢能買到的材料不多。

我原本就手拙，再加上自學，技術總是原地踏步，連基本的鎖鏈針法都繡不好，蝴蝶翅膀也歪歪斜斜，不過鋪上亮片之後看起來應該會好一點吧。完成之後，我想把它做成鑰匙圈掛在書包上，但要是被媽媽看到就慘了。萬一被她發現我在學刺繡，事情肯定一發不可收拾。

我倒在床上，凝視著歪扭的翅膀。

小時候調皮惡作劇，大人總是訓斥我們「不可以這樣」。然而，大人也同樣做著「不可以」的事情，爸爸也是，媽媽也是，瞳子小姐也是。

我這才知道，隨著年紀漸長，世界上善與惡、好與壞的分界線也越加混沌不明。我好害怕，好想把這種心情說給誰聽，可是傾訴也需要勇氣。輿論的眾矢之的永遠是孤獨的。

——再一起聊天吧。

我想起傍晚蒼茫的空氣中，櫂回過頭來的身影。

青埜櫂　十七歲　夏

傍晚，我和搭檔尚人、責任編輯植木先生三個人一起召開線上會議，討論接下來準備在編輯會議上提出的原稿，這都是為了搶下月刊《青年潮流 YOUNG RUSH》的連載資格——

『絕對能搶到的，要是這種水準的作品還搶不到名額就見鬼了。』

植木先生有點亢奮，我和尚人露出滿面的笑容。

這一次我們大膽加入了許多嚴肅橋段，都是以前投稿少年雜誌時會選擇省略的內容，植木先生說，這使得我們作品的特色更加鮮明了。

『把出道作刪改整理一下就拿去連載有什麼意思，來一決勝負吧。』

植木先生的編輯資歷三年，負責的作品還不曾真正引起舉世矚目的熱潮。受到充滿熱情的植木先生鼓舞，就連平時愛操心的尚人也雙眼發亮地聊起未來。

「作品在雜誌上連載，簡直像做夢一樣。」

曉海睜圓了眼睛。她反手撐在沙灘上，遵守校規偏長的百褶裙底下，露出穿著樸素白色學生襪的小腿。

「哎，就不抱期待地等候結果吧。」

「明明專業編輯都說一定會成功了？」

「植木先生只有三年資歷，說起來也跟我們一樣還是新人。」

「不過還是比你更懂漫畫呀。」

「那是當然，但也不能完全相信他。」

「櫂你呀……」

曉海轉向這裡。

「雖然有夢想，卻很冷靜呢。」

「因為我從還是個小鬼的時候就被迫認清現實啦。」

「你以前的生活真的太艱困了。」

「簡直是非生即死的生存遊戲啊。」

聽見我打趣地這麼說，曉海皺起臉說「這不能開玩笑」。不，這就是一場玩笑，我決定把它當作一個笑話。讓悲傷的故事一直悲傷下去，等於是把過去的我永遠囚禁在那個故事裡。我要從那裡逃出來，用同樣的材料建構出截然不同的故事，這就是對我自身的救贖。

從那天以來，我們時常一起聊天。或許是因為一開始就得知井上家泥沼般的內幕，我也能毫不避諱地談論自家的事情。出乎意料地，我們經由自我揭露和共享秘密這條最短路徑，找到了「同屬一個群體的夥伴」。

我們在學校不太說話，放學後再特地到距離學校遙遠、人煙稀少的海灘見面。在這座島上，高中男女來往得密切一點，就會被人認為是在交往。

「希望你們能贏得連載資格。」

「嗯。就算這次失敗了，總覺得如果是我們三個人的話，遲早一定能成功。我、尚人、植木先生，三個人性格都不一樣，不過彼此配合起來很能互補。」

「尚人和植木先生是什麼樣的人？」

「植木先生平常成熟穩重，一亢奮起來卻變得很熱血。後來聽說他高中是棒球社的，我就覺得難怪。尚人該說是細膩嗎？算是吹毛求疵的人吧。」

「好像說過他年紀比你大？」

「大兩歲，一個人住在東京。」

「櫂明年也會搬到東京對吧。」

曉海仰望橘色的天空，我沒問她「那妳怎麼打算」。父母離異會直接影響孩子的人生，如果離婚之後父親願意繼續支付學費的話那很好，否則——

「和櫂相處起來真輕鬆，事情不用全部說出口，你也能理解。」

曉海反手撐在沙灘上，垂下頭這麼說，我也保持著同樣的姿勢沉默了。

「肚子餓了呢。」

好像要驅散沉重的氣氛一樣，曉海從高中指定的書包裡拿出卡樂比薯條杯，撕開紙蓋，把塑膠杯埋進我們之間的沙地固定。

「妳的書包裡總是有點心啊。」

「這裡沒有便利商店嘛，要自給自足。」

「會變胖哦，妳的腿已經這麼壯了。」

我拿起一根薯條，戳戳曉海曬黑的臉頰。「少囉嗦。」曉海噘起嘴唇說。曉海長得不算特別漂亮，但我覺得她意志堅強的濃眉和大眼睛很好看。

「總之升學的事，妳先跟妳媽商量一下吧。」

「我說不出口，最近她酒又喝得更多了。」

「可是，升學進路調查只到下週吧。」

曉海沒有回答，浪濤聲中只剩下咀嚼零食的滑稽聲響。

「櫂好好哦，我也想去東京。」

曉海抓起一把沙子，讓它嘩啦啦從手中落下來，嘆了一口氣。

「妳去東京想做什麼？」

「咦，做什麼？也沒什麼……」

「妳想念書？還是只是想離開這座島？」

「怎麼突然問這個……」

曉海反覆眨著眼睛，我遲疑了一下該不該說，不過——

「時間所剩不多，差不多該看清現實了。比起那些父母會把一切安排妥當的傢伙，我們已經相對不利了，不是嗎？既然這樣，我們只能從手牌裡選擇自己最不想放棄的東西。」

曉海皺起眉頭瞪著我，接著放棄似的垂下頭。

「……現在……」

她說完便沉默了，我靜靜等候。

「現在，我最想先離開這座島吧，不想再被人家指指點點了。」

在雙方親戚說服之下，曉海的父親暫時是回家了，但一週仍然有半數的時間在瞳子小姐家度過。家庭內部的問題鬧得整座島都知道，必須不斷忍受外人同情的目光，一定很難受吧。那種好像隨時有人用黏答答的手觸摸你的不適感，我也有所體會。

「可是我也不想只念到高中畢業，導致未來在選擇工作的時候受限。」

「妳有什麼想做的工作嗎？」

「還不知道，所以不想失去選擇的自由。」

「之後再去考大學檢定之類的，取得入學資格就可以了吧。」

「說起來是很簡單。」

曉海曲起擱在沙灘上的雙腿，抱著膝蓋把整個人縮在一起。

「……我想學刺繡。」

「刺繡？」

「瞳子小姐在做的高級時裝刺繡。把珠子和亮片穿進鉤針，刺在布上。在巴黎時裝週上也用了這種刺繡，美得像夢裡的東西一樣。原來還有這樣的世界，我真的好驚訝，總覺得只有在刺繡的時候，我有辦法到那個世界去。」

那個世界——這措辭深深撼動我。透過它短暫地逃離現實，前往不屬於這裡的某處。刺繡之於曉海，或許就像故事之於我。

「妳想把這當成工作嗎？」

曉海大吃一驚似的看向我。

「怎麼可能，只是很喜歡而已，不可能當成工作啦。」

「喜歡的話，就努力學呀。」

「不可能，我死也不敢跟我媽媽說，現在也是瞞著她偷偷繡的。」

不只丈夫，連女兒都被搶走——這一定很難接受吧。

「要來我家弄嗎？」

「咦？」

「刺繡。可能有點麻煩，但總比被妳媽發現好吧。」

「去你家？可以嗎？」

「我也在忙漫畫，沒辦法招待妳就是了。」

話是我自己說的，自己卻感到不可思議。寫作時有人在旁邊只會讓我分心，但如果那個人是曉海，我卻覺得沒關係。要去細想箇中理由的話太難為情了。

「謝謝你，那我帶休息時間吃的點心過去，當作場地費。」

「又是點心啊。」

「不要嗎？」

「要，我想吃瞳子小姐家那種檸檬蛋糕。」
「櫂喜歡甜食呀？」
「來到這裡之後，偶爾會突然想吃。」
「畢竟這裡沒有蛋糕店嘛。到今治那邊就有了，改天要一起去嗎？」
「那我們去 Mister Donut 吧，還想吃好吃的拉麵。」
「那就要去廣島囉，尾道拉麵很有名，還有八朔大福。」
「大福就要包草莓吧。」
明明在談論未來，不知不覺間卻熱烈聊起食物的話題。
我和曉海總有說不完的話，簡直到了不可思議的地步。聊雙親、未來，聊自己的事，對話天馬行空地展開，因此所有話題都只聊到一半就草草結束，我們的關係像間被小偷翻得亂七八糟、所有抽屜都被拉開的屋子。這種關係令人自在，無論聊了多久，臨別時仍然意猶未盡，所以下次還想再聊。
「差不多該回去了吧。」
曉海站起身來。其實我還想多聊一下子，但沒辦法，曉海的母親會唸。在丈夫不再回家之後，曉海的母親變得更依賴女兒。
梅雨已過，夏季將至。身影融入初夏的薄暮裡，我們雙載坐著曉海的腳踏車回家，現在我已經理所當然地站上後座。水平線彼方，橙色的太陽正在下沉，從海岸邊往左拐，我家就在開著幾間小食品店和雜貨店的商店街尾端，店面看起來卻和平時不太一樣。平常這個時間招牌該亮了，燈卻還暗著。

「她是去約會了嗎？畢竟那傢伙真的活在男人就是一切的世界裡。」

我從腳踏車上下來的時候，店裡的窗玻璃突然從內側被打破，曉海輕聲驚叫。一支卡拉ＯＫ用的麥克風掉在柏油路上，似乎是從店裡被丟出來的。出了什麼事？我衝進家門，看見母親癱坐在只有間接照明的幽暗客席地板上。從抽搐般的呼吸聲，我聽出來她在哭。

——啊，又來了。

溼答答的啜泣聲從毛孔滲進來，我的身體吸飽了溼氣變得沉重。我慢吞吞地靠近，對她說，媽，妳沒事吧？

「……櫂。」

母親抬起臉。眼線和睫毛膏被淚水暈開，整張臉慘不忍睹。被趴伏在地面上的母親仰望，這構圖我永遠無法習慣。

「這次又怎麼啦？」

我不想聽，卻必須要問。我蹲下身配合她的視線高度，母親便爬了過來，整個人攀在我身上。啊，好重。

「阿煌有老婆和孩子了。」

母親吸著鼻涕說。

「他說船造好了，契約期限也到了，所以他要回去宮城的家人身邊。」

我強忍住嘆氣的衝動。那男人的鑰匙圈上掛著手作的吉祥物，被摸髒了，破破爛爛地起著毛。阿煌看起來是個很愛乾淨的男人，渾身上下唯有這一處不太協調。

——果然已經有家人了嗎？

母親一談起戀愛總會把男人當成自己的全部，眼中一定看不見這些吧。戀愛來到最高潮的時候，就連我這個兒子都會被排除在母親視野之外。事到如今我已經不會生氣了，不要深思就好。再怎麼渴望也不會被給予的東西，只要放棄就好，當作它打從一開始就不存在，不要期待。

「你說，這是為什麼啊？我可是拋棄了一切跟著他過來，為什麼事情總是變成這樣？」

「不就是因為妳拋棄了一切嗎？」

我在無論如何都無法填補的空洞裡，塞滿了架空的故事。堆砌寂寞築成的城堡依然是城堡，它是只屬於我、絕不讓渡給別人的領地，也是我的命脈。有了它，即使孤單一人，我也能夠堅強地支撐下去。

但就算跟母親這麼說，她也無法理解，我的話她聽不進去。這傢伙是個典型的笨女人，但即便如此，也是我唯一的母親。我真想痛毆那個把母親變成笨蛋的男人。母親連攀在我身上的力氣也沒有了，無力地滑落到地上。

「妻子什麼的，怎麼不去死啊。我明明為他這樣盡心盡力，只讓阿煌一個人出去工作、厚著臉皮在家享福的女人哪裡好了，我絕對才是更愛他的人啊。」

事態發展至此，她責備的仍然不是男人而是正妻，好想告訴她，騙了妳的是那個妳喜歡的男人，而不是他老婆。我憐憫這樣的母親，又對於憐憫母親的自己萬分厭倦。所以不要思考了，再想下去只會更難受，我反覆告訴自己。

「是啊，媽媽妳沒有做錯任何事。」

我拍著她單薄的背脊哄她。啊，我受夠了，已經厭倦了。

「我們讓她躺好吧。」

曉海在我身邊蹲下來這麼說。光是視線同高，我就不由得強烈地信任這個人。「也對。」我笑了笑，但對於是否笑得足夠自然沒有信心。

「媽，我們去二樓吧。」

我和曉海兩個人一左一右，扶著母親的肩膀站起來。走向樓梯的途中，我的腳滑了一下，曉海也連帶著被拉倒。我反射性撐住地板，手卻也往旁滑開，整個人向後倒，天花板映入視野。花了幾秒，我才理解自己踩到母親的嘔吐物滑倒了。糟透了，怎麼會有這種事。後腦杓和背部逐漸被沾溼的感覺噁心得我動彈不得。

「曉海，抱歉。」

「總之，我們想想快樂的事吧。」

我們完全沒了力氣。

「要想什麼？」

「美麗的東西。珍珠色的珠子、七彩亮片、蝴蝶發亮的翅膀……」

曉海閉上眼睛喃喃說道，想著只屬於自己的美麗事物，讓心靈稍事休息。總覺得我要是閉上眼，眼前只會出現一片深沉的黑暗，因此我固執地睜著眼睛。

「……酒。」

母親慢吞吞地爬起來，像蛇一樣攀著凳腳，把手伸向吧檯。那裡放著一瓶燒酒，瓶身上掛著寫有「阿煌」的名牌。

一瞬間血氣上湧，我顧不得身上的嘔吐物直接站起來，在母親即將碰到酒瓶前將它搶走，往剛才母親打破的玻璃窗外丟。一陣巨響。

「你幹什麼！」

母親尖聲大叫，腳步不穩地衝出門外。

曉海坐起身，來回看著敞開的店門和我，見我沒有動作，曉海追著母親跑了出去，我懷著絕望的心情目送她離開。我不想追，卻也不能把這件事丟給她處理，那是我的母親。拖著乏力的雙腿，我走出店外。

「阿煌、阿煌、阿煌……」

摔破的酒瓶碎片和酒水灑在柏油路上，地面吸飽了白日的熱氣，還帶著一點餘溫。母親抽抽搭搭地哭著，一片片撿拾欺騙她、拋棄她的男人的碎片。我盡量不去看她過於淒慘的模樣，執起母親的手。

「別撿了，會割傷手的。」

她揮開我的手。我重新執起她的手，再一次被揮開。正當我們重複著這無意義的動作時，店裡的常客從馬路對面走了過來。「穗乃香──」他們眉開眼笑地揮著手，察覺到狀況不對才停下腳步。

看見破碎的酒瓶、抽抽噎噎哭泣的母親，還有頭髮和制服被嘔吐物弄髒的我和曉海，他們皺起眉頭。那是看著異物的眼神，把來路不明的外物排擠在外的氣氛。

啊，糟了。本來就是異類的我無所謂，但曉海不一樣，不能讓她待在這裡——儘管這麼想，雙腳卻不聽使喚。在我像個傻子一樣僵在原地的時候，一輛腳踏車剛好路過，是教化學的北原老師。他一瞬間對上我的目光，腳踏車發出刺耳的煞車聲停了下來。

「發生什麼事了？」

老師依舊穿著白袍，腳踏車前的籃子裡堆著食品店的袋子，半截蔥露在袋子外面。北原老師一一看了看我們和客人，以及哭泣的母親。

「看來今天酒店休息了，各位請回吧。」

他對那些常客低頭致意，不等那些人回答就轉向我們。

「你們先進屋裡去吧。」

北原老師這麼說著，把哭倒在地的母親扛起來。嘔吐物沾汙了他的白袍，但老師仍然毫不遲疑地走進屋內，不修邊幅的側臉看不出任何動搖。我和曉海也跟在他身後回到店裡，那群常客的說話聲搔抓著我們的後背。

「那不是井上家的女兒嗎？」

「為什麼她也在一起？」

對同座島上居民的擔心和好奇心。明天，這件事肯定就傳遍整座島了。

我帶著暗淡的心情關上店門。即使趕跑那些大叔，這裡接下來還要上演老師的訊問及煩惱諮商室。再怎麼諮商也無法改變任何一丁點的現實，結果只會徒增我的心勞，真希望他別管我們了。

「有什麼我能幫忙的嗎？」

北原老師把母親放在包廂沙發上，讓她橫躺下來。我很累了，只希望他趕快回去，什麼也別問。見我保持沉默，北原老師從白袍口袋取出記事本和筆。

「如果需要幫忙，請聯絡這支電話。」

他把電話號碼寫在紙頁上撕下，放在桌子上。

「晚上打過來也沒關係，只想找人聊聊也歡迎。」

那我走了，北原老師說著，像來時一樣乾脆地離開店面。

店門啪噠一聲關上，把我們和寂靜的空氣一起留在這裡。我想先在凳子上坐下，才想起自己身上的慘狀，曉海身上也慘不忍睹。

「曉海，妳去沖個澡吧，總不能這樣回去。」

我帶她到浴室，把浴巾和我的Ｔ恤一起拿給她。

「……櫂，你在哪裡——」

母親的聲音傳來。我告訴曉海慢慢洗，便回到店裡，看見母親躺在包廂沙發上，迭聲喊著我的名字。我一靠近，忽然就被她抓住手臂，一反虛弱的聲音，她的力道驚人地強勁。

「你會待在我身邊吧？」

如果能回答「開什麼玩笑」，把這隻手揮開，那該有多痛快啊。

「你要永遠待在我身邊哦，要是櫂也走掉，我就真的孤零零一個人了。」

「妳馬上又會有新男人了吧。」

「我不要什麼男人了，有兒子就好。」

「是誰把那個兒子丟在家裡，整整半個月都不回來啊？」

小學四年級的時候，母親成天泡在男人那邊，一直沒回家。自己顧家兩、三天我已經習以為常，但半個月實在太過極限，家裡沒有米，冰箱只有調味料。我靠著營養午餐充飢，但連供餐都沒有的週末，我真以為自己要死了。

「……都是以前的事了，你不要記仇嘛。」

被她拉著手臂，我無可奈何地在沙發上坐下。我一面陪伴喝得爛醉的母親，一面回想著昨天會議的情景。興奮地說我們一定能獲得連載資格的植木先生，和喜形於色的尚人。明年我會搬到東京，成為職業漫畫作家，和現在這種生活一刀兩斷。我一心一意想著這些，勉強把逐漸下沉的心拴在原位。

過一會兒，曉海回來了，穿著過於寬鬆的T恤和制服裙子。弄髒的襯衫洗淨了拿在手上，濡溼的頭髮散發出我家洗髮精的味道。

「櫂，你也去沖個澡吧。」

我很想這麼做，但睡著的母親不肯放開我的手。

「我會看著她的。」
曉海輕輕分開我和母親的手。瘦小纖薄卻重得像鉛塊的手離開了，我頓時如釋重負。
曉海朝我笑著說：
「去吧。」
「……嗯。」
回答得像個小孩子一樣，我羞恥地迅速逃進浴室。母親說不定會給她添麻煩，我以最快速度沖完澡回到店裡，發現母親已經打著鼾睡著了，曉海正在擦拭弄髒的地板。我趕緊過去接替她的工作，她卻說，已經擦完了哦。
曉海到洗手間清洗髒汙的抹布，熟練的動作令人心酸。習慣替人清理嘔吐物的十七歲生活並不幸福，聽說曉海的母親也越喝越多了。
「……櫂，待在我身邊……」
母親喃喃說著夢話。光是顧好自己就用盡了她的全力，一旦發生什麼事就會給孩子造成負擔。要是能捨棄她固然輕鬆，但屆時也會因為遺棄了她而產生罪惡感。說到底我們能做的，也就只有選擇挑起哪一種重負而已。
「曉海，今天真的很對不起。」
「沒關係唷。不說這個了，我現在也想喝酒。」
曉海在凳子上坐下來。
「這裡的酒多到能開店哦。」

我開著玩笑說道，走進吧檯內側。

「有威士忌、燒酒、紅酒、日本酒，要沙瓦或 Highball 也能幫妳調。」

「我想喝櫂平時喝的。」

「那就是威士忌了。當客人變得像今天這樣，他們的酒瓶就會被我接收。」

我邊說邊從架上隨手挑了一支酒，它在廉價酒當中比較順口，廣受大眾歡迎。

「兌水、加冰、純飲，妳想怎麼喝？」

「櫂平常都怎麼喝？」

「我嫌麻煩都純飲，一點一點慢慢喝。」

「那就純飲吧。」

原本我還心想沒問題嗎，沒想到曉海面不改色地一口接一口喝下去。

「好好喝，身體變重的感覺真好。」

她一邊說著，三兩下把第二杯也喝光了。剛洗過未乾的黑髮，沒特別修整保養過的眉毛和嘴唇。一反她乖學生的外表，這傢伙說不定很能喝酒。

「櫂，你喜歡酒嗎？」

「我從來不覺得它好喝。」

「那為什麼還喝呢？」

「我也不知道。」

自從國中時第一次喝酒至今，酒對我來說一向只是離開現實的一種方便手段。平常醉意總會帶著意識脫離軀殼，但今晚不能如願，視野一隅還看得見母親睡在包廂沙發上的身影。等她醒來，又會抓著我哭哭啼啼吧，明天開始難捱的日子要持續一陣子了。

「妳不聯絡家裡沒關係嗎？妳媽應該很擔心吧。」

「剛才傳訊息給她了，說我在櫂家裡。」

「這說了沒問題嗎？」

曉海總是撒謊說她和女生朋友去念書。

「我決定說實話，反正到了明天她也會從別人口中聽說。」

確實如此，我想起那些常客藏不住好奇心的表情。

「她一定會很生氣地罵妳吧，說妳怎麼跟那種酒店的兒子混在一起。」

我原本想一笑置之，曉海卻忽然板起嚴肅的神情。

「為什麼我們就該被罵？」

我一時間答不上來。

「我們做了什麼壞事嗎？」

沒有。但正面挑戰只會受傷，還是搪塞過去比較輕鬆。曉海與我四目相對，咬緊了嘴唇。求求妳別哭，我實在拿女人的眼淚沒辦法。

「……櫂——待在我身邊……」

母親反覆說著夢話，我抑制住想塞住耳朵的衝動。

——就算待在妳身邊，一旦有了男人妳還不是會離開。

當我忍受著無理要求的時候，曉海握住了我的手。她緊緊咬著下唇，什麼也沒說，只是使勁握著我，那隻手不同於母親單薄冰冷的手，能夠清晰感受到體溫與骨骼，將我牢牢抓住。感情的浪從海上緩緩湧來，從吧檯探出身體，我們接了第一次的吻，感謝在這樣的夜裡不是孤身一人。

井上曉海　十七歲　夏

我們交往的消息馬上就傳開了。

櫂私底下在女孩子之間很受歡迎，因此我在學校受到了各種負面謠言攻擊。「無聊人士。」櫂一語帶過，沒多久就放了暑假，我也鬆了一口氣。

媽媽果不其然生氣了，罵我怎麼跟那種陪酒女的兒子混在一起，但心底似乎潛藏著個人的情緒，覺得櫂的母親是「對別人家老公出手的女人」。其實這麼想的也不只我媽媽，這是島上許多阿姨的心聲。

「真不好意思，島上那些大叔我都只當作客人而已。既然阿煌也離開了，等到櫂高中畢業，我看我就趕快回京都去吧。」

開店前，櫂的媽媽在吧檯邊碎唸邊準備小菜。我默默聽著，幫忙把毛豆從豆梗上摘下。自從放暑假以後，我不顧母親阻止，幾乎天天都往櫂的家裡跑。

「曉海，妳家也很辛苦吧？畢竟妳爸爸是真的快被搶走了。」

「是呀，爸爸回來的時候他們一定會吵架。」

「啊，這就是妳媽媽不夠高明了。男人的心都已經在情婦那邊囉，偶爾回家還要被老婆罵，那豈不是更不想回來了嗎？」

「可是客客氣氣地迎接出軌的男人回家，不是很不甘心嗎？」

「只要讓他鬆懈就可以囉，裝出一副『不論多久我都願意等你』的堅強模樣，等到他跟出軌對象完全斷絕關係，再狠狠訓他一頓。」

原來還有這種方法呀，當我默默聽著的時候……

「身為出軌對象的人在說什麼啊。」

權從屋內走了出來。

「妳別灌輸曉海這些沒用的知識。」

「這是實戰中可以活用的知識。」

「實戰中連戰連敗的女人這麼說也沒說服力。」

「我會輸的只有真愛，換作其他男人都是穩贏的。啊，權，我要去今治買個東西，傍晚你幫忙把霓虹燈打開就好。還有上個月的——」

「統計上個月的營業額，還有訂酒對吧。」

對對，拜託你了——阿姨合掌膜拜著權這麼說，令人搞不清楚誰才是經營者。她急急忙忙出門去了，我和權於是上了二樓。

「那是哪來的？」

我習以為常地在權房間的床邊坐下，權的目光停留在我手中的粉紅色瓶子上。這是剛才幫忙的時候，權的媽媽送給我的。

——曉海，我們要成為那種像好姊妹一樣的婆媳哦，約好囉。

像孩子一樣勾過手指之後，她給了我一個寫著「Miss Dior」的瓶子。看起來很昂貴，收下真的好嗎？聽我這麼問，權皺起臉說「真不吉利」。

「那是阿煌送她的禮物。」

「那還真的是……有點不吉利呢。」

我笑著打開淺粉色的瓶蓋，用手掌搧了搧瓶口確認香味。像春天百花爛漫那樣，甜美又華貴的香氣令人陶醉。

「好香哦，雖然這麼女性化的味道不適合我。」

聽我這麼說，權從我手中搶過瓶子，在自己手腕上噴了一下，手臂繞到我頸子上，從我的耳後滑到側頸，把香氣轉移過來。

「曉海，妳比她更適合。」

權把臉埋進我頸間，鼻息在每次嗅聞味道時吹上肌膚，使體溫一點一點上升，權骨節分明的大手伸進T恤裡來。

從第一次接吻到發生關係，我們沒花太多時間。我是第一次，驚訝的是權也第一次。還以為住在大都市的年輕人進展得更快，但權說京都不算大都市，而且不同地方的人其實沒有那麼大的差別。

直到事情發生那一瞬間以前，我一直覺得自己絕對不可能在男生面前、而且還是自己喜歡的人面前脫下衣服。然而那個時候，在這間房間的這張床鋪上，我沒有任何一丁點的遲疑。炎熱的夏天裡，房間沒有冷氣，做完之後我們全身是汗，卻仍然難分難捨地抱著彼此。汗溼的肌膚緊貼在一起，稍微挪動一點便會感受到微弱的阻力。

窗邊風鈴發出澄澈的聲響，我沉浸在初次品嘗到的幸福之中，同時有種不安感，像在自己碰觸不到的地方，被人烙上了一輩子不會消失的印記。

睜開眼睛，風鈴在我仰躺的視野中搖晃。夏季午後偏晚的時間，倦怠感混雜在空氣中，我還半睡半醒。行為結束之後，我總是連櫂也拋下不管，一下子昏睡過去，這一、兩分鐘的事情剛開始經常被他揶揄。

我睡眼惺忪地翻了個身，緩緩把視線轉向書桌，那裡坐著熟悉的背影。我睡著的期間，櫂總是在筆記型電腦上寫著故事。桌面上一本教科書也沒有，被漫畫和列印出來的原稿占據了所有空間。

——現在，櫂的心裡應該沒有我吧。

啪噠啪噠，櫂敲鍵盤的聲音像雨點一樣變化，有時疾如驟雨，有時像零落的小雨。我喜歡聽著這聲音打瞌睡，或是做自己的刺繡。

我伸手去拿放在床邊的刺繡工具，靠在床頭板上，把刺繡框夾在腹部和立起的雙膝之間固定。雖然想要專用的刺繡檯，但我的零用錢負擔不起，要不要去打工呢？我邊想邊以鎖鏈針法繡出雪花結晶。想繡成漂亮的六角形，銳角卻繡得不理想，該拉得多緊、放得多鬆，才能繡出美麗的形狀？無法掌控的繡線，和自己的未來重疊。現在已經是高中三年級的暑假，我卻還沒有決定升學方向，也還不知道父母未來會如何。

——妳想念書？還是只是想離開這座島？

——我們只能從手牌裡選擇自己最不想放棄的東西。

櫂的話雖然不留情，卻也是我正在面對的現實。我把一不留神隨時都會洩漏出來的嘆息，用細針一併刺上布面。既然是雪花，就用銀色的珠子吧，加入一些透明珠子可能更漂亮。唯有想像著刺繡成品的時候，我得以逃離現實。

——刺繡對我來說，或許就像櫂的漫畫一樣吧。

忽然發覺打字的聲音停了，於是我抬起視線，對上了櫂看著這裡的眼睛，也不曉得他從什麼時候開始看的。櫂朝我走來。

「寫完了可以叫我一聲呀。」

「因為妳的表情很有趣，像這樣，還有這樣。」

櫂一下皺眉、一下噘嘴地擺弄表情，然後取走我手中的繡框放到床邊，把被子掀開一個大洞鑽進我身邊。

「我累了，沒有靈感。」

他把臉埋進我側頸，磨蹭著鼻尖，我環抱住櫂瘦削的肩膀。上床、聊天、睡覺，我們奢侈地消磨著高中最後一次暑假。

雖然想一直和櫂待在一起，但只要一超過五點，智慧型手機就會傳來媽媽的訊息：妳在做什麼、還不快點回家，一封接著一封。和櫂相擁之後不小心睡到超過六點那次，手機裡收到三十封以上的訊息，讓我毛骨悚然。

——阿姨她反應有點激烈啊。

櫂也擔心起來，我們說好以後絕對要遵守門禁時間。

今天也急匆匆地穿好衣服，勉強趕在五點前到家。「我回來了——」我衝進家門，但媽媽不在，廚房桌子上擺著已經準備好的晚餐。加了甜椒和檸檬、色彩鮮豔的沙拉，金黃焦香的焗烤菜餚，擅長和食的媽媽很少煮這些。庭院裡傳來水聲，我探頭往緣廊看，下一秒僵直在原地。

「妳回來啦，曉海。」

像男孩子一樣的短髮、穿著米色棉質連身裙，背影完全就是瞳子小姐，回過頭來看我的卻是媽媽的臉。

——妳剪頭髮了？為什麼穿著那種洋裝？

媽媽哼著小曲，拿灑水噴頭澆著花。

我強忍住尖叫的衝動。

「媽媽。」

我喊她的聲音在顫抖。

「什麼事呀？」

那種悠哉的語氣也不像媽媽。好恐怖，我好害怕。

「我想到東京念大學。」

這句話終於衝口而出。此刻我清楚地意識到，自己再也不想待在這裡。

「妳之前不是說要念松山或岡山的大學嗎？」

「我改變主意了，還是想去東京。」

媽媽臉上維持著笑容沉默了，我的心臟跳得越來越快。

「那要跟爸爸商量一下，妳去打電話叫他回來。」

「為什麼？媽媽妳來打啦。」

媽媽的表情瞬間變了，花灑從她手中掉落，水往上噴，沾溼媽媽的洋裝下襬，把布料一點一點染成暗沉的顏色。

「突然說什麼想去東京，反正肯定是因為那個酒店兒子要去吧？妳根本不打算用功念書，還像個傻子一樣追在男人屁股後面跑，知不知道妳和爸爸害我丟了多少臉？大家都這麼自私任性。」

——大家說的是誰？爸爸和我？

——為什麼要把婚姻出軌、拋下家庭不顧的丈夫，和女兒的未來相提並論？

——不要把我捲進媽媽妳的孤獨裡。

憤怒在心裡捲成漩渦，出口卻被堵住，痛苦得難以呼吸。我緊抿著嘴，轉身離開。要忍耐，媽媽也很痛苦。

「曉海，妳要去哪裡？」

「散步。」

「已經要吃晚飯了。為什麼爸爸和妳都這樣任性。」

我頭也不回地走出家門，繼續待在這裡的話我會傷害到媽媽。

大步沿著附近的海岸線走，旁邊就是黃昏時分無垠的大海和天空，無論再怎麼走都抵達不了任何地方的事實令人絕望。

——比起那些父母會把一切安排妥當的傢伙，我們已經相對不利了，不是嗎？

為什麼遇到這種事的總是我們，不甘心的眼淚溢出眼眶。可是哭也無濟於事，快思考、快思考。我瞪著前方一個勁地走，走著走著，智慧型手機響了。

「妳媽媽沒生氣吧？」

「如果出了什麼事要跟我說哦。」

一讀到訊息的瞬間，手指就擅自撥了櫂的號碼。櫂立刻接起電話，聽見我抽泣的聲音嚇了一跳，反覆說著妳在哪裡、我馬上過去。

櫂趕過來的時候，夏季的陽光已經完全消失。一片幾乎沉入薄暮的群青色當中，響起腳踏車尖銳的煞車聲。

「曉海。」

抬起視線，我看見汗流浹背的櫂站在那裡。出身都市的他，越過黑暗的山路一定吃足了苦頭吧。光想到這裡，我的情緒就直接潰堤，淚水再度奪眶而出。櫂聽我說完事情經過，想了一會兒，說：「走吧。」

「去哪裡？」

「去找妳爸。我們去拜託他，讓妳上東京念大學。」

我大吃一驚，反射性搖了搖頭。

「既然妳媽不肯談，那就只能找妳爸了呀。」

「我不想依賴爸爸。」

現在這種最糟的狀況就是爸爸造成的。

「不要依賴他沒關係，利用他吧。」

不明白權的意思，我眨著眼睛。

「這不是喜不喜歡、想不想去的問題。我們能使用的手牌本來就比別人少，擁有的一切都不能浪費，全都必須好好活用才行。」

權邊說邊走向公車站，強硬地把我拉上恰好到站的環島公車。和之前一樣，我們並肩在最後一排座位上坐下。

「寫故事的時候，總會遇到討厭的場面，想到要寫它就痛苦，甚至寫到肚子痛。可是不寫那一段就無法往前推進，所以我總是相信故事過了這段絕對會變得更有趣，說服自己繼續寫下去。」

隔著公車車窗，權望著一片漆黑的海。

「撐下去，曉海。」

牽著的手傳來他緊握的力道。

高中畢業之後，權就要到東京去，他的搭檔尚人，還有照顧他們的編輯都在那裡。那是權靠著自己的力量爭取到的東西，不依靠雙親的力量、自力打造的棲身之處。在贏得這些之前，權熬過了多少「討厭的場面」？

「……嗯，我會努力。」

我回握櫂的手。

抵達瞳子小姐家的時候，已經過了七點。來到玄關應門的瞳子小姐一看見我苦惱的表情，什麼也沒問，就說了聲「歡迎」領我們進門。分明和爸爸一樣是造成現況的元兇之一，她放在肩上溫暖的手卻使我鬆了一口氣。

看見我突然出現，爸爸顯然動搖了，他想說什麼似的張了張嘴，又看見我身邊的櫂，不悅地皺起眉頭。

「妳可以繼續升學，學費我會出。」

聽我說完事情經過，爸爸一口答應下來。明明不想依賴他，我卻安心地下意識嘆了口氣。

「可是，」爸爸說著，替自己倒了啤酒，「東京啊……那傢伙也不容易，妳不能選個能從島上通勤的地方嗎？」

雖然說得曖昧，但聽得出他在擔心媽媽，所以想勸我考慮一下能從家裡通勤的大學。

——為什麼要強迫小孩子替父母擦屁股？

我越想越莫名其妙。我的存在，只是替這個幾乎全毀的「家庭」勉強維持輪廓的一個零件。我保持著正坐姿勢，緊緊抓住大腿上的裙子，把布料都抓縐了。就在這片沉默越發沉重的時候……

「我會資助妳。」

瞳子小姐開了口，爸爸大吃一驚。

「事情變成這樣是我們的責任，既然你反對她上東京，說一旦去了東京就不替她出錢，那只能由我來出了。」

「我沒說不出錢，只是要她再好好考慮一下。」

「都到了這個時期，已經沒時間考慮了吧。」

瞳子小姐轉向我。

「想去東京的話就去吧，學費和生活費由我們來出。」

「我不能收瞳子小姐的錢。」

「為什麼呢？」

「媽媽不會允許的。」

「跟妳媽媽沒有關係。曉海，我們現在談的是妳的人生。」

「……可是……」

「曉海，妳可以隨著自己的心意過活。」

「這樣太任性了，是不被允許的。」

「不被誰允許？」

瞳子小姐間不容髮地反問，我一時語塞。

「過自己的人生，需要獲得誰的許可嗎？」

島上的島民、世俗的目光。可是，即使得到那些人許可，我到底——

「要是顧慮別人而放棄重要的事物，事後可能後悔莫及哦，到時或許會把責任怪罪到那個人頭上也不一定。但是從我的經驗來說，無論怪罪誰也無法讓妳釋懷，也無法因此獲得救贖。沒有誰會為妳的人生負責任。」

瞳子小姐的話筆直貫穿我的胸膛。

「我有工作，也有一定的積蓄。當然有些東西是錢買不到的，但有些時候確實是因為有錢，我才能夠保有自由。比方說，我不必依存於任何人活下去，也不必心不甘情不願地聽從任何人的命令，這是很重要的。」

這我感同身受，是切身之痛了。我的將來正在被金錢左右，而我也明白媽媽之所以對爸爸如此執著，一部分也是因為經濟上的問題。

「曉海的學費由我們來出，這樣可以吧？」

瞳子小姐這麼問爸爸。

「知道了、知道了，是我不好。」

爸爸道歉了，我好驚訝。爸爸在家就連伸手可得的東西都要叫媽媽去拿，大家家裡的爸爸都是這樣，我以為這很正常。然而現在的爸爸看起來卻有點難為情，我第一次看見爸爸不是「父親」的模樣。

把爸爸變得不再是「爸爸」的瞳子小姐使我憎恨，同時卻也無比羨慕。瞳子小姐能夠自立，不依靠男人，堅持做自己想做的事，說難聽點就是任性妄為，把我和媽媽的家搞得分崩離析。可是，我卻被她這份任性妄為幫了一把，甚至對她的堅強懷抱幾分憧憬。現在的我還無法消化這樣的矛盾。

最後一班公車已經離站，爸爸又喝了啤酒，所以瞳子小姐開車送我們回家。在不久前停放腳踏車的公車站，櫂先下了車。

「謝謝。」

櫂低頭道謝，瞳子小姐笑著揮手說「再見哦」，爸爸坐在副駕駛座，看也不看櫂一眼。櫂對後座的我比了個「跟上來」的手勢，那一瞬間，我便打開門鎖下了車。

「曉海，已經是晚上了。」

爸爸語氣強硬地說，但我不聽。

「瞳子小姐，謝謝妳送我回家。」

「不客氣，隨時再過來玩哦。」

「曉海，都這麼晚了還跟男生兩個人獨處——」

話說到一半，瞳子小姐開動了車子。

「小瞳，這樣不行啦，快開回去。」

拋下爸爸的聲音，瞳子小姐的車沿著夜晚的海岸線駛遠。目送著車尾燈變得越來越小，我和櫂同時噴笑出來。

「他叫她小瞳耶。」

我們相視而笑——大概吧。公車站的燈已經熄滅，周遭被夜色封鎖。被剝奪的視覺令人安心，我扭曲了笑容，低下頭來。我切身體會到，爸爸雖然是我爸爸，卻已經不再是真正的「爸爸」了。

僅僅憑藉著櫂在夜色中隱約浮現的白色運動鞋尖辨認方向，我喃喃對他說。

「我要去東京。」

「念東京的大學，將來做想做的工作。」

想做什麼，現在還不知道。但找到目標的時候，我希望自己處在能夠跨出腳步追求它的位置。我確實不放心把媽媽留在這裡，但我不希望自己的立場像媽媽一樣脆弱。有了錢就不必依附別人生活，不必勉強自己服從任何人——瞳子小姐說的話刺在我胸口，只要我還待在這座島上，這根棘刺就無法拔除。

「就這樣？」

櫂這麼問。我抬頭看他，夜色太深，看不見他的表情。

「我想跟櫂在一起。」

話還沒說完，就被緊緊擁進懷裡。

越過櫂的肩膀，黑藍色的夜空和比它更暗的、漆黑的大海鋪展開來。今夜也風平浪靜，連海濤聲都聽不見。無論睜開眼、閉上眼，側耳聆聽或是塞住耳朵，都什麼也看不見、什麼也聽不到。島上一向覺得理所當然的黑夜，此刻卻莫名教人害怕。

從此以後，我會怎麼活下去？

青埜櫂　十七歲　夏

暑假也所剩無幾的八月，我和曉海兩個人被叫到學校。

「所以我就說不要了。」

曉海從剛才開始一直很不高興。

「櫂你是男生無所謂，我可是很丟臉的。」

「是男是女哪有什麼關係，我也很丟臉啊。」

「那也是你的錯，我本來還期待看煙火的。」

看見我們在化學準備室前爭吵，到校進行社團活動的同學從旁經過，意味深長地偷瞄過來。我們臭著臉互看一眼，作好覺悟說，走吧。

「報告。」一打開化學準備室的門，就聽見一道聲音說：「我在這裡。」探頭往準備室裡看，北原老師坐在窗邊的椅子上吃著餅乾，畫面看起來相當悠哉。

「要吃嗎？」

老師這麼問，不過餅乾形狀不怎麼美觀，顏色也偏白。

「是我女兒烤的。」

「好，那我就不客氣了。」

「裡面沒烤熟，生麵粉可能會吃壞肚子。」

我把伸到一半的手收了回來。或許是我心裡「別請人吃這種東西」的心情表現在臉上了，北原老師說：

「她才五歲，名字叫結。」

老師微微揚起嘴角，和他平時那副捉摸不定的模樣對比之下，這表情特別明顯地表現出了他對孩子的愛。北原老師把半生不熟的餅乾扔進嘴裡，起了個話頭：「關於之前的事……」我和曉海挺直了背脊。我家是無所謂，只希望老師不要跟曉海家裡告狀——在我還來不及這麼請求之前，老師劈頭就說：

「你們有避孕嗎？」

意料之外的問題讓我大吃一驚。你們有避孕嗎？北原老師又問了一次，看見我們支支吾吾地說著「……外面」，老師把手伸進白袍口袋。

「我知道了，請使用這個。」

遞來的是一盒保險套，這一次我們真的啞口無言了。

上週末，我和曉海一起去看今治的煙火大會，不過是隔著一片海，在島嶼的海岸邊看。我不愛人擠人，在這裡遠觀更好。像煙火大會這樣充滿高中青春感的約會我也是第一次，因此本來也很期待。然而，看見曉海穿上浴衣盛裝打扮的模樣，我一時腦熱，等不及煙火開始，就把她拉進了消波塊的陰影裡。

最近的我不太對勁。之前從來沒有一個女人比漫畫更能夠把我從現實剝離開來，曉海是第一個反過來浸潤我的現實的女人。彼此相擁的時候，我和曉海的愛情天秤不會不安定地搖晃，反而紋絲不動地靜止下來，這時我內在空虛的部分會被填滿。我第一次體會到內在和外在都受到滿足的感覺。

釋放過後我渾身脫力，彷彿全身上下的力氣都被抽離一樣。仗著海邊夜色濃重、空無一人，我們把曉海的浴衣鋪在沙灘上，像即將斷氣的動物似的躺倒下來。煙火在半途開始，回過神來已經結束了。

「我們是來做什麼的呀……」

「抱歉，明年在東京一起看吧。」

曉海下顎和肩膀的陰影在星光下浮現，原先盤好的頭髮也散掉了，可憐又惹人憐愛。我撫摸著她的頭髮時，聽見規律的鼻息。完事之後，曉海總是立刻陷入沉睡。喜歡的女人在懷裡沉眠，光是這種小事就讓我如此幸福，幸福得甚至令人感到滑稽。就在我聽著曉海的呼吸聲，跟著閉上眼睛的時候——

一道光線突然劈開黑暗照到身上，我猛然坐起身。一個小小的影子「呀——呀——」地發出尖叫聲四處亂跑，光線隨著影子的動作揮來揮去，是拿著手電筒的小孩。踩踏沙子的腳步聲從遠方跑來，應該是看完煙火準備回家的親子檔。

「糟了，曉海，快起來。」

我搖晃她的肩膀，曉海嫌煩似的翻了個身。這個笨蛋。我趕緊先穿上長褲，把襯衫蓋在曉海身上的同時，晃動的燈光固定在我們身上。

「青埜同學？」

似曾相識的聲音。我被光線刺得瞇起眼睛，對方把手電筒往旁挪開了一些。站在那裡的是北原老師，一個小女孩面露怯色，緊緊抱住老師的腰。

「你們在這種地方做什麼——好像不用問也知道了。」

看見我們衣衫不整的模樣，北原老師點點頭。我們去其他地方吧，他對女兒這麼說，牽起她的手轉身離開。原以為他會放我們一馬，沒想到……

「御盆節連假過後的週一下午一點，請你們兩個一起到化學準備室來。」

老師留下這句話便離開了。

我們作好了覺悟，原以為要被狠狠教訓一頓。可是……

「還有，這是化學準備室的鑰匙，想使用的時候請事先告知。雖然不像海灘那麼浪漫，不過至少能避免之前那種意外。」

老師把鑰匙和避孕用品一起交給我，但我不曉得該如何答腔。

「有什麼不妥的地方嗎？」

沒有，這才是最令人不解的地方。曉海也不知所措。

「為什麼沒有罵我們？」我問。

「即使我罵了，你們也不可能不做吧。」

這話直白到讓我啞口無言。

「明知道不可以卻還是想做，那就做吧。不，或許該說除了這麼做之外別無其他選擇……只要那真的是自己想做的事。」

身旁的曉海低下頭，黑髮之間露出的耳朵已經全紅了。我明白她的心情，這段話言下之意是「你們就是那麼想做愛吧」，感覺和被當成猴子沒兩樣。

「沒事了，你們可以回去囉。」

北原老師繼續啃起沒烤熟的餅乾，朝著桌上的講義伸出手。我們行了一禮，離開化學準備室，書包裡放著避孕用品和鑰匙。

「本來還一直以為他是個樸素又沒什麼存在感的老師。」

「確實很怪，不過算是個好人吧。」

「真難得，櫂你居然會說老師的好話。」

「我也不是每個老師都討厭啊。」

之所以不喜歡某些老師，只是因為他們僅憑著幾分責任感就跑來插手自己無法處理的事情讓我很困擾而已，但北原老師不是那種人。我已經把那一晚拿到的手機號碼登錄進手機裡了，但一次也沒打過去，北原老師也沒特別跑來關切。平穩地讓事情過去，這種處理方式對我來說最為理想。

而且無論如何，我們都是不懂得忍耐的十七歲少年少女，那還不如把避孕用品和藏身處的鑰匙交給我們，才是最佳對策。以一名教師來說，我認為北原老師不太正常，但好老師並不等同於好的大人，好的大人和正確的大人也無法以等式連結。

「比起這個，我更介意晚點的事。」
「責任編輯會聯絡你，對嗎？」
「聽說最晚到傍晚就有結果了。」
我們在停車場牽出各自的腳踏車。平常總是讓曉海載我回家，兩人一起懶洋洋地打發時間，但今天編輯部要召開決定新連載的會議。編輯們會帶來各自看中的作品一起討論，我和尚人的漫畫也是候選之一。
「祝你們順利拿下連載資格。」
「無論拿到了還是沒拿到，我都會跟妳聯絡的。」
曉海點點頭，騎上腳踏車。
「啊，那支鑰匙你記得還給老師哦。」
「我先留著吧。」
「我絕對不會用的。」
曉海斬釘截鐵地說完，踩著踏板高速疾馳而去。也對，我忍不住笑了。就算老師說「想使用的時候請事先告知」，那麼丟臉的話誰說得出口啊。
回家之後，我和尚人先連好線，兩人一起等待植木先生的聯絡。尚人年紀比我大，卻細膩善感，時間過了五點之後就開始說起「該不會還是落選了吧」、「所以他才不好意思跟我們聯絡」這種悲觀的話。

「別說這麼不吉利的話，小心一語成讖。」

『不說出口我很難受。』

「你就不能像個男子漢嗎？」

『當作家的人不要有性別偏見，你這種想法會表現在作品裡面。』

「好啦好啦，抱歉，尚人大姐。」

『你現在這是同志偏見。』

「哎呀真是的，你好囉嗦，別遷怒到我身上啦。」

尚人是個喜歡男人的男人。第一次在線上見面時我就隱約察覺了他的性向，不過直到最近他才跟我出櫃。尚人相貌端整，卻留長了紫灰色的劉海蓋住眼睛，說是因為害怕與人眼神交會。他膽小、脆弱，美感卓越，重視細節，畫出來的作品也像他本人一樣，原稿用紙的每一個角落都從不馬虎。

『我也想活得像櫂你那樣大而化之啊。』

雖然尚人這麼說，但我其實也拿威士忌掩飾著自己緊張的心情，一樣是個膽小怯懦的人，只是無法坦然表現出來而已。在我做著這樣負面的自我分析時，植木先生加入了視訊連線，我立刻按下允許。

『兩位久等了，這次是近年來少見的大混戰啊。』

隔著螢幕，我和尚人連忙低頭致意，時間已經過了七點。

『先把結果告訴你們。』

緊張感頓時攀升，我感覺到心臟一帶彷彿在撲通撲通地震動。
『恭喜你們獲選，連載從明年四月開始。』
幾秒鐘的空白之後，我們在分割成三塊的螢幕畫面中激動得大叫。尚人眼眶含淚，我大笑不止，植木先生則帶著謎樣的自豪表情。
明年四月開始連載感覺還很遙遠，但據說這是顧慮到我還是高中生的關係。作品還有許多需要打磨的地方，不妨從現在開始仔細修改，還得事先積存一些原稿，明年一轉眼就到了——植木先生這麼說。
『不過，今晚就單純地慶祝一下吧。』
植木先生把手伸向畫面外，「鏘鏘——」地拿出一瓶罐裝啤酒。
『櫂，尚人，你們努力到今天不簡單。恭喜你們。』
我一反常態地聽得胸口一熱，把威士忌咕嘟咕嘟地倒進馬克杯。尚人準備了氣泡酒，他明明說了那麼多悲觀的話，私底下卻連乾杯用的飲料都準備好了，讓我覺得好好笑。
植木先生隔著螢幕皺起臉說：
『今天是值得慶賀的一晚，我就睜一隻眼閉一隻眼了，但你們絕對不可以在社群媒體上提到喝酒的事啊。現在什麼事都會立刻燒起來，弄個不好連載的機會就飛了。』
求求你們、萬事拜託啦，植木先生說著，毫無必要地壓低了音量說「……乾杯」，打開罐裝啤酒。在那之後，我們熱烈地聊起各種回憶：第一次見面的情景；尚人對作畫有太多堅持而趕不上截稿期限，因此跟我吵了一架；我們無法接受植木先生的修正提案而展開激辯等等。不過最後話題果然還是兜回連載，變成一場線上會議了。

「糟糕，現在說的這些我可能記不起來。」

不同於醉到頭腦不靈光的我們，植木先生看起來非常清醒。

「植木先生，沒想到你酒量這麼好啊。」

『編輯怎麼可以在和作家喝酒的時候喝醉呢。』

不愧是專業的，我才剛感到佩服……

『哎呀，不過偶爾喝醉還是難免啦。』

「你吹了等於白吹嘛。」

吐槽為這場會議畫下完美的句點，連線就此結束。一看時鐘，已經過了十點，我趕緊傳訊息給曉海，她一定等得一顆心七上八下的。可是我等了五分鐘，也沒收到她的回覆。我下樓到店裡上洗手間，酒店裡沒有客人，母親正在講電話，撒嬌的語氣聽起來不太像在營業，說不定又交到新男朋友了。

「那就週五見，我很期待喲。」

母親掛上電話，哼著歌拿出一瓶新酒，拿奇異筆在名牌上寫上「阿達」。我於是知道了新男人的名字。

「櫂，你剛才怎麼叫那麼大聲啊？」

「啊，是連載定下來了。」

母親愣了愣，緊接著「咦——」地用頭腔共鳴發出聲音。

「連載的意思是，雜誌上每個月都會刊登你的漫畫對吧。那你就是大名人啦，是老師了。」

「哪有那麼簡單。」

在網路興盛的時代，要贏得紙本雜誌的連載資格可是困難重重。取得連載資格之後，無論老手還是新人都會被放在同一個基準上比較。一旦作品人氣不足，連載便會遭到腰斬，空下來的位置立刻有人遞補，新人多得是。

「漫畫家一定很賺錢吧，動畫那麼流行。欸欸，那你賺大錢之後幫我蓋一棟大房子嘛，我都把你拉拔到這麼大了。」

「好啦好啦，賺大錢的話。」

我迅速上完廁所，回到二樓去了。總是以男人為優先、把小孩丟著不顧，還敢說「把你拉拔到這麼大」，簡直惹人發笑。我也想繼承到她這麼幸福、這麼輕鬆自在又任性的基因。哪怕施加的一方忘記了，承受的一方也一輩子無法忘懷，然而正是這些不堪的經驗和記憶，不，應該說是對於這些記憶的逃避，驅使著我書寫故事。從小我一直活得很不自在，我的日常生活無法與任何一個同學分享。

我不想知道發黴的米和麵包、腐爛變色的蔬菜，嚐起來是什麼味道。但家裡只有這些東西，吃下去之後或許是有了抗性，也沒有特別吃壞肚子。那種經驗單純只是垃圾，我不願直視自己充滿垃圾的日常生活，因此一頭栽進故事的世界裡。

然而在某個時間點，我忽然察覺一件事：

我擁有其他人所沒有的經驗。

而無論那是寶石或是汙物，在撰寫作品的時候都同樣會成為寶山。

我把那些想扔也扔不掉、垃圾一樣的經驗活用在故事當中，遇見了尚人，將它整理成漫畫，東京大出版社那些學歷傲人的編輯看了，稱讚這是「才華」、是「細膩的感性」。在高興的同時，心裡那種彷彿坐在搖晃不穩的椅子上的怪異感卻揮之不去。這到底是什麼煉金術？說歸說，但我是不會為此向母親道謝的，這是兩碼子事。我敢斷言，不要知道腐爛的食物是什麼味道比較幸福。

——不要得意忘形了。

我這麼告訴自己，試圖平復興奮的心情。對我來說，這個世界不能信任，一旦相信了便會嘗到苦頭。不要鬆懈，不要抱持美好幻想，這才只是剛站上起跑線而已。我很清楚自己運氣不怎麼樣，從小碰上一件好事總會發生兩件壞事。越走運的時候我越得自我批評、鞏固防備，久而久之已經養成了這種沒出息的習慣。

看來我也沒資格說尚人。當我這麼想的時候手機響了，螢幕上顯示曉海的名字，我迅速按下接聽。在我來得及告知今晚的結果之前——

『怎麼辦！』

慘叫般的聲音差點震破我的耳膜。

「怎麼了？」

『我媽媽不見了，我洗完澡出來就沒看到她。』

「她去哪裡了？」

『不知道，車子不見了，停車處都是煤油味。』

「煤油？」

『放在屋子後面的塑膠油桶不見了，三月在神崎家的店裡買的。都說用不到那麼多了，媽媽還是說她怕冷，明明煤油每年都會剩下……』

這些細節根本不重要，顯見她的動搖。

曉海的母親去哪裡了？為什麼帶著煤油？我不願意去想，但多半是為了點火。她打算燒掉什麼東西？想一個人自殺的話到附近的海岸就夠了，既然開了車，就表示目的地不在附近。細碎的便條在腦海中亂舞，把它們按邏輯排列出來，最糟糕的故事於焉成形。啜泣聲在耳邊響起。

「曉海，妳先冷靜。我馬上過去，妳在家裡等我，在我抵達之前絕對不要亂跑。」以免發生什麼萬一，害得曉海遭到波及。

『櫂，不要掛電話，我好害怕。』

「嗯、嗯，但我們還是先掛斷吧，不然要是妳媽媽打過來妳就接不到了，對不對？」

『嗯……』曉海抽噎著說。

「我馬上就過去囉？妳要在家等我哦？」

切斷通話之後，我猶豫了一下，還是打給了北原老師，「可靠的大人」這個條件在我腦中浮現的只有北原老師一個人。電話一接通，老師就問我「怎麼了」，顯然因為一次也沒撥過這支電話的我打了過去，所以他察覺肯定出了什麼事。平常看起來有點不修邊幅，反應卻這麼快，我一面慶幸自己打給了這個人，一面說出事情經過。

『我知道了。我開車去接你，然後一起到井上同學家。』

「謝謝，拜託老師了。」

我衝下樓梯，母親正在門可羅雀的店裡唱一人卡拉ＯＫ，是Spitz的〈Cherry〉，多半是新男友喜歡的歌。我說要出門一趟，便透過麥克風傳來一句「路上小心——」。

北原老師馬上就趕來了。準備坐上副駕駛座時，我發現後座睡著一個小女孩，身上裹著毛毯，發出規律的呼吸聲。是那天在海邊尖叫的小孩。我輕手輕腳地上車，以免吵醒她。

「對不起，知道老師家裡有小孩，還在深夜找您出來。」

「沒關係，結只要睡著之後，就算把她抱起來也不會醒。」

北原老師從後照鏡瞥了一眼，確認小結的情況。老師不會把年幼的女兒一個人丟在家裡，光只是這樣，我就覺得他是個好爸爸。

車開了十分鐘，曉海家映入視野。寬敞的腹地周遭圍著石牆，曉海在大門口來回踱步，帶著泫然欲泣的表情朝車子跑來。

「阿姨有聯絡妳嗎？」我問。

「沒有，我也問過親戚家了，都沒看到她。」

「知道了。快上車吧，妳負責帶路。」

「要去哪裡？」

「瞳子小姐家。」

曉海沉默了，我催促她坐進後座。雖然很想一起坐在後面陪她，但小結睡在另一側，我於是回到副駕駛座。北原老師開動車子，越過連接島嶼的大橋時，我注意到窗外是一片漆黑。夜晚的大海比天空更黑，像隨時準備吞噬世界的黑洞。曉海低著頭，雙手交握在胸前。拜託讓我們趕上，希望不要出任何事──我們只能這麼祈禱。

「請在下一個紅綠燈轉彎。」

進入鄰島之後，曉海第一次開口說話。我們穿過聚落往山上開了一會兒，便在車頭燈前方看見曉海家的車，看起來沒什麼異狀。我們在不遠處停下車，躡手躡腳地走近房子。通往玄關長長的小徑前方，能看見一小簇橘色在黑暗中搖曳。是火。

「……媽媽。」

曉海茫然地喃喃，她的視線另一端有個人影。周遭暗得看不見表情，但那人彎駝的背影與輪廓散發出不幸的粒子，比任何證據都要明確指明了她就是曉海的母親──一個被關在沒有出口、伸手不見五指的暗夜中的人。

「媽媽，妳在做什麼？」

我連忙拉住曉海，阻止她走近。曉海的母親腳邊，有揉成團狀的報紙在燃燒，塑膠油桶翻倒在不遠處，流出的煤油沾溼了庭院小徑上的雜草。距離火焰太近了。

「放開我，媽媽她……」

「不能過去。阿姨，妳快離開那裡，會被火燒到。」

絕不能讓曉海靠近，要快點讓曉海的母親離開火源，得想辦法滅火。當我們恐慌地僵直在原地，北原老師大步從我們身邊走過，把著火的報紙團踢到離煤油有段距離的地方，用腳踩踏著它滅火。

「青埜同學，請你拿水來，用水桶或接水管都可以。井上同學，請妳帶著媽媽先回到車上。如果結醒來了，請跟她說我馬上就回去。」

「水要去哪裡……」

「請按電鈴問家裡的人。」

但要是這麼做，曉海母親所做的事就會敗露。

「反正也瞞不住了，必須優先滅火，萬一之後火勢變大就糟了。」

受到老師讀心般的指示敦促，我終於動了起來。

我按了電鈴，向出來應門的曉海父親和瞳子小姐問到水龍頭的位置，從後院拉來水管仔細灑水。過程中，曉海的母親從車子裡衝出來，一把推開丈夫，抓住瞳子小姐的短髮把她推倒在地。

她喊叫著什麼，但我聽不清楚，只看見她騎在瞳子小姐身上毆打她，力道大得難以想像是出自女人，曉海父親和北原老師兩個人合力才把她拉開。曉海父親把瞳子小姐藏在自己身後，曉海母親看見這一幕，更是甩亂了頭髮哭天搶地。這景象連習慣了男女糾紛的我也不忍直視，曉海發著抖，把一切看在眼裡。

北原老師陪伴著曉海的母親，好不容易把她關進車裡，但那之後又是一場騷動。即使心靈已經重創至此的妻子就在面前，曉海的父親仍然說他要留在瞳子小姐家。

「爸爸，拜託你一起回家吧。」

面對女兒的請託，他也垂著頭不答腔。這樣下去沒完沒了。

「瞳子小姐，今天一個晚上就好，妳就讓叔叔他回家一下吧。」

我來到相隔一小段距離的地方如此拜託她，瞳子小姐正擦拭著她被毆打破皮的嘴唇。

「同樣身為女人，妳一定也明白阿姨她的心情。她打算做的事情雖然不該被原諒，但這也表示她已經被逼到這種地步了。」

我意在言外地指責這是她的錯。

「是啊。心愛的男人每晚都睡在其他女人身邊，沒有女人不會為此發狂。」

「既然妳這麼想──」

「所以只要走錯一步，說不定就換成我到曉海家放火了。」

瞳子小姐說完，唐突地把身體轉了半圈和我面對面。堅定的眼神筆直仰望過來，我一時竟被她的氣勢壓倒。

「櫂，你聽過介錯嗎？」

「咦、啊，妳說切腹？」

瞳子小姐點頭。

「光是切開腹部是死不了的，所以才需要有人砍頭來『介錯』，不讓切腹者痛苦太久，這是武士的憐憫。我和他太太都已經把肚子切開了，剩下的只差男人砍下最後一刀。要是男人在這時候害怕、逃避，求死不得的女人只能痛得滿地打滾，不是嗎？」

淒絕的比喻使我不禁寒毛倒豎，起了雞皮疙瘩。另一方面，我回想起母親屢屢被男人用粗糙的刀法介錯，無法死透而四處翻滾掙扎的模樣，同時回想起自己被這些事情牽著走的孩提時代。我不想讓曉海嘗到那種滋味。

「因為瞳子小姐妳是被選中的那方，所以才有辦法這麼說吧？」

瞳子小姐正面接下了我的責難。

「我也曾經有過求死不得、滿地打滾的時候，痛苦得心想，拜託讓我死個痛快吧。櫂，如果換作是你，你希望對方怎麼做？」

「如果是我？」

「明知道之後會更加痛苦，也希望對方短暫地對你溫柔以對嗎？」

我無言以對，卻無法認同。

「瞳子小姐，妳說的都是正論，但沒有人永遠正確、永遠堅強。哪怕知道有些事做不得，還是有可能往那個方向走，人類沒有那麼單純。」

「你這不是溫柔，而是懦弱。」

我的反駁被一刀兩斷。

「到了關鍵時刻，無論被誰咒罵，也要毫不留情地割捨；無論被誰憎恨，也要不顧一切地爭取——若沒有這樣的覺悟，人生會越來越複雜哦。」

玄關黯淡的燈光下，我和瞳子小姐對視。我並沒有那麼強大，所以才故作堅強，這該算是堅強還是懦弱？瞳子小姐凝視我的眼神是如此堅定、如此清澈，正因如此，反而更顯悲傷。

「抱歉。」

瞳子小姐忽然垂下眼。

「忘記剛才的話吧，我說的話不能算數。」

在我感到困惑的時候，她輕輕觸碰我的頭髮。

「你是個很好的孩子，今晚謝謝你。」

手心順著我頭頂的輪廓輕輕包覆般摸了一下，瞳子小姐告訴曉海父親她要先回去了，便走進屋內。曉海的父親也追著她進門，我和曉海筋疲力盡地回到車上。

「不好意思，要麻煩你們擠一下了，請你們和媽媽一起坐後座。」

曉海的母親意識茫然地癱在後座，但不曉得她什麼時候會激動起來，因此我們必須坐在她的兩側防範。小結被移到副駕駛座，仍然發出酣眠的呼吸聲。我有點羨慕，內心五味雜陳。世上有小結這樣受到保護的孩子，也有像我們這樣不被保護的孩子，單純只是運氣好壞的差別。

曉海攬著母親的肩膀，靜靜閉上眼睛。

北原老師先載我們到曉海家，和我兩個人一起把曉海母親扛進家門。這是我第一次堂而皇之地走進曉海家，室內雜亂無章，死氣沉沉。

「老師，真的謝謝你。」

我說著，送北原老師上車。我會留在這裡，不能讓曉海一個人捱過這種夜晚。

「你們也累了吧。盡可能多休息，有事手機聯絡。」

一如往常，北原老師只留下必要的話便離開了。目送他的車子駛遠，我重新回想起事情經過，覺得老師真是處變不驚，相較之下我被嚇住了，沒幫上什麼忙。在我自慚形穢的時候，曉海把臉埋進我的肩膀。

「櫂，真的很謝謝你，各方面都是。」

「我什麼也沒做，幸好有北原老師在。」

「沒這回事，我很感謝你來幫忙。」

曉海的說話聲中沒剩下半點力氣，我輕撫著她的背以示安慰，這時屋內傳來低沉的呻吟聲，曉海全身一顫。我們前往查看，從隆起的棉被中漏出含糊的聲音。

「……媽媽。」

曉海輕輕把手放上棉被。充盈著小燈泡微弱燈光的和室中，阿姨的手緩緩從棉被裡伸出來，摸索著抓住曉海的手。

我倚在砂牆上，看著似曾相識的光景。先前也發生過類似的事，不過那次是我的母親。曉海在夜色中低垂著頭，我看著她無力的剪影，彷彿看著另一個自己。我們無法放開被至親牢牢握住的手，明知道甩開它樂得一身輕，我們卻無可救藥地渴求著愛。

到了拂曉時分，曉海終於入睡，我沿著海岸線漫步回家。染上朝霞顏色的海每一次掀起波浪都形體不定地晃蕩，沒來由地煽動不安的情緒。一回家我便倒在床上熟睡，到了下午偏遲的時間，才終於起床下樓上廁所。

「咦，你回來啦？」

母親嚇了一跳。

「對啊，回來了。」

無論我跑去哪裡、多晚回來，母親都不太擔心，從以前便是如此。

「你去找曉海了吧？」

「去哪都沒差吧。」

「好好哦，好青春哦，人家也好想回到高中時代。」

能回去的話就回去吧，然後拜託長成一個稍微好點的家長再回來。我邊想邊盛了飯，打了顆蛋、淋上醬油，這時收到了曉海的訊息。

我不想看。我從今早開始就有不祥的預感，而這預感恐怕是準確的。我邊吃著雞蛋拌飯，一手打開訊息，試圖稍微減輕一點衝擊。

「對不起，我不能去東京了。」

數秒的空白之後，退潮般的脫力感襲來。沒事的，我習慣了，發生好事之後總是跟隨著壞事，打從以前就是這樣。我早就知道了。

「我不能丟下媽媽一個人。」

訊息緊接著傳來。嗯，我想也是，我明白的。果然不出所料。我把雞蛋拌飯扒入口中，連著臟腑深處湧上的無奈感一併嚥下。

一股化學藥劑味忽然衝上鼻腔，原來是母親把腳翹在包廂沙發上塗著指甲油。我端著吃到一半的飯碗，嘆了口氣。

「不要在別人吃飯的時候塗啦。」

「對不起嘛——可是塗到一半也沒辦法中斷啦，你忍耐一下。」

沒露出半點反省的神色，母親哼著歌，喀啦喀啦地搖晃指甲油瓶。

「哎，老媽。」

我把吧檯的高腳凳整張轉過去，和母親面對面。

「妳要和我一起去東京嗎？」

話說出口的瞬間就反悔了，我到底在說什麼？等到我高中畢業，母親預計要回到京都，男人消失之後她沒有理由繼續待在島上，而且京都還有她的熟客在。

「突然說什麼呀，你會跟曉海一起住吧？」

「不確定。」

「吵架啦？」

「沒吵架。」

「反正千錯萬錯一定是男人的錯，你快去跟人家道歉。」

母親專注於手上的工作，連頭也沒抬。

「而且不久之前，我就想說要跟你講……」

「講什麼？」

「我決定還是不回京都了。」

光聽這句話，我就猜到是怎麼回事。

「最近我有個處得不錯的男友，他叫達也，住在今治。我告訴他我兒子要上東京去了，他就邀請我跟他一起住。」

我回想起母親喜孜孜地在酒瓶上寫上男人名字的模樣。

「那太好了。」

我語氣平板地說，母親唰地抬起臉來。

「嗯，他人超好的，下次介紹給你認識。」

「是客人嗎？」

「這座島上怎麼可能還有單身的好男人啊，他們全都有老婆啦。」

「那你們在哪裡認識的？」

「交友軟體。」

傻子嗎？我連吐槽的力氣都沒了。但我自己也一樣傻，居然因為一時軟弱就想依賴母親。說到底，她在這種時候也不曾接住我。

「妳這一次能幸福嗎？」

我問道，母親做夢似的抬頭仰望被香菸燻黃的天花板。

「阿達會不會給我幸福呢……」

看來這一次也沒有辦法。我問的是她能不能幸福，不是別人能不能給她幸福。她就是因為將幸福寄望於別人，才會屢次失敗。你要自己變得幸福才行，唯有你自己絕對不會背叛你，我透過母親這麼告訴自己。

另一方面我卻心想，要是曉海也這麼傻就好了。

曉海無法為了我捨棄一切，這事實帶給我的打擊大得出乎意料。明明覺得為了男人捨棄一切的母親是個傻子，我卻要求曉海變成和母親同樣傻的女人。我也是折磨母親和曉海的自私男人之一。

「見個面吧。」

我傳了訊息。

「我在海邊等你。」

三秒後便有了回應。

我們或許到此為止了，這不是悲觀，只是談論現實。十七歲的我們，接下來生活的世界越來越廣闊，生活環境和思考方式都將日漸改變。隨時磨合這些轉變，維護這段感情，遠距離能夠做到什麼地步呢？

明知如此，光是回想起曉海昨晚心灰意冷的模樣，我就渴望接納她的一切。儘管她並未選擇我，但這不代表她不重視我。有些事情總是身不由己，這我從孩提時代就早已明白。

我們約在熟悉的海灘見面，交換了數不清的約定。隨時可以寄郵件、傳訊息聯絡，如果想念對方的聲音還能打電話。狀況改善之後可以立刻到東京來，放長假的時候可以一起過。

我喜歡你，隨時把你放在心上，不會見異思遷。這些話說得越多，越感覺到不安隨之增幅，卻又不得不說。當我因為這矛盾感到疲憊不堪的時候，聽見「喂——」的呼聲。仰頭往護岸磚上方一看，一輛輕型卡車停在濱海道路上，酒店熟面孔的常客從駕駛座車窗探出身體。

「你們兩個——不要在那種地方打炮喔——」

被他大聲揶揄，我一瞬間火氣上湧。

「囉嗦，去死啦。」

我怒吼回去，大叔便笑著開動了車子。往旁邊一看，曉海低頭抹著眼角，我就連自己喜歡的女人都守護不了。我說不出自己也想哭，自暴自棄地扯著曉海的襯衫後背，硬拉著她一起仰倒在沙灘上。

兩人都沒說話，只是聽著海浪聲，看著逐漸轉暗的天空。

「……是晚星。」我說。

在西方偏低的天空，我看見一顆星獨自閃耀。

「晚星？」

曉海轉動脖子看向我。
「夜晚亮起的第一顆星星，也叫一番星、黃昏星，也就是金星。」
「我都不知道它還叫晚星。」
「早上也會出現，這時候叫啟明星，又叫晨星。」
「有這麼多稱呼呀。」
「明明是同一顆星星，很有趣吧。」
無足輕重的對話令我安心，誇張的詞彙使用得越多，越容易磨損人與人之間的關係。
「不曉得在東京是不是也看得到。」曉海說。
「一定看得到吧，不過肯定還是從島上看起來最美。」
「帶點朦朧美也很有韻味呀。」
我笑著回說「什麼啊」，和她同時伸出手。從牽起的手中傳來熱度，我不知道這段關係能走到哪裡，但我想和她一起，盡可能走得更遠。
只要我們彼此眼中，還映著同一顆星辰——

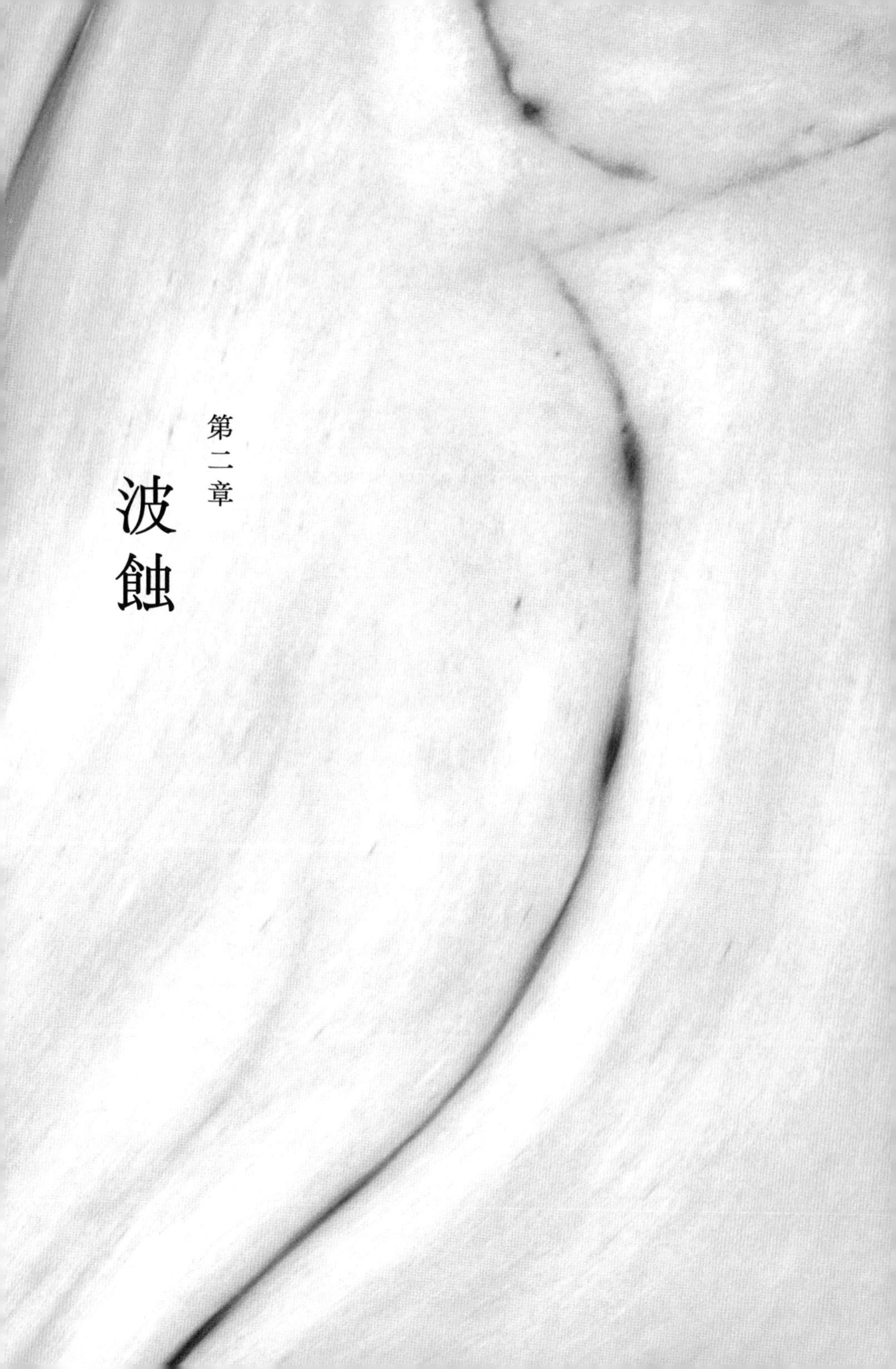

第二章 波蝕

井上曉海　十九歲　夏

剛開始處處新奇的東京，在來過幾次之後也習以為常了。不過我能順利移動的也只有羽田機場到櫂居住的高圓寺這個範圍，還是不太敢去新宿車站。

櫂搬到東京滿一年剛過不久，第二次的御盆節連假，我們在櫂位於高圓寺的公寓一起過。這是距離車站徒步十五分鐘，一房一廳附廚房、房租七萬圓的老舊公寓。

「午餐要吃什麼？」

在單人尺寸的鐵管床上和櫂交纏著手腳，我這麼問。昭和風的毛玻璃窗另一側，蟬叫得震天價響。以前我總沒來由地以為東京沒有蟬，毫無根據——現在知道了，這裡有蟬、有蝴蝶，還有蜻蜓。

「出去吃吧，妳想吃什麼？」

「有機素食鮮蔬盤。」

「嗄——」櫂哀聲慘叫，我笑了出來。剛開始還覺得造訪充滿東京感的時尚餐廳很有意思，但華而不實的餐廳一下就吃膩了，現在我也更喜歡櫂帶我去的那些餐點美味、價格實惠的小店。

「騙你的，我想吃天婦羅丼。肚子餓了。」

好耶。櫂伸直手臂，我懷著幸福的心情，把鼻尖蹭上他赤裸的胸膛。

昨天下班後，我便提起事先準備好的行李箱飛到東京來。即使準時下班、徑直出發，抵達櫂的公寓也快十一點了。儘管疲憊，但在高圓寺驗票口另一側一看見櫂的身影，便使我心情飛揚。上一次見面是五月連假，我們幾乎整整三個月不見，一抵達公寓便雙雙倒在床上，直到現在。

我們沖過澡，到附近的天婦羅丼餐廳吃飯。這家店最有名的是放了半熟蛋天婦羅的天丼，坐吧檯的客人幾乎都點這個。

「我之前去了你媽媽那邊一趟，她說一切都好，叫你不用擔心。」

櫂皺起臉來。

「我不擔心。她應該是跟男朋友發展得不錯吧。」

「應該是哦，那天一直聽她聊起男朋友。」

櫂的媽媽現在和戀人一起住在今治。她男友達也在餐飲店工作，我上門拜訪的時段都不在公寓，因此我沒見過他。

「發展順利就好。」

櫂撐著臉頰，把視線別向廚房。安心的語氣中摻雜了細不可察的寂寞，想必不是我的錯覺，我不著痕跡地換了個話題。

「你們的漫畫要出第三集了吧，好厲害。」

「稱不上厲害。漫畫一直在連載，原稿累積到一定程度就會出書而已。」

「出書對我來說就很厲害了呀。」

「不過沒什麼人氣，再這樣下去說不定要腰斬。」

我聽了很驚訝。關於權的漫畫，我只見過正面的感想；然而權告訴我，只有好評代表讀者人數少、只集中在特定客層。當紅作品的差評之所以多，正是因為閱讀的人數眾多，而且吸引到的書迷也比批評的人更多，所以才稱得上當紅之作。

——要是連載被腰斬會怎麼樣？

不必問也知道，權會失業。我這才體會到，靠人氣吃飯的行業雖然成功引發潮流就能賺取鉅富，但反過來說，也是沒有任何保證的殘酷世界。

「植木先生說，我把故事搞得太『複雜』了。」

這是個作者不明、製作時間地點不明，也沒有名字的土偶，為了追求真正的生命，而在永劫中旅行的故事。古埃及、中世紀歐洲、現代日本，透過它在各個時代遇見的人們，土偶持續探問著生命的真義。我覺得很有趣，但也同樣覺得難解。

「他叫我減少獨白的篇幅，但總覺得減少就表達不出我要的意思了。」

權把手肘撐在吧檯上，一臉苦惱。該怎麼辦才好呢，當我也這麼想著的時候，店員說了聲「久等了」，把熱騰騰的天丼和味噌湯放上吧檯。

「總之先吃吧。」權說。

我們一起合掌說「我開動了」，沉默地吃了一會兒天婦羅丼。還有人在排隊，所以我們吃完立刻起身離開。以往在東京吃飯總是由權請客，但今天我也拿出了錢包。「不用。」權說著，把三千圓放上櫃檯。

「我不會那麼快失業，妳別操不必要的心。」

他迅速走出店外。在這方面，權還是個滿傳統的男人。

「我還準備了很多後續劇情，怎麼能讓它這麼早被腰斬呢。」

妳不用擔心，權笑著說。真的沒問題嗎？我很想陪他討論，但我不懂漫畫；說到底，權也不是會找人吐苦水的類型。

「我們難得見面，別露出那種表情嘛。」

權說著放緩步調，牽起我的手。

「欸，晚餐在家煮好不好？」

「你有什麼想吃的嗎？」

「普通的家常菜，白飯、味噌湯配魚之類的。」

「東京的魚不好吃哦。」

「不要跟島上比啦。」

兩個人手牽手，走在午後的高圓寺。這種時候，決定留在島上時那種悲壯的決心感覺就像一場夢一樣，我們的關係維持得很穩定。

原因之一是權忙得不可開交。連載漫畫對於還不熟練的新人而言非常辛苦，而且尚人作畫速度偏慢，負責原作的權也得幫忙簡單的背景處理。權的每一天清一色被漫畫填滿，不必擔心他見異思遷，是關係穩定的一大主因。

新鮮的竹莢魚很便宜，因此晚餐我們還找了尚人來一起吃，他就住在徒步五分鐘路程的地方。碎切竹莢魚、韭菜炒豬肝、番茄洋蔥沙拉、味噌湯，這樣一頓平凡無奇的晚餐，他們倆真的吃得很開心，還說要再添一碗。

閉關趕稿時，櫂他們餐餐都吃杯麵或便利商店便當，也不再和我聯絡，即使傳來訊息也只有「肚子好餓」、「好累」、「好想睡覺」這三種內容。他們明明這麼努力，漫畫卻有可能中止連載。

擔心之餘，我內心卻有個角落，對於我不在身邊的時候，櫂在東京過得並不那麼無憂無慮的事實感到安心。我並沒有純粹地祈禱自己喜歡的人獲得成功，這讓我意識到自己並不是個「好女友」，而是非常自我中心的人。

——曉海妳好好哦，交到職業漫畫家男友太厲害了。

——妳將來會跟青埜結婚，搬到東京生活吧？

辦婚禮的時候一定要邀請我們哦。大家總是羨慕地這麼說。在這座小小的島上，職業漫畫家就像明星一樣，身為他女友的我也因此受到大家矚目。然而，「和厲害的青埜交往」這件事，卻變成了現在的我唯一值得誇耀的一件事。

——我是什麼時候變成這樣的？

高中畢業後，我到今治販賣裝潢材料的公司上班。

「我認為還是念個大學，將來比較保險。」

討論升學進路的時候，北原老師這麼對我說。自從母親鬧出縱火事件之後，我開始頻繁造訪化學準備室。或許是因為在北原老師面前已經發生過了不可能再更丟臉的事，找他商量事情，對我來說比起導師更能說出真心話。在北原老師面前，我不必顧及體面。

爸爸雖然說願意替我支付學費，但父母親的離婚幾乎已成定局，媽媽的身體狀況陡然惡化。除了學費之外大約只有三百萬圓的贍養費，可以預見我們將來在經濟上一定相當拮据，所以我自己決定放棄升學，出社會工作。

「不過，既然井上同學妳已經作出了決定，那麼按照自己的意思去做就是最好的。」

北原老師說完，又話鋒一轉：

「但我覺得，妳可以再多依靠身邊的人一點。」

「如果可以的話，我也很想依靠別人。」

我立刻回嘴，一陣沉默。

「不好意思，是我考慮得不夠周到。」

北原老師道了歉，還告訴我如果有什麼事可以再找他商量。

離開化學準備室之後，我羞恥得想原地蹲下。我發覺自己已經失去了所有的從容，甚至無法坦然聽進那些替我擔心的人所說的話。

而這種緊迫的狀態，在出社會進入第二年的現在也依然持續著。

每天早上六點半起床，準備早餐和媽媽的午餐，做好自己的便當，把洗衣、打掃一類的家事做完。八點多出門，從九點工作到傍晚五點。跑外勤拓展新客源，根據報價單訂購材料、安排各項事宜、配送手續，製作新材料的提案書向既有客戶報告。對於工作無趣這件事，我沒有任何怨言，但一想到未來還要不斷重複同樣的工作就令人厭倦。一開始明明還不是這樣的——

「井上，妳過來一下。」

剛進公司不久，佐佐木小姐把我叫了過去。她的地位類似於所有女性職員的主管，所以我很緊張，該不會是我做錯事了吧？但她提出的卻是一件瑣碎的小事。

「泡茶的時候呀，如果妳自己要喝，希望妳也能問一下附近的人需不需要。」

佐佐木小姐用的不是訓斥，而是拜託的語氣。原來是這種事呀，我鬆了一口氣，道歉說：「對不起，我之前沒有注意到。」過了一陣子，我才覺得好像哪裡不對勁。

「我要去泡茶，大家有人需要嗎？」

我發現會這麼問的只有女性職員，男性職員泡茶的時候只泡自己的。雖然覺得很沒道理，但為了這種瑣事表達不滿好像也不太對，於是我保持沉默，沒有發現這只是龐大問題的冰山一角。

進公司之後過了半年，前輩開始帶我出去跑外勤，靠著自己的力量談到新合約的時候我高興極了。然而，同屆男性職員在酒會上喝醉時無意間說出的事實卻令我愕然：那名同屆職員的薪水隨著業績提升，但我的薪水卻仍然沒有改變。名片上的職稱也不一樣，男性是「業務」，女性是「業務助理」。

「因為跑業務很辛苦，對女孩子來說太嚴苛了。」

這是主任給我的答覆，也不曉得是體恤還是輕蔑。我們做的工作和男性職員明明一模一樣，這不是很奇怪嗎？我找了佐佐木小姐商量。

「這家公司從以前就是這樣。」

她卻以這樣簡單的一句話帶過了。並不認為理當如此，但說了也沒用——察覺到她語氣中放棄的態度，我也不好再多說什麼。我沒來由地想起島上的聚會，做料理、端酒送水的是女人，男人只坐著吃。

儘管已經習以為常，但原來出了社會也是這樣，我大失所望。在大都市應該不會發生這種事吧，每當我這麼想，思緒便不禁飛向已成泡影的、和櫂在東京的生活。

就這樣，我每天都在自己想喝茶的時候，詢問辦公室裡的大家有沒有需要。泡茶、泡咖啡，配合每個人的喜好加入砂糖或牛奶，邊泡邊想，希望公司至少也買一臺辦公室用的飲料機吧。

「不過是泡個茶而已，妳就幫他們泡啊，又不會怎樣。這也是算在妳薪水裡面的吧。」

媽媽吃著晚餐，滿不在乎地說。

「反正妳跟青埜結婚之後也要辭職，工作上那麼講究做什麼。比起那個，妳還不如好好化妝，再這樣下去男朋友都要被東京的女孩子搶走了。」

不同於以往，媽媽對於我和櫂交往的態度十分積極，或許是因為櫂從陪酒女的兒子搖身一變成為職業漫畫家的關係。和島上的很多人一樣，漫畫家在她心目中也是個能賺大錢又顯赫的工作。

靠人氣吃飯的行業沒那麼容易，我想在身邊支持努力打拚的櫂。我是因為擔心媽媽妳才留在島上，如果還有心思擔心我的妝容，不如趕快好起來吧——這些話哽在喉頭。

從前那個絮絮叨叨但個性開朗的媽媽已經不在了。一個月兩次，她定期到今治的醫院拿抗憂鬱藥，除此之外都足不出戶，凡事愛抱怨，總是鬱鬱寡歡。不能鼓勵她、也不能罵她，因此我只能聽她發牢騷，順著她的話答腔。

「要結婚的話，還是多練習把茶泡好比較實在，烹飪也是。」

媽媽吃了一口醬煮魚，嘆了口氣說，這根本沒入味嘛。被筷子反覆撥弄卻乏人問津的魚，在盤子上被撥得爛糊糊的。

媽媽雖然一度答應離婚，但直到現在都沒有在離婚協議書上蓋章。像預付贍養費一樣，爸爸每個月會匯點錢過來。爸爸的薪資沒有優渥到足以支撐兩個家庭，不過瞳子小姐自己也有收入。瞳子小姐不必依靠男人、自己擁有經濟能力這點，使得媽媽相形之下更加悲慘。在我們島上，瞳子小姐被叫做「沒良心的禽獸」，媽媽和我則成了「淒慘可憐」的同情對象。但是，比起承受外人自以為通曉內情的憐憫，我寧可被稱作「沒良心的禽獸」。

——有些東西是錢買不到的。但有些時候確實是因為有錢，我才能夠保有自由。

——比方說，我不必依存於任何人活下去，也不必心不甘情不願地聽從任何人的命令。

到了出社會之後的現在，我對瞳子小姐這番話更有體會。錢很重要，用來賺錢的工作也很重要，出社會的第一年，我懷著這種想法努力工作。到了體認到現實的第二年，儘管和同屆的男性職員做著同等的工作，我的薪資果然還是沒有提高，天天替人泡茶。

前陣子，我聽人說起擔任女性職員主管的佐佐木小姐從前的故事。佐佐木小姐年輕時，業績比起和她同屆的現任課長更優秀，卻無從升遷，名片上的職稱也一直是業務助理。直到今天，佐佐木小姐仍然默默地替課長泡茶。

從那時起，我不再認真看待工作。我不會偷懶，但也不會特別努力。取而代之地，我開始比從前更投入於刺繡，在那些像開了洞一樣空虛的部分刺上閃耀的珠子和亮片，把它們一點一滴填滿。

下班後，我開始向母親謊稱加班，頻繁拜訪瞳子小姐。起初我打算到刺繡教室上課，但瞳子小姐說，我不收妳的學費。斷然說「不收」而不是「不能收」，很符合瞳子小姐一貫的作風，無論什麼時候，瞳子小姐的中心都是瞳子小姐自己。

「刺繡真的能展現一個人的性格呢。」

瞳子小姐凝神打量著我剛做好的胸針。鎖鏈針法勾勒出雞冠花的輪廓，花序的部分用金色與暗紅色的細小珠子填滿。原本希望它呈現更柔軟的起伏，但以我的技術實在辦不到，到處都是縫隙，太丟人了。

「很有曉海妳的風格哦。明明能用自己的方式大幅簡化工法，不明白的部分妳卻還是努力繡好，不會敷衍了事。這種認真的態度很適合當專業的刺繡家哦。」

「我只是喜歡刺繡而已。」

「對於喜歡的事物，人才會精益求精。櫂也是這樣成為職業漫畫家的吧？」

我從來沒這麼想過。不過原來如此，最初大家都是從單純「喜歡」一件事開始的。就這樣，櫂成為了專業的漫畫家，瞳子小姐則成為了專業的刺繡家。可是我——

「我沒有那麼多時間可以投入，還要到公司上班。」

「妳的工作怎麼樣？」

「嗯，還可以吧。」

「妳一點都不樂在其中呢。」

凡事都瞞不過瞳子小姐。

「我說啊，曉海。到了關鍵時刻，無論誰對妳說了什麼，切記都要做自己喜歡的事哦。讓人害怕的，只有『嘿』地跳過阻礙的那一瞬間而已，跳過去之後妳就自由了。」

瞳子小姐的語氣輕快，完全沒有強加於人的感覺。

「說得也是，我想一定是這樣的。我都明白，可是……」

我自嘲地笑了笑，「可是」之後的話欲言又止。想說的話總是在胸口捲成漩渦，然而一旦把它說出口——瞳子小姐摸了摸我低垂的頭。

「你們都是好孩子。」

「你們？」

「我之前也跟櫂說過類似的話。」

她緩緩撫摸我的頭髮，像觸碰一個小小孩。

「你們真的都是很好的孩子，但這不是讚美哦。」

瞳子小姐摸著我的頭，從她手腕隱約傳來香水味，和我趕在上班之前隨便收拾的乾淨衣物是截然不同的味道。我總是被時間追著跑。

媽媽的病況沒有好轉跡象，無論我多麼努力，甚至都聽不到一句謝謝。即使努力工作，未來也沒有機會翻身。我仍然不知道這樣的生活將持續多久，十八歲以後的時間便已經像沙漏裡的細沙一樣不斷流逝。

「對不起。我只對妳道歉。」

瞳子小姐總是輕快的聲音，此刻聽起來像一片纖薄易碎的玻璃。聽得出瞳子小姐在擔心我，也聽得出她感到抱歉。

我搖搖頭。瞳子小姐確實是一切的開端，然而從眾多選項之中選擇了「現在」的人是我。如果說這是錯誤的選擇，那麼錯的人便是我，無法怪罪於任何人。但我只想知道一件事。

——我會這樣活到什麼時候呢？

御盆節連假在轉眼間結束，連假最後一天，櫂像往常一樣送我到高圓寺站。剛開始他會一路送我到羽田機場，但我不喜歡太濃厚的離別氛圍，所以之前便告訴過他送到高圓寺站就好。

「我還是送妳到羽田吧。」

「到這裡就可以了。」

「可是東西這麼多。」

我雙手提滿了準備送給大家的伴手禮，每次回去時都是這樣；耀這一次之所以特別體貼，想必是因為我們昨晚起了點小口角。

昨天，耀帶我去和他的漫畫家夥伴們一起聚會，其中有一位是先前就常聽耀提及的佐都留。令我驚訝的是，佐都留居然是女生，聽他們說，原來在青年雜誌上連載的女性漫畫家常常取中性的筆名。

──之前你不是說過你去佐都留家過夜嗎？

──快截稿前去過，那時候她說要開天窗了，找我去幫忙。

──那可是女孩子家耶，一般會在那裡過夜嗎？

耀蹙起眉頭，說他沒把佐都留當成女人，而是工作夥伴。我理智上明白，心裡卻還是無法接受，耀見狀嘆了一口大氣。

──這裡是東京，和男女走在一起就會被投以奇怪目光的島上不一樣。

我受到輕微的衝擊。島上特有的傳統偏見、公司理所當然的男女差別待遇讓我忍無可忍，此刻卻體認到島上的想法其實也耳濡目染地沾染到我自己身上。耳朵一點一點熱了起來，我逃進浴室，這個話題到此為止。

「昨天對不起，我沒有顧慮到妳的心情。」

在月臺上等電車的時候，權這麼說。

「如果妳介意的話，我不會再去佐都留家了。」

「不是這樣的。」

我下意識提高了音量。

「對不起，但不是這樣的，昨天是我不對。」

權還想再說什麼，但我伸出雙手，截斷了他的話。

「工作上的夥伴很重要，我不想妨礙權的工作，想支持你，也想要好好對待你所重視的人。這才是我真正的想法，請不要懷疑。拜託你。」

真的很對不起，我又道了一次歉，權則回說「我也要跟妳說對不起」。電車到站前短短的時間，我們一直牽著手。電車停靠時，我一個人上了車，車門關上，車體大幅晃了一下。我們隔著車窗向彼此揮手，權的身影越來越遠，直到完全看不見他的時候，我才終於解開笑容。

——我做得夠好嗎？

在與戀人分別的落寞感湧上心頭之前，我對著向後流逝的景色這麼問。我沒有造成權的負擔吧？有沒有成功扮演好讓權放鬆的角色？回家路上，我總是為自己打分數。從什麼時候開始變成這樣的？權一定沒注意到。

我決定留在島上的時候，權一句抱怨的話也沒說。他把所有怨言留給自己，取而代之地和我交換了許多約定，讓我安心。即便如此，遠距離戀愛還是困難重重，雙方的心意只需要一點微不足道的契機就可能漸行漸遠。所以我竭盡全力地努力，實際收入的十三萬圓當中，我把八萬圓留給家裡，剩下的扣掉和朋友交際，全部拿來支付上東京的交通費、衣服、化妝品費用。平常穿的是便宜的快時尚品牌，卻為了上東京買了兩萬圓一件的洋裝和新的內衣褲。我不希望耀覺得我和東京的女生比起來土裡土氣，但這種想法本身就已經夠俗氣了。

錢很重要，工作很重要，耀也很重要。

但我卻什麼也搆不著。

對於在東京逐步實現夢想的耀，我沒有任何事物值得誇耀。

所以，至少要扮演一個體貼的女朋友。我感到不安是我自己的問題，我必須自己處理好，在東京打拚的耀不應該背負這些。那我該怎麼辦？必須找到與耀不相關的、只屬於我自己的重心才行。

我從包包裡拿出一本雜誌，是陪耀去找資料時，在舊書店找到的巴黎服飾品牌作品集。黑色烏干紗上繡著淡水真珠、金屬珠子、粉色珠子、施華洛世奇水晶和黑鑽石，名為「CIEL DE NUIT」的黑色禮服由三千顆珠子刺繡而成。多美呀，還存在著這樣如夢似幻的世界。

——這種認真的態度很適合當專業的刺繡家哦。

——對於喜歡的事物，人才會精益求精。

我內心一瞬間雀躍地展開了翅膀，又立刻把那對翅膀摺起來收好。透過櫂的工作，我明白創作類的行業有多麼殘酷：即使投入大量時間，也不曉得能不能實現夢想。情況不允許我做那種夢，此刻擺在我眼前的不是夢想，而是現實。我收起雜誌，在智慧型手機上打開轉職網站，一則一則瀏覽應徵條件，希望至少能換到一間努力有所回報的公司。從力所能及的地方著手，即使只邁開一小步也好，我要從這裡脫身。

青埜櫂　二十二歲　夏

我睜開眼，發現身邊睡著陌生的女子。

凝視著那張睫毛纖長的白皙睡臉，緊張感一點一點開始醞釀。

我驅動酒後混濁的頭腦，開始按順序回想昨晚發生的事。

昨天我和尚人、植木先生一起，生平第一次到星級法式餐廳吃晚餐，總編輯也和我們同桌。上個月發行的最新一集大賣，接連決定再版，這場聚餐就是為了慶祝這件事。我們聲勢正旺，之前那段害怕被腰斬的時期就像騙人一樣。

在那之後，我們前往俱樂部，因為佐都留說她朋友在那裡辦活動，拜託我出席。我以當紅漫畫家的身分被介紹給大家，女孩子們紛紛找我合照。我喝醉了酒，回家路上有個女人說她和我同方向，一起上了計程車，到這裡我都還記得。

「早呀。」

女人睜開眼睛。我無可奈何，只好回了「早安」。當我思考接下來該怎麼辦的時候，她吻了我，纏住我的雙腿，氣氛明顯往那方面發展。我豈止酒意早就清醒，而且還急得焦頭爛額，曉海的臉閃過腦海。我佯裝自然地撐起上半身，從被窩裡抽身，總之得先把這女人送走才行。

「肚子餓了吧，要不要我做點東西給你吃？」

「我家冰箱是空的。」

「轉角有間便利商店，我去買點雞蛋和麵包之類的吧。」

明明是第一次來，她為什麼正確掌握了便利商店的位置？我察覺她並沒有醉得那麼厲害，內心的危機感更是節節高升。一看時鐘，已經過了中午，於是我扯謊說自己還有一場會議要開。

「我們還能見面嗎？」

女人躺在床上這麼問我。「這個嘛，有空的話。」我含糊回應，迅速換好衣服，只拿了智慧型手機和錢包便走向玄關。

「時間緊迫，我先出門了，鑰匙妳放在信箱裡吧。」

我逃也似的，不，確實是逃出了家門。最後我瞥了一眼她的臉，表情寫著不滿，自己是個渣男的事實被擺在眼前。我滿懷罪惡感地在牛丼屋吃中餐的時候，曉海傳了訊息來，我戰戰兢兢地打開。

「今天也很熱呢。御盆節連假你有什麼計畫？」

我鬆了一口氣。沒事的，反正是遠距離，不可能被發現。昨天醉得太離譜了，喝酒還是節制一點吧。我一面自我警惕，另一方面也明白問題不在於此。

來到東京四年，我順利染上了這個城市的風氣，早就難以遏止。

從前不是這樣的。銷售數字遲遲沒有起色，連載還面臨中止危機，為了多少提升一點原稿品質，我連日熬夜。交稿後身心俱疲的時刻，我忽然好想見見曉海，好想要有人陪在身邊，無論是誰都好，卻還是勉力堅持了下來。

然而，到了漫畫開始暢銷、大筆金錢入袋，周圍爭相奉承追捧的時候，我便開始隨波逐流了。像個初嚐砂糖的孩子一樣又跳又鬧，被它甜美的滋味牢牢捆縛。獲得滿足的從容，使得我開始見異思遷。

「今年換我回去吧。」

我這麼回覆曉海。我工作繁忙，老實說她要是願意來東京我會很感激，但出軌的罪惡感促使我吐出體貼的話語，我因此更加無地自容。

離開牛丼屋之後，我擔心那女人還在家裡，於是前往新宿的書店。拿了幾本感覺派得上用場的資料書到櫃檯結帳，看見總價超過了一萬圓，我才發現自己沒確認價格。這在以前是不可能發生的事，從日常瑣事都能看出自己有多鬆懈。

我在咖啡廳閱讀新買的書時，母親傳了訊息來。

「過得好嗎？偶爾也打個電話回家吧。」

在我回覆之前，她傳了第二則：

「家裡冰箱壞掉了，怎麼辦？」

又來了。明明和男友過得甜甜蜜蜜，把兒子的事情拋在一邊，自從漫畫大賣之後卻開始頻繁聯絡。現在我定期給她的孝親費也不少，即使如此還不夠，她還是會來跟我要。

——接下來，你們要自己管理財產會很困難哦。

前陣子，植木先生介紹了稅理士給我們。我和尚人的漫畫搭上了潮流，編輯部也精心行銷，聽說下一集的初版印量將會三級跳，連帶著前面已出版的集數也將大量再版。我們會拿到驚人的版稅，因此編輯才建議我們雇用專業的稅理士節稅。

最近，圍繞在我和尚人身邊的人變多了。那些點頭之交反覆強調我們之間的友誼，一起吃飯時總是擺出一副我們理所當然該請客的表情。這倒無所謂，我們還左支右絀的時候也都讓前輩和夥伴們請客，現在不過是換我們回饋而已。

在這當中，唯有曉海始終如一。把微薄的實收薪資一半以上都撥給家裡，剩下的金額省吃儉用，放長假的時候到東京來見我。餐費基本上都是我出，但她偶爾也會拿出錢包說「這次我來付」。這樣的曉海，在我心目中是個值得信賴的人。

「冰箱買新的吧，錢我出。」

我一回覆，母親便一秒回了「謝謝你耶」和飛吻的貼圖，然後繼續傳來訊息：「前陣子曉海過來看我」、「她真的是個好女孩」、「無論如何，只有曉海你一定要好好珍惜哦」。唯有在提及曉海的時候，母親才會說點正經話。

到了傍晚，我回到家，女人已經不在了，讓我鬆了口氣。我往床上一倒，聞到一股甜膩的香味，想起的卻不是昨晚的女人，而是曉海。閉上眼睛，我不知不覺沉入夢鄉，醒來時已經入夜。

高圓寺站前，我們平時相約的居酒屋裡，尚人和植木先生已經先到了。

「這段果然還是太趕了吧，得再加入一兩個小故事才行。」

植木先生拿著平板沉思。

「篇幅再拖長的話，結構不會太鬆散嗎？我還是希望故事節奏流暢一點。」我說。

「不要說那種像新手一樣的話，追加故事不代表節奏感就會變差啊。把故事說得完整，同時維持明快的步調。」

「說得倒是簡單。」

「櫂，你只是單純不想寫這個橋段而已吧？」

我一時語塞。為了自然銜接後續的故事，加入角色回憶自己不幸童年的場面才更有說服力。我內心明白，但不想寫。不愧是從出道前開始照看我們的責任編輯，實在敏銳。

「我說過很多次了，人格成形是分成好幾個階段的，這點無論活生生的人還是漫畫角色都一樣。跳過一個階段，角色就變得單薄了。就算寫起來很痛苦，也請你不要逃避啊。」

「我知道。」

「那後天之前給我新版哦。然後是尚人這邊……」

還來不及抗議時間太趕，植木先生已經打開了昨天剛完成的庫存用分鏡檔案，精準指出缺點，這下換尚人的表情開始焦急了。

「分鏡太細碎了。雖然描繪細膩是尚人你的特色，但為了充分襯托出細膩的部分，有時候也要記得大膽一點。這一回最精采的一幕在這邊吧，給它一個跨頁也不為過哦。」

「可是這樣的話，其他部分就更沒有空間了……」

「那部分是櫂的工作，讓他再刪減一點獨白吧。」

「啊？剛剛不是才叫我多寫一點嗎？」

「這一段應該可以再刪吧？」

植木先生手指的，確實是我自己也覺得有點拖沓的橋段。

從我們的作品展現出大紅跡象開始，植木先生就變嚴格了。在我差點因為審稿太囉嗦而氣餒的時候，他生氣地說：「這部作品還能變得更有趣，我打算賭上我的編輯生涯讓它爆紅，你們不要在這種剛起步的時候就得意忘形了。」

老實說，我聽了很火大。但我信任植木先生，知道他和我們同樣愛著這部漫畫，也對它瞭若指掌。作品每經過一次修正都越來越好，最後我心服口服。他是個值得信任的人，對我這個作家來說，也是值得信任的編輯。

不過，被他指出「你不想寫這個橋段」真讓我捏了一把冷汗。對我而言，故事原本是逃避現實的手段，但這種心態漸漸不再適用了。必須直視自己不想看見的事物，用讀者容易明白的方式將之重組，融入故事當中才行。這與逃避正好相反，是直視自我的行為。透過把內心湧出的東西解體、再重構，我被迫了解自己，就連那些狡詐、軟弱、自卑，以及它們形成的原委，都一覽無遺。

「我知道了，分鏡我會從頭再畫一次。」

在我身邊，尚人使勁點頭說道。以前每當被指出缺點，他總是立刻感到失落，但最近的尚人特別積極。理由很簡單，因為他交到了第一個男朋友。

聽說對方是高中生的時候，我很驚訝，還揶揄他說「你這樣會犯法哦」，結果尚人回說，他很珍惜這個人，所以在對方畢業之前不打算發生關係。約會的時候，他也很小心讓雙方看起來只是朋友。即使在多樣性受人稱頌的現在，同志談戀愛仍然困難重重。

尚人說，將來他們想要兩個人一起出國生活。這不是很好嗎，漫畫到哪裡都能畫，無法理直氣壯和喜歡的人結為連理的國家，離開也不足為惜。國家該是為了我們而存在，而不是我們為了國家而活。

「對了，剛才忘了說，已出版的所有集數都決定再版了。」

討論告一段落之後，植木先生想起什麼似的這麼說。

「植木先生，這你一開始要先講啊。」

「抱歉，我也越來越搞不清楚跟你們講到第幾刷了。這部漫畫口碑很好，在口耳相傳之下越來越受歡迎，總編輯也很期待它將來成為我們雜誌的招牌大作。」

「招牌？」

「聽說現在的招牌作差不多想結束連載囉。」

植木先生壓低聲音說。漫畫雜誌必須有一部招牌作品，後面接棒的則盡可能找令人耳目一新的新人最好。決定作品之後，出版社會砸下大量的宣傳費加以行銷。

「花錢強行推銷也不太好吧。」

潔癖又理想主義的尚人露出排斥的表情。

「不要誤會了，作家本身具備才華和實力才是大前提。在現在這個雜誌銷量低迷的時代，讀者會為了看招牌作品的最新話而購買雜誌，同時也會閱讀雜誌裡的其他漫畫。招牌作家同時背負著其他作家的曝光度，作品要是沒有這種實力，出版社哪裡願意為它花錢。」

「可是，金錢也會施加作品超越實力的魔法，這種做法太卑鄙了。」

「不是啦，所以說尚人和櫂你們的漫畫擁有承受這種高壓的潛力，出版社認可它的價值，也非常期待未來發展……我希望你可以這樣理解，提起錢的話題是我不對。」

植木先生努力解開誤會，但尚人臉色還是不太高興。

「櫂，你怎麼想？」

尚人把話題拋了過來，我說「不錯啊」，端起啤酒杯一飲而盡。

沒見識過真正的底層，才會覺得談錢太勢利。我從小就知道錢有多重要，也親眼見到曉海為了經濟問題而放棄升學。金錢足以左右人生。假如出版社說要把這麼重要的東西大量投注於我們的漫畫，那我當然只能拚命把作品做好來報答了。另一方面，回想起受到金錢左右、被迫在泥地裡爬行的過去，我也很想告訴自己不用仰賴那種東西，也能從底層爬上來。不，或許我只是想這麼相信而已。我是不是比尚人更理想主義呢？金錢的話題太難了。

「只能順其自然囉。」

「你認真思考啦。」

尚人白了我一眼，我裝作不在乎地點了下一杯酒。

三言兩語說不明白，隨便敷衍過去又招致誤會，我把這樣累積下來的所有鬱悶全都投注到作品當中。在社群媒體上看見洋洋灑灑寫下自己所見所感的同行，我總是羨慕他們有多寫字的餘裕。我嫌浪費，連一個無償的句子也不願意寫。

喝醉酒後回家的路上，我發現曉海傳了訊息來。

「很久沒在這邊見面了呢，工作沒關係嗎？」

沒關係，我偶爾也想回去看看——我想這麼回覆，卻醉得手指不聽使喚。時間已接近十二點，但當我撥了電話，曉海還是立刻接了起來。一聽到她的聲音，我的醉意又更深了一層。

『怎麼這麼晚打過來，發生什麼事了嗎？』

沒什麼事，只是沒來由地想聽聽喜歡的女人說話。

「哎，曉海。」

我們結婚吧——我差點脫口而出，在最後一刻踩下煞車。

今晚的我太洋洋得意了，因為植木先生說我們將成為下一個招牌的關係嗎？太愚蠢了。我把手放在額頭上，要自己冷靜下來。發生一件好事之後，總是有兩件壞事緊隨其後，越是一帆風順的時候越要繃緊神經，人生沒那麼簡單。

『櫂？』

「沒什麼，妳最近如何？」

『很普通呀，每天去公司，還有忙家裡的事。』

曉海平平淡淡地說。以前她還會逛轉職網站，說想換個更有成就感的工作，但最近她不再這麼說了，想必是在現在的職場找到努力目標了吧。

「偶爾也和朋友出去喝個酒吧。」

『嗯，不過晚上出門，我媽媽會擔心。』

「妳媽媽狀況怎麼樣？」

『還是老樣子。啊，最近我教了小結刺繡哦。』

曉海換了個明朗的語調，她不太想談到母親。

『因為北原老師的生日快到了，她說想在手帕上繡點什麼送給他。』

「男人的手帕不需要刺繡吧。」

『這是小結的心意，所以沒關係，北原老師會很高興的。』

「畢竟他連半生不熟的餅乾都願意吃了。」

聊起高中時代共同的記憶，我們都笑了。

「妳常跟北原老師見面嗎？」

『偶爾吧，決定要不要升學的時候他也幫了我很多忙。不過現在倒是比較常見到小結。』

「她跟妳很親呢。」

『我們也會聊到你哦，她說一直有在看你的漫畫——啊。』

「怎麼了？」

『刺歪了。』

駭人聽聞的措辭讓我瞬間嚇了一跳，看來她邊講電話一邊在刺繡。

我酒醉的腦海中，回想起高中時的曉海。在我書寫漫畫原作的時候，她坐在窗邊的床上動著鉤針。曉海稍微挪動指頭，紅色、藍色、五彩繽紛的珠子便反射出光彩，像施著小小的魔法似的，我常悄悄看得入神。

「曉海，妳一直都沒變啊。」

在深夜仍然燈火通明、熱鬧擾攘的東京，我在一點一滴被這個城市馴養的同時，感受著與此不同的另一個世界——那座島上一盞路燈也沒有，一旦太陽下山，便被安靜得令人害怕的海包圍。曉海就在那裡，現在一面和我說著話，一面刺繡。這種想像逐漸解開了我內心糾纏成團的東西，在曉海面前，我不必奮戰。

「我好像想睡覺了。」

『你是不是太勉強自己了？有好好睡覺嗎？』

「確實勉強，現在不勉強更待何時啊。」

『那至少要好好睡覺、好好吃飯哦。』

「知道了。那先這樣囉。」

我像個得到關愛、心滿意足的傲慢孩子般掛了電話。帶著好心情走在往公寓短短的路程上，這時智慧型手機震了一下，螢幕上出現「真帆」這個名字。誰啊？

「今天太匆忙了，有空再一起玩吧。」

我回想起睡在我床上的女人。皮膚白皙的睡臉，長長的睫毛，挑染的霧灰色捲髮披在纖瘦的肩膀上，是與曉海完全相反的類型。

「你現在在做什麼？」

「閒著沒事。」

明明應該無視她才對，手指卻不由自主地打出回應。

「要來我家嗎？」

「好啊。」

我到底在做什麼？

我明明還有一直等著我的曉海。

另一方面，我卻也覺得這沒什麼關係。那座寧靜的島是我的歸處，而這個女人是幻影，無論擁抱幾次，幻影依舊只是幻影。

御盆節連假，我依約回到島上。

那裡分明不是我的故鄉，「回去」這個詞卻顯得很貼切。

我在今治訂了飯店。島上也有民宿，但島民幾乎都是熟面孔，我不想在所有人好奇的注目下和戀人一起度假。曉海的母親似乎說可以直接住她們家，但那樣也靜不下心好好休息。

曉海開車到松山機場接我，我們到飯店放好行李之後，先去了我母親家，她和阿達一起住在今治車站附近的公寓。他們從我上東京之後開始同居，關係已經持續了四年左右。這是我沒想到的，我原以為他們馬上就會分手。

「阿達真的是很好的人唷，他還是現在這間餐廳的主任呢。」

母親說著看向他，阿達在她身邊露出不好意思的表情。我只見過他幾次，不過確實比先前的男友看起來都要正經。雖然老大不小的成年人交往四年還不結婚令人有點介意，但男女之間的事情，旁人插嘴也無濟於事。總而言之，我只希望他們長長久久，多一天是一天，我已經厭倦了母親的眼淚。

「我們餐廳的工讀生都在看你的漫畫哦，我也買了，你看。」

阿達說著，向我展示他的最新一集。

「欸欸櫂，這個什麼時候會改編成連續劇或是動畫啊？」

「不知道，希望有機會吧。」

「不是很受歡迎嗎？」

「這個業界沒那麼簡單。」

有幾個影視化的企劃正在洽談，但確定之前還是不要隨便亂說，尤其是對於容易半場開香檳的母親。

「一說到我兒子是職業漫畫家，大家都誇說好厲害，要是改編成動畫或連續劇一定能賺很多錢。櫂，你真的賺大錢的話要幫我蓋豪宅哦。」

母親拿起桌上我創作的漫畫，隨手翻了翻，又啪噠一聲闔上，像小孩子玩膩了似的動作。接著伸手去拿一旁的名牌紙袋，是我帶給她的伴手禮。

「我拜託你的東西，你都幫我買啦。」

她喜形於色地拿出裡面的化妝品。眼影、口紅、睫毛膏，我不太懂這些，所以找了真帆陪我去採購。之前那次以後，我和真帆又見過幾次面。

「BOBBI的眼影果然很顯色。」

她打開眼影盤，馬上試起色來，亮晶晶的細粉灑落在漫畫封面上。母親雖然希望我功成名就，但從來不會買我正在連載的漫畫雜誌，至今也還不知道那是什麼樣的故事。

「字太多了，我看不懂。」以前她這麼跟我說過。

「每次都讓妳忍受那種人，實在很抱歉。」

離開母親的公寓之後一上車，我立刻跟曉海道歉。

「我不這麼想哦。」

畢竟我父母也有很多狀況，曉海補充道，發動車子。

「就算以一個父母來說有各種不足之處，但只要櫂你自己願意原諒她就可以了。擅自說人家是惡質的父母、可憐的小孩什麼的，外人沒有資格先入為主地貼上這些標籤，還說三道四。」

曉海的語氣中帶著幾分煩躁。那座小島上沒有任何隱私，人際關係非常緊密，反過來說，一旦發生什麼事，馬上就會有人趕來幫忙。生活在這裡的居民很自然地形成守望相助的關係，習以為常之後住起來應該很舒適吧，只是——

「幸好放晴了。前幾天颱颱風我還很擔心呢，還好它走了。」

曉海換了個話題。我們從今治開上來島海峽大橋，往島上前進。巨大的橋梁兩側被海藍色占領，前方則是一片天空藍。瀨戶內海是我所見過最明朗的海，平穩而炫目的海面勾起睡意，當我被搖醒的時候，已經到了曉海家。

「抱歉，不小心睡著了。」

「太累了吧，昨天很晚睡？」

「嗯，在開會。」

我撒了謊。昨天和真帆一起去採購要當伴手禮帶給母親的化妝品，之後真帆說想看看衣服，我便陪她逛了一下，買了幾件給她。晚上到最近首度在日本開店的知名餐廳吃飯，吃完直接回到我的公寓，直到早上都在一起。

我跟真帆說過我還有真心交往的女朋友，她也說無所謂。我對她還是感到歉疚，因此她想要什麼我都盡可能買給她。你這樣只是她的提款機吧，尚人受不了地說，但這樣我自己心理上也比較輕鬆。

「青埜，好久不見呀。跑這麼遠過來，一定累了吧？」

曉海的母親出來迎接，我欠了欠身說「好久不見」。她興高采烈地帶我進到起居室，桌上的菜餚多到快擺不下了。

「不好意思，讓您費心了。」

「不用客氣啦，我們遲早都要成為一家人的。」
媽媽，曉海小聲制止。
「你們也是在這個前提下交往的吧？」
曉海的母親刻意確認道，我點頭稱是。以前她對我百般嫌棄，覺得我媽是個不檢點的女人，現在真是大不相同了。曉海的母親說了許多話，頻頻大笑，甚至還喝了酒，看她亢奮到不自然的舉止，事後多半會陷入憂鬱吧。一起畫漫畫的夥伴當中也有幾個人患有憂鬱症，所以我很清楚。曉海擔憂地窺探著母親的狀況，對我一臉抱歉。
飯後，我們馬上藉口散步逃了出來，聽著微弱的蟬聲，走向高中時經常與曉海見面的沙灘。西斜的日光照射下，平穩的海面反射著銀色波光。
「這裡一點也沒變啊。」
我瞇細雙眼，緩緩轉動視野。島影在遠處隱約浮現，公車從曲線悠緩的海岸線另一頭駛來，一回過頭便是山林間的綠意，繁茂得充滿野性。拍在岸上的浪濤聲像搖籃曲，時間彷彿靜止了。
「高中的時候，我們每天都約在這裡見面呢。」
我們下到海岸邊，兩人一起倚著護岸磚鋪成的斜坡，在沙灘上伸直雙腿坐下。
「零食和飲料全都要自己帶過來。」
「島上有便利商店了嗎？」
沒有，曉海笑著說，從背包裡拿出薯條杯。「覺得很懷念，就帶來了。」她說著撕開紙蓋，把杯子遞過來，我拿了一根。

「以前還為了不被大家發現，偷偷摸摸地各自過來。」

「是啊。」

「對了，那次真的嚇死人了，煙火大會的時候，我們沒穿衣服躺在海邊被發現……」

「是啊。」

「被北原老師發現，被叫到準備室，還以為老師會罵我們，結果……」

曉海開心地說了起來，我一邊附和著她，卻覺得昏昏欲睡。曉海喜歡聊在島上的回憶，我也很懷念；然而要欣賞一張反覆聽到磨損的唱片，連它上頭留下的磨痕都如數家珍，我想我們還太年輕了。

「難得去了煙火大會，也沒看到煙火，結果在那之後一次也——」

「工作呢？」

咦，曉海看向我。

「妳現在的工作在做什麼？」

「很普通，說了也沒什麼意思。」

比舊事重提有意思——但這種話我說不出口。

「沒關係，說說看呀，我也想知道妳做的是什麼樣的工作。」

「是業務助理。到外面跑外勤，根據客戶訂單製作報價表，然後訂購材料。」

「這之前也聽妳說過了。」

「工作內容都差不多，畢竟我只是業務助理。」
「什麼時候升職啊？」
「升職？」
「既然是助理，就表示遲早會正式升上業務吧？」
曉海似乎想說些什麼，又默默把視線投向大海。
「業務都是男生哦。」
「為什麼？」
「因為這裡和東京不一樣。」
是敷衍了事的語氣。
「東京也有很多辛苦的地方，我想應該沒差那麼多吧。」
「東京和島上不一樣，這是櫂你自己說的。」
她的語調中帶著些許怒意。
「咦，什麼時候？」
「佐都留那件事的時候，你說東京和男女走在一起就會招致奇異目光的島上不一樣。」
聽她這麼說，我才隱約想起這回事。得知同為漫畫家的工作夥伴佐都留是女生的時候，曉海曾和我發生爭執。我不僅從來沒把佐都留當作異性看待，當時因為佐都留的作品比我們賣得更好，我甚至嫉妒她的才華。佐都留現在仍然是和我們在同一本雜誌一起連載的夥伴，那場無足輕重的爭吵早已被我拋在腦後，反倒是曉海一直惦記著這種小事、還在此時此刻提起它，令我大感困惑。

——這跟現在的話題沒關係吧？

這麼說感覺會引起爭執，我懶得在難得的休假期間吵架。

「是嗎？抱歉，我也不太清楚這裡的情況。」

曉海回過神來似的別開視線。

「不會，我也要跟你說抱歉，不該翻舊帳的。這個嘛，工作上……職位的問題無法改善，不過我有在努力請公司改善工作待遇哦。原本我們公司有個負責管理女性職員的主管，她今年辭職了。從那時候開始，我們就請男性職員也自己泡茶，還有生理假也是。在我們公司每個月生理期都要事前申報，不按照申報期間就不能休帶薪假，簡直是不敢置信的規定，這樣月經不規律的女生就——」

我還以為自己穿越時空，回到了二十年前。原以為聊起來會比往事有意思，但曉海職場上的話題全都教我摸不著頭緒。泡茶、生理期申報，全都是切身相關的議題，但嚴重落後時代的情況聽得我強忍呵欠。

——曉海原本是這樣的女人嗎？

高中那段話題怎麼聊也聊不完、每天放學後相約見面還不滿足的時光，感覺好遙遠。這一帶海域獨有的平穩浪潮聲、濃郁得令人難以呼吸的海潮香氣、深邃的夜色，在那其中觸碰到曉海肌膚的觸感、側頸的氣味，全都鮮明地烙印在我腦海，卻只有在我身邊的曉海和那段時期無法重合。

「除了上班之外，我一直在持續刺繡哦。前陣子瞳子小姐說要介紹工作給我，說以我的實力，已經可以接案工作了。」

刺繡的話題也沒什麼改變。曉海編織著晶瑩的珠子和亮片的身影，在東京疲倦的時候想像一下就能療癒我，但為什麼來到零距離的時候就令我想睡呢？如果要結婚，我一直認為曉海是唯一人選，而結婚是現實，是零距離的、綿延不斷的日常。既然如此，這種無聊感某種意義上才是正確的嗎？

口袋裡的智慧型手機發出震動，是尚人傳來的訊息，說臺詞放進畫格裡不太平衡，希望我做點調整。植木先生也傳了幾則訊息來，這個回飯店再確認吧，幸好我帶了筆記型電腦來。

「你在聽嗎？」

我回過神來，對話完全被我擱置了。

「抱歉，我剛才發了一下呆。」

「跟我待在一起，很無聊嗎？」

我一時間答不上來。曉海沒生氣，只是平靜地看著我。像暴風雨前的寧靜，我感受到某些事物即將難以挽回的氣息。

「我們……結婚吧？」

曉海睜大眼睛。我在說什麼？但總覺得這句話我不得不說。在這座島上，女性能獨自維生的工作太少了，整座島上的人都知道曉海跟我交往了五年之久，事到如今她也很難再與島上的其他男人交往。我必須為曉海的人生負起責任。

「你在說什麼呀。」

曉海先是吃了一驚，接著說「差不多該回去了」，這個話題不了了之。老實說，我鬆了一口氣。明明愛著曉海，此刻我卻覺得彷彿獲得了緩刑，而這又使得我對曉海更加內疚。

我牽著曉海的手，爬上護岸磚鋪成的斜坡，一面回過頭看。

想起十七歲的時候，我們是如何耐不住衝動，在消波塊的陰影中相擁。我們已經是成年人了，不會再放縱激情；但同時我們也還年輕，還是勉強能順從情慾的年紀。我們是成長了，抑或是失去了熱情？走在午後反射日光的海岸邊，我們依然不知道答案。

井上曉海　二十五歲　夏

「御盆節連假可能無法見面了。」

午休和大家一起吃便當的時候，櫂傳來了訊息。

櫂和尚人的漫畫從去年動畫化開始爆紅，各家雜誌和電視臺爭相報導，連旁觀者也看得出來他一定很忙。

「我不會打擾你工作，只是見個面也沒辦法嗎？」

我打出這段訊息，又因為字面看起來過於沉重而刪除了。我和櫂之間心意的天秤，在不知不覺間開始往一側傾斜，似乎再也沒有恢復水平的一天。

我吃著小便當盒裡滿滿昨天剩下的燉煮料理，這時社長突然走進休息室來，大家急忙作勢起身。「沒關係，你們坐。」社長從容地抬手制止。他走向我，有點不好意思地遞來一張簽名板。

「我兒子是青埜老師的書迷，能不能請妳跟他要個簽名？時間看你們方便都可以。」

全公司的人都知道我和櫂在交往，最近連客戶也會跟我說「妳男朋友真厲害」。我總是回以不置可否的笑容，我不知道自己能當「櫂的女友」當到什麼時候，雖然這種事我不會說出口。

「還有，趁著這個機會，妳之前一直建議取消的生理期申報也決定廢除了。」

我收下簽名板，「咦」地抬起臉。

「那原本是職員的健康管理、算是福利的一環吧，但假如被畫在漫畫裡就糟糕了，現在可是凡事動不動就會在網路炎上的時代啊，要小心點才行。」

我不知該如何回答。因為權是我男朋友，就天真地以為自己的公司會在漫畫中登場這點令人驚嘆。我苦惱著該如何應對一定年紀以上男人的自尊心，同時回想起權也提起過類似的事。

——你可以把我的人生經歷畫進漫畫裡喔。

——我是個怪人，你來訪問我一定會覺得很有趣。

以為自己並不平凡的普通人之多，令權感到厭煩；同時，他也說很羨慕那些人居高不下的自我肯定感。我現在也有同感。

「不過事關女孩子的身體，我們這些男人也認為應該要好好愛惜。」

社長沒有惡意，所以聽了特別讓人不舒服。女人的身體是屬於那個女人自己的東西，不需要「我們這些男人」去愛惜。女人的身體不是公共財產。

——比起這些牛頭不對馬嘴的體恤，您不如趕緊修正職位和薪資上的男女差別待遇吧。

如果能這麼說出口，該有多痛快啊。生理假的修正，只是公司終於通過了理所當然的要求而已，所以沒有必要道謝，當我拿著簽名板保持沉默時，社長露出差強人意的表情。

「女孩子也越來越了不起啦，嗯，這是好事。」

社長笑著離開，這一次我以職員的身分低下頭，目送他出去。

在社長走出門外之後，女性職員紛紛為我鼓掌喝采。現狀獲得改善雖然值得高興，但在我個人心裡，覺得自己沒出息的心情更勝一籌。

我們幾年來不斷申訴、希望公司改善的制度，因為權的影響力而在一夕之間實現，結果不過是男人促使了男人行動而已。然而，我有資格對此感到空虛嗎？原本想轉職到更值得努力的公司，從力所能及之處先跨出一小步，但從那之後過了六年，我周遭的狀況沒有任何轉變。我想追上權，即使只是一點也好，但我們之間的差距，已經巨大到我不可能趕上。這不是屬於我，而是屬於權的掌聲。

「能用的資源無論是什麼，當然都要好好利用呀。」

瞳子小姐斬釘截鐵地說。

「既然做出了成果，妳也該稍微讚美自己一下吧。」

「我完全沒幫上忙。」

「拉攏了有力人士站在妳這一邊，也是一種實力呀。凡事總是跨出第一步最困難，至於手段乾淨與否就交給下個世代去努力吧？」

瞳子小姐穿著一身休閒的棉質連身裙刺著珠子，輕快地說道。對自己有自信的女人，是不是更能夠坦然依靠男人呢？又或者，因為她們自己就有力量，所以不是依不依靠的問題，而是彼此互助的關係？

「瞳子小姐好好哦。」

「嗯？」

「能一個人活下去太厲害了，真羨慕妳。」

「不過經濟上能夠自立，和能不能一個人活下去又是兩回事了。」

瞳子小姐這麼說著，越過她肩膀，能看見我爸爸在廚房處理魚肉的身影。在家從來什麼也不做的爸爸居然——現在，我已經不再感到驚訝了。

還是個孩子的時候，我因為看見他不再身為父親，而是一名男性的模樣感到受傷；但現在的我認為人是會改變的生物，這令人落寞，同時也帶來希望。如今我也明白，不改變、或說不能改變，才是一種不幸。媽媽仍然沒有在離婚協議書上蓋章。

「之前那些『海島貓屋』的耳環很受歡迎哦。」

「真的嗎？」

「週末兩天的時間，十件全部都賣完了。」

咦——騙人——我不禁發出年輕學生般的聲音。「海島貓屋」是今年新開的雜貨咖啡廳，幾年前開始，從都市圈搬來島上發展的外地居民逐漸增加，島上接連開起了咖啡廳、餐廳、雜貨舖等等有氣氛的小店。這些店家經由雜誌或網路介紹，逐漸成為瀨戶內海觀光旅遊的熱門景點。瞳子小姐扮演了我們和外地居民之間的橋梁，會從他們經營的店舖那裡，為我介紹我也做得來的刺繡工作。

「他們說還想再委託妳。」

「我想接，請一定要讓我試試看。這次也是耳環嗎？」

「是披肩和小提包。」

我緊緊握住放在大腿上的手，是大案子。

「設計交給妳決定，希望是針對二十幾歲客群的風格。先前妳替他們做的那些耳環，聽說購買的客人全都是從都市圈過來旅遊的年輕女生。他們要我問問妳，如果先委託各兩件的話，下個月月底能不能交件。」

「可以。」我使勁點頭，興奮得心跳加速。

先前交件的是黑白耳環，使用類似馬賽克瓷磚的提拉珠製作。賣給觀光客的商品大多以島波一帶特產的檸檬和蜜柑為主題，不過我刻意避開了這些圖案。報酬一件八百圓，十件八千圓，扣掉材料費和工錢就虧了，實在稱不上是工作。這次我大膽放手去做的策略似乎奏效了。

「加油哦，說不定刺繡沒多久就會變成妳的正職呢。」

「不，這還是不太可能。」

澎湃的心潮迅速冷卻下來。只有我一個人的話，我想挑戰看看；然而為了支持我和媽媽的生活，我不能辭職。

「以曉海妳的實力，我認為可以當上刺繡家，賺到足夠的收入呢。」

瞳子小姐露出惋惜的表情，不過沒再追問。

我本來把刺繡當作興趣，之所以不知不覺間練到可以接案的水準，一大原因是為了逃避無論做了幾年永遠只是助理的工作，以及前途渺茫的戀愛。我操縱著名為焦躁的線，以細針填滿不安，耀眼的花草、雪花、夜空裡的星星於是在布面上浮現，這是我的生活中唯一「美麗」的事物。

「認真工作是很好，但妳什麼時候要結婚？青埜不打算負起責任嗎？」

爸爸一邊把晚餐的菜餚端上餐桌，一邊問我。

「我們沒有資格說這些，對吧？」

在我說話之前，瞳子小姐便搶先擋了下來。表面上勸誡爸爸，但她口中的「我們」卻帶有堅定不移的決心。無論幸與不幸都與這個人一同肩負的覺悟，這是我和櫂所沒有的東西。

今年，櫂在東京買了房子。五月連假上東京的時候，他帶我去看了那間位於新建公寓大廈、空間寬敞的三房兩廳住宅，和先前在高圓寺那間一房一廳的舊屋簡直是天壤之別。「這樣房貸沒問題嗎？」當我擔心地問，櫂回答得輕描淡寫。

——買了還能節稅，反而比較省錢。

我沒問櫂的年收入究竟多少。問了他多半願意回答，但最近我盡可能不涉入櫂的私生活。這是為什麼？我仍然沒有直視背後的原因，卻開始一點一點遠離櫂。

新房子每個角落都美觀明亮，住起來應該很舒適才對，我卻懷念起高圓寺那間老公寓，懷念那張過於狹小、我們只能緊緊相依的單人床。

連假期間，在權和尚人主辦的酒會上，他們介紹漫畫助手給我認識。現在幾乎都是數位作業，平常大家見面的機會不多，因此每個人都顯得有點緊張，但還是高興地說「能親眼看到崇拜的老師們平常的工作空間，真是獲益良多」。權剛到東京的時候，也像他們一樣嗎？

權被大家稱為老師，我則是「老師的女朋友」。助手當中有個神情特別陰鬱的女生，我一看就知道她多半跟權上過床。和年收入一樣，我什麼也沒過問，畢竟這樣的女孩子除此之外還有很多。忘了什麼時候，我在打掃臥室時發現了一個掉在床鋪和牆壁之間的布質髮圈。我試著用它綁了頭髮，然而權一無所察，我忍不住笑了出來。

——妳心情好像很好哦。

權沒發現我已經發現了。

權開始無論什麼東西都買給我。衣服、包包、戒指，全都像走進便利商店買罐果汁一樣隨意。我跟不上他的花錢不眨眼，一個人在高級精品店裡緊張兮兮。人生第一次，權還帶我去了名為俱樂部的地方，大家都盛裝打扮，我為了今天才咬牙買下的短裙顯得俗不可耐。

無論在居高臨下俯瞰舞池的ＶＩＰ包廂，還是第二間續攤的會員制酒吧，權都結清了所有人的費用。我側眼看著價格不菲的酒一瓶接著一瓶倒空，想起的卻是我們兩人一起喝過的那瓶不到千圓的威士忌的滋味，覺得這樣的自己好悲慘。

——當時的威士忌還比較好喝。

這種話我說不出口。那是回憶的滋味，而回憶的價值因人而異。我和櫂還坐在對等的天秤兩端時或許還敢說，但天秤在不知不覺間傾斜失衡，再施加一點重量彷彿就要整座翻倒。明知如此，我心裡一個角落卻也希望它快點傾倒，好讓我解脫。

結帳後，店員把收據拿來給櫂，我瞥見上頭十五萬圓的金額，一時間頭暈目眩。出來喝一次酒的消費，就比我一個月的收入還高。

——妳為什麼這麼不高興？

櫂在回程的計程車上這麼問。

——不要這樣好不好，大家都在看妳的臉色。

一陣沉默之後，我下定決心開了口。

——我覺得，你還是再思考一下花錢的方式比較好。

櫂偏了偏頭。即使加薪之後，我的實收也只有十四萬圓，這種天天絞盡腦汁節省幾十、幾百圓的心情，現在的櫂一定無法理解吧。想到這裡，原先壓抑的想法便滿溢而出。

櫂現在花錢的方式太異常了，為什麼連同輩朋友的酒錢他都得一起支付？櫂替自己的母親也買了房子，阿姨和她的男朋友達也先生一起住在那裡，興高采烈地告訴我「櫂真是孝順，我的育兒方針果然沒錯」。

——無論她想要什麼都直接買給她，這樣不太好哦。

——我也有買給妳啊。

我瞬間火氣上湧。

——那不是我的重點。

——不然是什麼？

——現在的權太得意忘形了，看不見周遭，一點也不穩重。

話說到這裡，權開口跟計程車司機說，「請停車。」

他立刻下車，改搭了其他的計程車，車尾燈在我眼前遠去。三更半夜的，他想去哪裡？掉在地上的布質髮圈掠過腦海，我請司機發車，靠上椅背。

——講到母親的事不太好哦，男人會生氣的。

司機喃喃說，我脫力地回答，是啊。

想說的話明明說出口了，我卻一點也不痛快，反而深陷於自我厭惡之中。我真的是為了權好才這麼說的嗎？只是想阻止權逐漸成為我不認識、也追趕不上的另一個世界的人吧？真傻，這明明已經不可能遏止了，現在的權已經徹底成了在東京大有斬獲、事業成功的人。

在我們交往八年的現在，權身上隨時都感覺得到其他女人的氣息。

我第一次注意到他出軌，是在三年前御盆節連假，權難得回到島上的時候。當時權帶了化妝品給他母親當伴手禮，我問他是找誰幫忙挑的。「佐都留。」權回答得無比自然，太過自然了，以至於我一聽就知道是謊話。權什麼時候成了這樣流利地編造謊言的男人了？從那時開始，我便再也無法相信權所說的話。

更讓我受傷的是，權聽我說話的時候強忍著呵欠。我這才發現自己成了類似鄉下老家一樣的存在——隨時都等在那裡，偶爾回去放鬆一下，長久待在那裡就嫌無趣了。

那時候，權為什麼要求婚？權說完之後自己也感到困惑，而且被我拒絕後還鬆了一口氣，這些我都看得出來。那時候我應該斥責他出軌的，卻佯裝沒發現，含糊敷衍過去。我不敢責備權，害怕我們會因此分手。

吵架是遠距離戀愛的致命傷，尤其我面對權沒有任何拿得出手的籌碼，無法表現出任何強硬的態度或立場。結果，我的沉默助長了現在這種容忍其他女人存在的最糟狀況，我覺得現在的自己像個共犯。

計程車開到公寓大廈樓下，我拿備用鑰匙打開玄關大門的自動鎖。寬敞的客廳裡擺著大沙發，我怯生生地坐在邊緣一角，這裡不是我該待的地方。我就這麼在沙發上睡著了，直到天快亮的時候，轉動鑰匙的聲音把我喚醒。

——我回來了。到床上睡吧。

權撫摸我的頭髮。歡迎回來，我把手臂環上權的頸子。他牽著我的手進到寢室，我們兩人把衣服一件件脫下來隨手丟在地上，然後鑽進被窩。我們沒有做愛，只是手牽著手。說不定我還是被愛著的——裹在權的體溫裡，一縷細小的希望冒出新芽，然而在將它牢牢握進掌心之前，我便墜入了夢鄉。

從今天開始，進入了我們交往後第八次的御盆節連假。自從那次「可能無法見面」

的聯絡之後，權什麼也沒說，我也擱置不管。最近傳訊息的頻率也是每週一次，有時候兩週一次，這段關係如果就這樣自然消滅，我也樂得輕鬆。比起與權分手，在沒有出口的情況下自欺欺人地馴養著逐漸膨脹的不安更讓我疲憊。

「妳不去東京嗎？」

我在庭院裡除草時，媽媽這麼問。

「他那邊好像也很忙。」

「他從去年開始就非常活躍嘛。」

遲緩的語調，像夏天窒熱的空氣一樣壓上我的後背和肩膀。

「你們好好討論過婚事嗎？什麼時候結婚之類的。」

我裝作沒聽見，默默拔著雜草。

「妳知道自己的處境吧？要是事到如今還跟青埜分手──」

玄關的方向傳來門鈴聲，我藉機逃走。從庭院繞了半圈來到門口，我向站在玄關前的北原老師和小結說：「歡迎。」

「曉海。」

小結柔順有光澤的黑髮紮成一束馬尾，站在她身邊的北原老師向我點頭致意。

「小結，妳是不是長高了一點？」

「長了一公分，可是還是排在前面數來第三個。」

小結今年升上了國中二年級。她今晚要跟朋友去參加今治的煙火大會，所以和我約好要來借浴衣。她說她一個人不會穿，因此我也會一起幫她著裝。

「曉海小時候，我們家也常去。父女一起去煙火大會，真不錯。」

媽媽說著，端出冰麥茶請北原老師喝。

「沒有，我負責看家。上了國中之後，孩子總是以朋友優先。」

「好不容易獨力把女兒撫養長大，很寂寞哦。」

「就是這麼回事。」

「老師，你不打算娶老婆嗎？」

「我一個人生活起來比較自在。」

隔著拉門傳來他們的對話。自從患上憂鬱症，媽媽開始和親戚、熟識的鄰居都保持距離，和北原老師卻相對比較有話聊。雖然以前都被老師看到過最丟臉的慘況了，事到如今好像沒必要在乎這些，不過多半是因為北原老師是個態度淡然的人。媽媽和我都已經受夠了飽含淫氣的同情。

「爸爸，你看你看，鏘鏘——」

小結替自己配上音效，打開拉門，秀出一身浴衣打扮。原本擔心白底淡紅芙蓉的浴衣穿在她身上太成熟，不過五官秀麗的小結穿上去非常適合。

「怎麼樣？」

看見她提著袖兜轉一圈的模樣，北原老師瞇細眼睛笑了。

「對了，曉海的髮飾好像還留著。小結，跟我來吧。」

媽媽帶著小結到隔壁房間，我替北原老師再添了一杯麥茶。桌上擺著小結烤的餅乾，現在不再是半生不熟的了。

「不好意思，難得放假還來打擾妳們。」

「不會，反正閒著也是閒著。小結穿起浴衣真的好合適哦。」

北原老師聽了高興地微笑，眼角擠出皺紋，表情顯得特別溫柔。

「她的母親一定很漂亮吧。」

聽我這麼說，北原老師抬頭望向空無一物的半空。

「是啊。不只是五官長相，連舉手投足都很美。」

那是真正的美人了，我還沒見過成年人這樣毫不害臊地讚美自己的愛人。

「青埜同學最近還好嗎？」

「應該還好，雖然他好像非常忙碌。」

「我們高中的學生們也都很崇拜青埜這位學長，妳也很為這個男友自豪吧。」

「很難說，我和櫂可能已經走不下去了。」

或許是因為北原老師一路看著我們到現在，話語很輕易地脫口而出。不可思議的是，話一說出口，我便確信那已經是既定的不遠未來。

「發生了什麼事嗎？」

我稍微想了想，搖頭說「沒有」。表面上什麼也沒發生，核心總是位在言辭無法抵達的深處。遠距離戀愛七年大幅磨耗了我的心思，哪怕是櫂開始常態性出軌，我們也沒為此吵過半次架，這段關係像掛在枝頭無人採摘的果實，正緩慢地走向腐敗。

——直接把我甩掉不就好了。

不過我想，櫂做不出這種事吧。櫂過剩的溫柔在那樣的母子關係中滋長，在他必須忍耐、放棄太多事情的孩提時代扎根，像一種深情，同時也近似於必須割捨某些事物時於心不忍的軟弱。

「我是這麼可憐的女人嗎？」

我是一直在鄉下等著他的可憐女友，所以櫂才不忍心跟我分手嗎？聽見我自暴自棄的問題，北原老師微微挑了挑眉。

「只要自己不覺得可憐，那其他人怎麼想都無所謂吧。」

一如往常的平淡回應。北原老師多堅強啊，這麼堅強的人一定不需要別人吧，和我正好相反。正因如此，北原老師的話聽起來無比正確。

因為在櫂身上尋求答案，我才會感到痛苦。

自己想成為什麼樣的人，選擇權永遠都掌握在自己手中。

我應該給出屬於自己的答案，而不是向櫂尋求。

這是非常需要勇氣的事，所以我一直裝作視而不見。

小結和朋友一起去看煙火了，我們於是邀請北原老師一起吃晚餐。只有我和母親兩個人的時候，總是清淡的菜色比較多，今天卻久違地做了唐揚雞塊。

「每一道都好好吃。井上同學，妳的烹飪手藝真不錯。」

一反他瘦削體型給人的印象，北原老師吃了很多。大塊雞肉裹上滿滿片栗粉的鹽漬檸檬口味炸雞塊、夏季蔬菜筑前煮、醋漬洋蔥火腿，一盤接著一盤被清空。

「吃得真豪爽，不錯不錯。」

好久沒有看見媽媽這麼自然地談天了，我也高興起來。在我享受著和睦的用餐時光的時候，智慧型手機跳出一則訊息。是權傳來的。

「我回來了，人在今治。現在過去妳家可以嗎？」

咦，我下意識發出聲音。

「怎麼了？」

「權傳來的，說他人在今治，問現在能不能過來。」

「你們約好啦？」

「沒有呀。」

「難得回來，就讓他過來啊。」

「可是這麼突然……」

「青埜他不是忙得很嗎，人家百忙之中都特地跑來了。」

「再怎麼忙碌，也不代表他可以不尊重別人。」

在我和媽媽說話的同時，訊息又接著傳來：

「還是妳要過來？我在國際飯店。」

一股強烈的怒火湧上心頭。所以他到底為什麼事前根本沒聯絡，卻預設能見到我？

工作忙碌無法見面的話確實沒辦法，但如果要來，至少該事先聯絡一下吧，這樣不僅造成別人的困擾，也很任性。媽媽露出受不了的表情。

「妳真是一點也不可愛，這時候順從地說謝謝，男人明明會很開心的。」

火氣衝上腦門。

「這樣只會被瞧不起而已，所以爸爸才會——」

「我送妳過去吧。」

北原老師介入對話。

「我本來就想著差不多該去今治採買了，所以只是順便哦。」

「老師，我……」

「去準備吧。」

在略顯強硬的敦促之下，我無可奈何地起身。換好衣服、走出玄關的時候，北原老師已經上了車。「不好意思了。」我打開副駕駛座的車門。

「老師，剛才謝謝你。」

車子一開動，我立刻道謝。

「要是北原老師沒有阻止我，剛才我一定會對媽媽說出很難聽的話。平常明明都能夠忍耐，這一次可能是因為被戳中了痛處吧。覺得媽媽說得也有道理，所以才會惱羞成怒。」

北原老師輕聲笑了。

「妳一個人思考，一個人反省，一個人給出了答案呢。」
「覺得我這樣很傻嗎？」
「正好相反，青埜同學應該也是這種類型的人吧。」
「是嗎？」
「以這個年紀來說，你們都太理性了，可以活得再任性一點哦。」
「這倒是沒有。」
我斬釘截鐵地斷言。
「櫂有時候太過得意忘形，我有時候也不斷自我折磨，我想我們雙方都沒有為彼此著想，只以自己的快樂和痛苦為優先。」
「對這些有所自覺，正是你們的理性之處啊。」
「即使有所自覺也無從改善，所以才是傻子。」
「妳會和青埜同學吵架嗎？」
「不會。」
「為什麼？」
因為害怕分手——這話太丟臉了，我說不出口。
來到飯店房間，櫂姑且還是跟我道了歉。
「不好意思，這麼突然。我出門前接到了一些麻煩的聯絡，一路上都手忙腳亂的。」

「工作上出了什麼事嗎？」

「算是吧。不說這個，我肚子餓了，來吃點東西吧。」

權簡單帶過，打開客房服務的菜單。自從第一次出軌和求婚之後，權不再向我細說他工作上的事。我曾經不著痕跡地表示我想聽，試圖把話題帶往那個方向，但他只嫌麻煩似的說，他很累了。

——至少和妳在一起的時候，讓我休息一下吧。

當時我聽了很高興，但隨著時間經過，卻感到彷彿被下了「妳要當個好女人」的詛咒。我一直沒能解開這道詛咒，今天聽見媽媽那番話便過度反應了。順從地說謝謝，男人會很開心——一定是這樣沒錯。那麼我說不出口而嚥下的那些不滿又會跑到哪裡去呢？一次、兩次往肚裡吞，之後每一次都不斷往肚裡吞，總有一天——

「水。」

權說道，我從飯店的冰箱拿出礦泉水，倒進玻璃杯，放在桌上。權吃著客房服務貴到嚇死人的咖哩飯，一邊用平板看著電影。我不知所措地坐到他對面。

「看妳想吃什麼，也點些東西來吃吧。」

「不用，我吃過了。」

要是你事先聯絡一聲，我就不會先吃了——我把這句話倒吞回去。

「電影之後再看吧？」

難得人都跑這麼遠過來了，這句話也倒吞回去。

至今吞下的所有詞句快要把我溺死。

「抱歉，連假結束後我要跟這位劇作家對談，作品一部也沒看過的話就談不來了。」

「你很忙呢。」

「是啊。」

「好看嗎？」

「不知道，才看到一半。」

他雙眼直盯著螢幕，只給我最低限度的回應。

你跑來愛媛就是為了看電影？這問句哽在喉頭，呼之欲出。我能理解他工作很忙，也明白看電影是工作的一部分。但那又如何？權不會對其他人做出這麼失禮的舉動吧，為什麼認為對我這麼做就能被原諒？

「最近除了工作以外，你還看了什麼電影？」

「很多吧。」

「告訴我片名。」

「一下子想不起來。」

「那就好好想。」

我加重了語氣，櫂終於從平板上抬起臉。

「為什麼？」

他不可思議地問，我感到焦躁不耐。

「難得見了面，我想跟你說話。」

櫂露出困擾的表情。

「嗯，但我本來是沒辦法跟妳見面的。」

這不是誇大其詞，工作真的很忙，原本以為今年的御盆節連假無法見面了。可是我想把握短暫的時間見妳一面，因此才排開行程跑了過來，這都是因為我喜歡妳，所以希望妳允許我稍微工作一下——櫂說了一些大意如此的話。

「如果妳不能接受，那就不能見面了。」

這句話帶有威脅意味，我感受到內心某種東西在沸騰。苦藥為了易於吞嚥而裹上糖衣，剝開那層單薄的偽裝，便能看見櫂這番話的本質。

他對我說的是：要是妳喜歡我，那就好好忍耐，否則我們就結束了。從什麼時候開始，我被看輕到這種地步了？我知道櫂十分忙碌，但「知道」和「接受一切」是兩回事。我不是只為了療癒你而存在的綿軟布偶。我會生活、會思考、會隨著時間經過而改變，會受傷、會喜悅，是一個活生生的人，是你的戀人。我該怎麼表達這些？「我愛你」曾幾何時成了空洞的詞句，即使身體交合，我也不認為能夠傳達。

「最近看了什麼電影？音樂也可以哦。」

那是現在非討論不可的事嗎？櫂偏著頭，似乎想這麼說。我也不知道。我不知道，所以只想得到「回歸起點」這個辦法，回到我們凝視著彼此，對彼此說了許多話的那段時光。

「像是《王牌冤家》吧，雖然這部片很老了。」

權勉為其難地回答。

「是什麼樣的故事？」

「一對戀人消除記憶的故事。」

「原來權也會看愛情片呀。」

「主題雖然是愛情，但感覺又不只是這樣。該說是科幻嗎？整部片到處都是解謎要素，結構非常緊湊。它還得過奧斯卡劇本獎，妳沒聽過嗎？」

「沒聽過。」

「出演的也都是知名演員。」

權一一列舉演員的名字。

「完全沒聽過？」

「名字聽過，但搭不上臉。」

是嗎，權喃喃說。「哎，大概就這樣吧。」說完視線又落回平板上。

我覺得自己是個無知的笨蛋，羞恥感湧上耳根。然而我一面到公司上班、一面做家事照顧母親，假日忙著做刺繡工作，為了活過每一天拚盡全力，不再像學生時代那樣有多餘的時間分給電影、書籍、音樂。

「最近我接到一個刺繡的大案子。」

是哦，權邊看電影邊回答。

「因為先前交件的耳環很受歡迎，聽說週末就把十件都賣完了。」

「這很厲害嗎？」

我遲疑了。對我來說是很厲害，但對櫂而言——

「這樣賺到多少？」

「八千圓。」

「十件就八萬了，不錯的副業啊。」

「不是，是十件一共八千圓。」

咦，櫂看向我。

「考慮到材料費和妳的手工，這樣沒有利潤吧。」

「畢竟我不是專業的，而且有些事比利潤更重要。」

「收了錢就是專業的了。」

櫂皺起眉頭，又立刻鬆開。

「嗯，不過說得也對。當作興趣的延伸，做得開心就好吧。」

在把自己的興趣變成專業、事業大獲成功的櫂面前，彷彿突顯出我有多麼天真。不同於剛才的另一種羞恥感襲來，腳下的陣地一塊接著一塊被削減。

「瞳子小姐說，我說不定能當上刺繡家。」

我說出這種話，究竟想證明什麼？

「既然瞳子小姐這麼說，那很厲害啊。」

厲害的不是我而是瞳子小姐，我感到更羞恥了。

「雖然十件耳環只賺到八千圓，不過披肩和小提包都是大案子，這次評價不錯的話，後續其他店家也有可能找我訂購，我希望之後可以做出利潤。」

我到底在認真什麼？為了維持我和媽媽兩個人的生計不可能辭職，這話是我自己說的，卻被虛張聲勢的自尊心煽動。

「不用那麼拚命啦。」

櫂的視線再度落到平板上。

「可是如果真的想成為專業的刺繡家，行動時就得考慮到未來發展才行。」

我試圖延續話題。

「是不是該去宣傳一下比較好？櫂，你覺得呢？」

「這個嘛，嗯，量力而為吧。」

櫂似乎漏看了劇情，輕點螢幕往前倒回三十秒。

「聽我說話。」

「我有在聽。」

「認真聽。」

「我有在聽啊。哎，曉海，我真的再不看這部——」

「你不要太過分了！」

櫂嚇了一大跳似的看著我。

「……我真的受夠了。」

裝滿到杯緣的東西終於漫溢出來，我已經無法阻止。

「怎麼突然……」

「一點都不突然，我們從之前開始一直都是這樣子。拜託你，如果覺得哪裡不對就說出來，不要嫌麻煩似的敷衍了事，好好跟我吵架。」

「沒事何必特地吵架……」

「如果你已經不喜歡我了，就跟我說。」

終於說出口了。鼻腔深處伴隨著刺痛感溼潤起來，不許哭，在這時掉眼淚就輸了。

櫂一臉茫然。

「不是，等一下。對不起。」

「我不是想要聽你道歉。」

「我知道，真的對不起。該怎麼說，那個……」

他頓了頓，像在尋找措辭，然後——

「我們結婚吧？」

這句話讓我整片腦海瞬間刷白。

從化為空白的地方，燃起一簇火苗。

櫂多麼殘忍。在這個時間點迫於無奈地求婚，世上有哪個女人會欣然點頭？我們的關係早已腐敗，只剩下從枝頭落下摔個稀爛的未來。哪怕到了這個地步，櫂仍然優柔寡斷地拿結婚當擋箭牌，把問題推給我回答。Yes或No二選一，既然如此，最後這把刀只能由我揮下。

「我們分手吧。」

一直想說、卻說不出口的句子脫口而出，聽起來如此輕盈，連自己都驚訝。太好了，我死也不想把它說得太沉重。櫂眨著眼睛。

「妳說什麼？」

「我們分手吧。」

在我們四目相對時，突然響起空氣爆裂的聲音，煙火大會開始了。我看向窗口，眼前卻只有街上零星的燈火，與一片黑暗的瀨戶內海，唯有撼動內臟的沉重聲響接連在室內響起。

「那我回去了。」

一站起身，手臂便被抓住。

「妳在說什麼……」

「我說，我要回去了。」

「明天再一起回去吧。」

「明明已經分手了？」

櫂的表情轉為憤怒，拉著我走向床鋪，我們彼此糾纏著往床上倒。櫂的手指伸向鈕釦，我抓住他的手揮開，扭轉整個身體抗拒他伸進裙子底下的手。我們像野獸一樣揪著對方，你上我下地扭打成一團，彼此威嚇撕抓，在死命攻防之後雙雙力竭，呈大字形仰躺在床上。

「……妳到底在搞什麼啊。」

櫂喘著氣，聲音裡混雜著惱怒。

「莫名其妙。」

即便如此，他仍然不放開我的手。

唯有煙火升空的聲音不斷響起，我束手無策地閉上眼。

「高中的時候，我們也在島上看過煙火。」

櫂喃喃說。

「那次沒看到。」我說。當時我們醉心於彼此，等不及煙火開始，便在消波塊的陰影裡相擁，我只記得越過櫂的肩膀，瞥見了在夜空綻放的零星花火。

「不如現在去看吧？」

「我不去。」

我固執地閉著眼睛。下一次睜開眼睛，能不能回到高中時代？如果時光真能倒流，這一次我希望能看到煙火。又或者無論重來幾次，結果仍然相同呢？

在我沉默的時候，身旁傳來細微的呼吸聲。

我緩緩睜開眼睛，小心翼翼地看向身邊。

時間果然沒有倒流，在我身邊的是二十五歲的櫂，緊緊牽著我的手睡著了。直到現在，我才發現他眼下微泛青色，看來是真的忙得焦頭爛額。一想到他犧牲睡眠時間來見我，為時已晚的愧疚感和「或許還能再重來」的不捨之情便湧上心頭。

在熟睡的櫂身邊，我嘗試重新思考我們的關係。

不知何時開始，我們再也無法對等地對話；在他心目中，我變成了只需要適當摸頭安撫就能夠滿足的人。但真正令我痛苦的，是「我確實只有被人看輕的分量」這個事實，我在「現在的我」身上看不到價值。所以想說的話也說不出口，把對自身的不滿往肚裡吞，吞到最後引發自體中毒。

這麼一想便明白，問題的根本在於我自己。

我喜歡櫂，想一直跟他在一起，但曾幾何時，這份感情的根柢或許開始混雜了不同於愛情的東西。我是不是為了從這座島嶼和媽媽身邊解脫，所以才渴望和櫂結婚，把這視為通往自由的護照？

現實不就是這麼回事嗎，另一個我悄聲耳語。只要坦然接受一切，接受我對櫂的愛包含了背後打的那些算盤，然後乞求他帶我離開這裡。

我再也不想孤身一人和社會奮戰。

不想上班。

不想在月底煩惱錢的問題。

不想再為了對未來感到不安而徹夜難眠。

想跟有收入的男人結婚。

想成為家庭主婦。

想生下小孩，在丈夫的庇護下安心度過一輩子。

列出所有真心話和欲望之後，我恍然驚覺。

「……和媽媽一模一樣。」

無力養活自己有多麼不自由，自己的生活基礎掌握在「丈夫」這個他人手中有多麼不安定，賴以為生的他人某天突然離開有多麼危險，我已經透過母親體驗了許多年。媽媽是我的至親，我雖然重視她，同時卻也不想變得像她一樣，為了避免重蹈覆轍一路努力過來。然而現在的我卻——

我再一次緊緊閉上眼睛，強迫自己從視野中抹去櫂的身影。

即使依靠櫂脫離目前的處境，也無法消除這些不安與焦躁。

我必須守住自己的尊嚴。

不知不覺間陷入沉睡，再睜開眼睛時，整個房間染上淡淡的青色。櫂睡得很熟，已經放開了我的手。我下了床，把凌亂的衣服整理好。

離開房間之前，我走近能夠眺望大海的窗邊。和櫂分手之後，我也不可能再到這間飯店住宿了，想趁這個機會，最後再看一眼難得的海景。

昨晚被夜色塗黑的世界，此刻在微明中展現它的模樣。尚未完全升起的太陽將水平線染上橙色，平穩的海面彼端能看見島嶼的影子。如果像現在這樣只從遠處眺望的話，這是一片美得像夢一樣的風景。

現在開始，我要回到那裡去。

那座島不是夢，是我的現實。

我會渡過大橋，在熟悉的公車站下車，沿著看膩了的海岸線走回家。早上我會先把衣服放進洗衣機清洗，接著準備早餐，等媽媽起床後讓她吃藥，然後兩人一起吃飯。今天是休假日，得把堆積的雜事做完才行。

曬衣服、打掃，把社區傳閱的板報傳給下一家。對了，佐久間太太送了蔬菜來還沒回禮，把親戚那邊收到的西瓜送她可以嗎？昨天剛除過雜草，但再過一週它們又會長滿整片庭院吧。太麻煩了，乾脆灑除草劑吧，準備午餐前可以出去買。廚房清潔劑用完了，也要一併記得採購。

我會回到那個反覆重演到令人厭倦的現實裡。

我一路這麼活過來，接下來也將這麼活下去的情景在腦海中播放，像一場了無生趣的電影。有什麼東西搔過臉頰，從昨天忍到現在的淚水溢出眼眶，在我扶著窗框的手背上摔碎。憑藉意志力止不住它，鼻水滴滴答答流下來，我用手背往旁一直線將它抹掉，滑溜溜的觸感讓我哭著笑了出來。

櫂，快醒來。

現在立刻醒來。

叫我不要回去。

這樣我就願意當個傻瓜，接下來無論發生多麼難以忍受的事，我都能捨棄自我，笑臉以對。然而櫂沒有醒來，我只能回到那座島上。像清晨的海一樣寧靜悠緩的覺悟，與櫂深沉規律的呼吸一併湧向我。

二十五歲的夏日邁向終點，而我依然什麼也搆不著。

青埜櫂　二十五歲　秋

「你不要太過分了！」

我嚇了一跳，從平板螢幕上抬起臉，對上曉海憤怒的目光。

直到剛才我們還很尋常地聊著天，因此我一時傻住了。曉海說她不久前透過瞳子小姐接到刺繡工作，這次的委託是大案子，她顯得幹勁十足。報酬扣掉材料費和手工費幾乎沒賺多少錢，這讓我不太贊同，不過曉海家的家計都靠她一個人支撐，她無法貿然辭去工作。既然如此，不如把刺繡當作興趣就好，曉海卻說她想成為專業的刺繡家。

——太天真了。

這和小孩子說「我想開花店」相差無幾。我靠著自己的興趣賺錢營生，實際體會到背後有多辛苦，因此聽她這麼說多少也有點不耐。要是認真想往這個目標前進，有些東西她必須要捨棄，但身為戀人的我又想支持曉海的夢想。

為了把差點脫口而出的難聽話倒吞回去，我看著電影，讓曉海說的話左耳進、右耳出。沒必要和戀人聊工作，這種話題和工作夥伴聊就行了。話雖如此，最近曉海對工作以外的書籍、音樂、電影的話題也變遲鈍了。她原本是個更有意思的女人才對，我這麼想著，連同這份無趣一併愛著她。

『與其說她是你女友，總覺得更像你的老家啊。』

以前尚人曾經這麼說，當時我回他：這有什麼不好？「像故鄉一樣的女人」無論好壞都是特別的，我不需要荒誕的刺激，比起那些我更渴望工作夥伴無法給我的安心感，希望她療癒我忙碌的日子中累積的疲乏。

『那你去按摩不就好了？』

我說，正好相反。我像預約按摩那樣和外遇對象聯絡，補充與曉海之間已經淡化的心動感，發洩性慾。偶爾有女人要求我跟女友分手，這種時候我會跟對方保持距離。我認為妻子和外遇對象的差別，在於有沒有「我會守護妳到最後一刻」的責任感。

『你都說到這個地步了，為什麼還猶豫要不要結婚？讓曉海等你這麼多年，到處花心，櫂你活得還真奢侈啊。這樣下去絕對會吃到苦頭，等到那時再後悔就來不及囉？』

『我也有很多考量。』

『有什麼好考量的，一男一女之間又沒有任何法律阻礙。』

尚人的戀人小圭，在今年升上了大學。兩人交往至今一直對彼此忠心耿耿，專情到誇張的地步，但現今的日本並不承認同性婚姻。尚人每當喝醉總是陷入悲觀，嚴重的時候還會說他想死，這時我會說「你白痴嗎」，往他頭上賞一巴掌。

單純而細膩是尚人的優點，但反之他的抗壓能力也比較差。他看見網路上不留情面的負評總是立刻大受打擊，重新振作的速度也慢。心理狀態垮了，也連帶拖垮原稿品質。

『哎呀，也不必這麼說，雖然我也覺得櫂你差不多可以結婚了。』

當時也在場的植木先生勸道，我含糊其辭。

如果結婚只是我們兩人之間的問題，那我沒有理由拖延。但曉海還帶著她的母親，而有過我母親的經驗後就知道，我不擅長應付「母親」這個存在本身。雖說不擅長應付，但如果問我是否討厭母親，卻也並非如此——我只是不願再被捲入這道愛的雙重螺旋。

——那麼，難道就這樣一直讓曉海等下去嗎？

在瀨戶內海和東京分隔兩地過了七年，這段時間曉海母親的病況時好時壞，拖了這麼久，對她未來痊癒的期待也淡薄了。在這種情況下結婚，我們勢必得與曉海的母親同居，在這個數位化興盛的年代，人在哪裡都能畫漫畫，尤其我負責的是原作，人不在東京也無所謂，但住在那座島上讓我難以呼吸。

至於我的母親，她現在和阿達一起過得很好，但未來難以預料，男女之間的感情總在意想不到的時機毀壞，到了那時候，她會再來依附我吧。

我有辦法支持我和曉海雙方的母親嗎？有人說，只會扯後腿的父母大可棄之不顧，他們說得沒錯。可即使理智上明白，也仍然無法一刀兩斷，所以血緣這種東西才麻煩。如果可以只靠著對與錯來決定一切，那該有多輕鬆啊。

和曉海分隔兩地之後的第八個夏天來了。御盆節我原本打算像往年一樣和曉海一起度過，但隨著動畫大受歡迎，團隊敲定了第二期動畫和電影的製作。其中一個賣點是由我這個原作者撰寫電影劇本，我因此更加忙碌。

「御盆節連假可能無法見面了。」

我傳了訊息給曉海。即使能見到面，我恐怕也得一邊工作。曉海總說這樣也沒關係，但實際見了面我還忙工作，她還是會不開心。不只曉海，我外遇的那些女人也都是如此。見面的時候只能看著我一個人——她們不用言語，卻使盡渾身解數這麼訴說，我感到不可思議。「我喜歡妳、重視妳」的這份感情，和「我還有工作要忙，得請妳稍等一下」的現實為什麼無法同時成立呢？

在忙碌中，與曉海聯絡這件事在不知不覺間往後拖延，當我回過神來，御盆節連假已經近在後天了。原本的漫畫工作、電影劇本的相關會議、各大媒體報導的確認與修正，全都只能由我親自回應，郵件回了一封又多出三封。

——好想回去。

在我忙到焦頭爛額、即將爆發的時候，漂浮在寧靜海面上的島影忽然掠過腦海。那是引人睡意的優美風景，無趣等同於安定，安定帶來安寧；我強烈意識到，那座島雖然不是我的故鄉，但有曉海在的地方就是我的歸處。

我終於放棄抵抗。穿著連續兩天沒洗的T恤，我直接出門到百貨公司，找了間知名品牌跑進專櫃。聽說我要買訂婚戒指，對方推薦鑽戒，但我最後選了祖母綠，這是曉海成長的島上那片海的顏色。雖然仍有許多不安，但問題這種東西，解決了一個本來就會再蹦出另一個，最後的重點只在於我何時下定決心，而時機就是現在。

我把筆電、戒指和換洗衣物塞進背包，正要打電話告訴曉海我要回去，植木先生卻打了電話來，說接下來準備推出的漫畫當中，有個橋段使用的關鍵物品在國外可能發生問題。這是紙本和電子書都會販售到海外的時代，沒有顧慮到這方面有失妥當。

我和植木先生針對變更物品商量了一番，尚人重新繪製，直到御盆節連假第一天的午後，整體修正完畢的時間才大致有了頭緒。這段期間也不停接到其他工作的聯絡，在前往羽田機場的計程車、飛往松山機場的飛機上我都在工作。尚人也像厲鬼一樣不斷傳訊息轟炸，他對於這次的修正無法苟同，是個很有自己創作堅持的傢伙。

結果我來不及聯絡曉海，就進到了今治的飯店。尚人還在生氣，植木先生還寄了連假後對談對象的資料過來，裡面列出了一整排我最好預先看過的電影標題。明明告訴過他我從今天開始休假的，我忍不住咋舌。

「我回來了，人在今治。現在過去妳家可以嗎？」

總之我先聯絡了曉海。

「還是妳要過來？我在國際飯店。」

打字的時候心浮氣躁，因此完全忘了為突然來訪向她道歉。正要再補一則訊息致歉，這次換成電影版紀念書籍的確認郵件跳了出來，標題寫著「緊急」，時間在我處理的期間不斷流逝。

「我到飯店囉。」

接到曉海這則訊息，我才回過神來。從結果上來說，我當了一回任性無禮的人，但心裡覺得曉海一定會原諒我吧。安心感與輕侮十分相似。

——你不要太過分了！

睜開眼，我一時不曉得這是哪裡。視線轉動一圈，才發覺這裡是今治的飯店，昨天發生的事逐漸浮現腦海。身邊不見曉海的身影。

——搞砸了。

昨天我硬把曉海拉到床上，卻遭到全力反抗，這是我第一次被曉海拒絕。我坐起身，覺得身體重得像鉛塊，明明睡過覺，疲勞卻沒有消除。我慢吞吞走到桌邊拿起智慧型手機，又再度倒回床上。時間已是下午，曉海應該回去了吧。我確認了一下，她果然沒傳訊息來。

——真的搞砸了呢。

心裡只有這個感想。我只需要見到曉海就感到療癒，但從曉海的角度而言，男友見了面還只顧著忙工作一定讓她很火大，覺得「你把我當成什麼了」吧。這次一方面也是時機不湊巧，不過我的態度確實像疏於經營感情的老夫老妻一樣怠慢，我深自反省。

——但是，也用不著說要分手吧。

交往八年的時間，不可能以那麼輕巧的一句話畫下句點。反而因為太輕描淡寫，所以我知道她只是一時衝動才說出那種話。這時候應該由我主動道歉，這一次要真心誠意地說。

「昨天對不起，我真的很抱歉。」

「我想當面跟妳道歉，今天可以去找妳嗎？」

「有重要的話要跟妳說。」

我傳了訊息，沒有回應，但我知道曉海這個人直性子，要原諒我也需要時間。這時候就放寬心等她吧，於是我邊泡澡邊用平板繼續看昨天的電影。直到傍晚仍然沒有回音，我肚子餓了，但今天想跟曉海一起吃飯，所以只喝了咖啡果腹。就這樣杳無音訊的情況下，原本預計在此停留的三天過去了。

——妳要生氣到什麼時候？

御盆節連假最後一天，我的火氣也上來了。這三天我反覆傳了道歉的訊息給她，她卻不讀不回，電話也不接。我那天的態度確實太怠慢了，但任誰都看得出來我很忙吧。曉海已經跟嫁給我了沒有兩樣，工作方面希望她能諒解。婚後的生活是日常的延續，總不能因為得不到關注，就動不動說「我們分手吧」。

——意思是，我們雙方都該冷靜一下比較好嗎？

我從飯店退房，傍晚便回到東京。連假剛結束，各方聯絡一口氣湧來。我在飯店也有一搭沒一搭地處理了一些工作，不過進到自家的工作室、面對電腦，開關立刻切換回來，曉海的事很快從腦海淡去。這才是我的日常。

待在出版業界容易時間感錯亂。現在明明才十月，但所有會議信件討論的幾乎都是明年、甚至後年的計畫，眼光放在太遙遠的未來，疏於觀照現在。

時序差不多要正式邁入秋季了，我仍然聯絡不上曉海。這段期間顧著忙碌，不過從御盆節以來也過了快兩個月，曉海還真是頑固。看樣子，這一次我非得主動道歉不可，否則就不太妙了。在我這麼想的時候，智慧型手機響了。

『櫂，你跟曉海吵架了？』

母親難得打電話來。

「妳聽說了什麼風聲？」

原以為是曉海拉不下臉道歉，所以拐彎抹角地去找我母親協調，沒想到……

『我偶然在車站前碰到她，問她櫂最近過得好不好，結果她居然說你們分手了，嚇我一大跳。我問她原因，結果她只說發生了很多事，我根本沒聽懂啊，你們是怎麼啦？』

「發生了很多事。」

『完全不懂。反正一定是你不對，快去跟人家道歉。』

「好啦好啦。」我隨口敷衍著母親，暗自鬆了一口氣，看來母親也認為這只是尋常吵架。中間相隔這麼長一段時間，雙方想聯絡都有點難開口，不過就由我先讓步吧，現在我已經能坦率地這麼想。

「我知道了。妳打來就是為了這件事？」

『還想拜託你一些事情啦。』

我就知道，母親只有有求於我的時候才會聯絡。

『我和阿達想在這邊開便當店。』

居然是便當店，以我母親的作風來說還真腳踏實地。

『阿達他年輕的時候在京都的高級割烹料理店工作，有廚師證照，也找到頂讓之後可以直接開業的店面了，可是資金不太夠。』

中途傳來嘟嘟聲，是來自植木先生的插撥電話。

「需要多少？」

『林林總總加起來，如果能借個三百萬就幫大忙了。』

「知道了，我轉給妳。」

母親「呀——」地發出興奮的尖叫。謝謝你呀，不愧是櫂，我們一定把店經營得有聲有色回報你。聽完她輕率的約定，我回了句「那就先這樣」，轉而接起插撥的電話。

『櫂，大事不好了。』

來不及打招呼，植木先生劈頭就這麼說。

「海外版又出問題？」

『有律師闖進我們出版社，說尚人猥褻未成年少年。』

我一瞬間啞口無言——

「開什麼玩笑。」

『對方是小圭的父母。』

「啊？」

尚人邂逅小圭之後將近三年，一直很珍惜他，從來沒有過肉體關係。不過今年三月，為了慶祝小圭高中畢業，他們到沖繩旅遊了四天三夜。當然，這是他們第一次一起旅行，當時尚人還跟我狂曬恩愛，說他們終於如償所願地發生關係了——

「這也叫猥褻未成年，少鬼扯了。直到小圭高中畢業之前，他們整整三年約會都只牽牽手，晚上八點前就送他回家，尚人這方面可是個正經八百的老實人。」

『這和對方是不是高中生無關。小圭的生日在三月底，所以他們去旅遊的時候其實還差一點才滿十八歲。』

「咦，尚人會被抓去關嗎？」

『刑法來看幾乎沒問題，從保護青少年的淫行條例來看應該也屬於「真摯交往」的範疇。』

「這就沒問題了吧？」

細膩的尚人肯定大受打擊，但我還是姑且放下心來。

『這些對方的父母也非常清楚。但這種事屬於灰色地帶，我方無法斷然肯定自己完全清白，事情就複雜了。』

「什麼意思？」

『對方質問我們出版社，當一名作者對未成年做出不良行為，出版社還把他的作品公然刊登在雜誌上、廣為宣傳，甚至在電視上放映真的恰當嗎？認為我們應該負起這些道德上的責任。由於無法處以刑事責任，所以對方想給予社會性的制裁吧。』

開什麼玩笑。我想這麼咆哮，在最後一刻忍住了，植木先生並不是那個該承受怒火的人。

「所以說，結果到底會怎麼樣？」

『在公司決定處理方針之前，連載要先暫停一陣子。』

這一次，我的腦袋一片空白。這是怎麼回事？事情為什麼變成這樣？

「尚人沒有做錯任何事，那大可以坦蕩蕩地——」

『我說過了，這種問題屬於灰色地帶，無法清楚區分黑白，每個人的意見都不盡相同。因此我方也無法斷言自己的清白，對方刻意利用了這個弱點。』

「可是一旦暫停連載，不就等於承認自己理虧嗎？」

『這件事我一直聽尚人聊到現在，我相信他的為人。總編輯也說「開什麼玩笑」，從公司的立場來說，也不想放棄這麼受歡迎的連載作品。我們出版社有法務部門，我相信他們會好好守護作家和作品的。身為責任編輯，我也會幫忙處理這件事情，希望你們稍安勿躁，事情一有進展我會立刻聯絡。』

「最近的對談和評論工作該怎麼辦？」

『會由我這邊取消，你不用擔心。』

我一點也不擔心，我感到憤怒。這種情緒不該對著植木先生發洩，那該往哪去？無處宣洩。身為當事人的尚人和小圭比我更難受，既然如此，我該怎麼做？我只想到一件事。掛斷電話，我轉而聯絡尚人，對面立刻接了起來。

「喂——我從植木先生那裡聽說囉，怎麼回事啊？」

尚人沉默不語。在我喊了他幾次之後，聽筒傳來了吸鼻子的聲音，其間混雜著被淚水哽住的一句「對不起」。

「你沒有必要道歉，對吧。」

『……對不起。』

「就叫你別道歉啦，你沒有做錯任何事。」

『……對不起。』

這樣下去沒完沒了。

「我過去找你。吃過東西了嗎？要不要幫你帶飯？」

尚人除了謝罪之外什麼都不說，於是我掛斷電話，前往兩個車站外的尚人家。在我買房的同一時期，尚人也為了節稅買了位於高級公寓的住宅。按對講機他沒接，因此我拿備用鑰匙開了門進到屋內。幸好為了趕稿需要或以防萬一，我們彼此都有對方家的鑰匙。

「打擾啦。」

我站在玄關打了聲招呼，果然沒有回音。我不以為意地打開客廳門，室內一片黑暗，窗簾緊閉，尚人窩在沙發上，把自己裹在毯子裡。

「你還活著嗎？」

我喊了他一聲，不期待回應，只逕自把桌上凌亂的空啤酒罐收拾乾淨。

「……你為什麼不生氣啊。」

毛毯裡傳來悶悶的聲音。

「你又沒做什麼壞事。」

「可是連載中止了。」

「還沒確定，植木先生和編輯部會想辦法的。」

「……早知道就等到小圭成年再說了。」

「你強姦他了嗎？」

「誰會幹那種事啊！」

尚人唰地露出臉來。

「既然是雙方合意，那就不是你一個人的責任吧？」

「可是……」尚人垂下頭。

「你聯絡上小圭了嗎？」

尚人低垂著頸子，點了下頭。

「他說什麼？」

「他說會跟父母談談，希望我先等一下。」

「有什麼好談，他都是大學生了，要談戀愛是他的自由吧。」

一陣短暫的沉默。

「……因為是同性戀。」

「啊？」

「出去旅行的事情被發現的時候，小圭跟他父母出櫃了。他家境好，又是獨生子，所以父母也很受打擊……他爸媽說小圭是個正經的孩子，一定是被我誆騙了。」

一股嫌惡感油然而生，我緊緊皺起眉頭。

「正經不正經是用什麼標準判斷的啊，他喜歡誰是他的自由吧。說到底，一個直男就算被男人告白也不可能跟對方在一起。」

「因為他們不想承認啊，不想接受自己的兒子是同性戀。」

「這只是在偷換問題而已吧。」

要是尚人是個女人，事情肯定不會演變至此。對方的家長無法接受自己兒子是同性戀，因此把這件事的責任轉嫁給尚人，換言之就是逃避，讓別人背負自己的軟弱。我和曉海的雙親也是這種類型，一種熟悉的憤怒在臟腑內焚燒。

「反正你也不是要跟他父母結婚，將來你們兩個人一起到國外去，光明正大地結為連理吧。」

「我是很想這麼做。」

「那很好啊，婚禮記得邀我參加。」

尚人露出一言難盡的表情。

「櫂你真是溫柔。」

「怎麼突然這麼說？」

「我第一次出櫃，就是跟你表明性向那次。那時候我的手都在發抖。」

「哦，好像有這回事。」

我裝傻，其實記得一清二楚。當時我們連線討論投稿作品，編排好了雙方滿意的架構，發下豪語說之後也要搭檔一起創作，尚人忽然在這時候板起嚴肅的臉孔。儘管早已隱約察覺他的性向，但當時我仍是個高中生，為了佯裝平靜可下了一番苦功。

「那時候，你的回應也是『那很好啊』，沒有什麼誇大其詞的贊同。當時我意識到，如果贊同得太誇張不僅顯得太過虛偽，我聽了也會受傷，所以你才只說了一句『那很好啊』。於是我就想，啊，我跟這傢伙說不定可以長遠合作下去。」

尚人真的是細膩又敏銳的人。當時我如果有心，確實還能說上許多話，只是總覺得說這些沒有意義，無法傳達我任何的想法。

「像你和植木先生，還有一起畫漫畫的夥伴，大家聽說我是男同志，都還是正常地跟我來往。一方面也是在這個業界，對這種事做出什麼反應顯得很落伍的關係，我完全習慣了這種環境，把這誤認為理所當然了。」

「這樣才是理所當然的。」

我斬釘截鐵地說，我希望這是理所當然。

「如果有一天能變成這樣就好了。」

尚人笑了。臉上明明笑著，看起來卻好像放棄了抵抗。

我們沉默了一會兒之後，「我……」尚人喃喃說。

「我肚子好像餓了。」

「我們去吃點東西吧。」

「冰箱是空的。」

「去吃牛丼吧。」

「好啊。」尚人點頭，我說著「好耶」站起身。離開公寓大廈，我們走進附近的牛丼屋，兩個人大口扒飯。銷量還不見起色的時候，我們常吃這個。

「好久沒吃了，真好吃。」

「不能小看牛丼啊。雖然我小時候本來就過慣了窮日子，吃什麼都好吃。」

「櫂也是因為雙親而受了很多苦啊。」

「無所謂，那已經是我的行李了，事到如今也拋不下。」

「我也會變成這樣嗎……」

尚人忽然停下筷子。

「和小圭一起活下去，等於我要一輩子和他一起背負這個行李。」

「確實得作好這個覺悟。」

有些孩子出生時雙手空空，有些孩子卻一出生就提著兩袋行李，端看碰上了助自己一臂之力的父母，還是扯自己後腿的父母。即使自身得以倖免，也可能像尚人這樣，遇上背負行李的搭檔。如果可以，人人都想一身輕便地活著。

「不過不一定要全部背負，也存在捨棄一部分的選項。」我說。

和小圭交往，但和小圭的雙親斷絕往來，這又是另一個問題了。

「櫂，如果是你，能做得到嗎？」

和曉海交往，但和曉海的雙親斷絕往來。

「做不到。」

「我也是。」

「那就沒辦法啦，全部扛到肩上去吧。」

打從主動選擇開始，人便肩負了某些責任，這與他人強加的「自我責任」不同，激起我們完成它的決心。該視之為枷鎖，還是視之為驅策自己的原動力？無論如何，人活在世上，不可能不背負些什麼。

「看開一點會不會更輕鬆呢。」

「不會吧。」

一公斤仍然是一公斤，背得越久，走得越累。

——如果能借個三百萬就幫大忙了。

我想起母親的話。借個三百萬？包含母親和男人同居的公寓在內，這都是我嘔心瀝血、犧牲睡眠催生故事換來的報酬。我想早日獲得自由，想放下重擔，但這個願望與「母親的死亡」直接相關。母親臨死的一天遲早要來，屆時我必然會感到後悔，而後悔又將成為新的重負，再一次壓在我身上。我所祈求的明明只是自由而已——

「櫂，你和曉海和好了嗎？」

「還沒。」

「你們從御盆節冷戰到現在，這樣下去不太妙吧？」

「我原本打算今天跟她聯絡，不過還是等到糾紛處理完吧。」

「對不起。」

尚人再一次垂下頭。「你這人怎麼這麼麻煩。」我說著，在桌子底下踹了他一腳。

「在這種時候，總是想見見喜歡的人呢。」

「我不想。要是現在跟她說話，一定掩飾不了我的疲憊。」

「如果是曉海的話，她應該願意理解你吧。」

「是我不願意，不想讓她操多餘的心。她還要照顧母親，已經夠辛苦了。」

「櫂，你在這方面真的是很傳統的男人耶。」

「因為我已經看老媽遇上靠不住的男人，哭過太多次了。」

我猛灌了一口水，把沾上油脂黏答答的口腔沖乾淨。

離開餐廳，我們各回各的家。尚人吃下了一人份的牛丼，人還吃得下飯就沒問題。

回到家，屋裡顯得特別安靜。原來我平時總在忙碌，連察覺寂靜的餘暇都沒有。我母親被男人拋棄、哭天搶地的時候也是這樣。

打開電腦，但沒收到任何工作上的郵件。

——曉海。

忙碌時淡忘的心情，一旦有了空閒便立刻膨脹。看來我也是個任性的男人啊，我把手機設定成靜音，往沙發上一躺。

這一個月，朋友和外遇對象都聯絡過我，但我沒心情跟他們見面。在最難受的時候我只想見曉海，卻陷入了不願在低潮時跟她見面的兩難局面。

「植木先生，過完年該可以重啟連載了吧？」

曾經那麼渴望的休假，如今卻只剩痛苦。我希望這場無聊的鬧劇快點塵埃落定，讓我聯絡曉海。起初剛聽說這件事時我很緊張，但冷靜想想，對方的雙親只是遷怒似的想把責任轉嫁給尚人而已，鬧夠了這件事遲早會落幕，然而——

「出版社真的有好好處理嗎？拜託不要再磨耗我們的精神了。」

我實在忍不住，對植木先生說話的語氣也不太客氣。

「真的很抱歉，這陣子出了一些事……」

「什麼事？」

短暫的空檔。

「我們原本希望出版社這邊自行把這件事處理好，所以沒跟你們說，其實有週刊雜誌跑來要求採訪。」

「要採訪什麼？」

「他們想針對這次的騷動訪問尚人。」

作品爆紅、萬眾矚目的人氣漫畫家被指控猥褻男高中生——週刊似乎想撰寫這樣的報導，當然，我方要求將這篇報導撤除。

「少開玩笑了，我們才要告他妨害名譽。」

我忍不住大吼，植木先生卻說，週刊早就習慣對簿公堂了。他還說一旦報導刊出，無論事實真偽，這個話題都會不脛而走。

「與未成年相關的性醜聞在這個時代是不被容許的。不，在哪個年代都不被容許，但現在因為社群媒體發達的關係，火燒得特別旺。目前這個事件還只是內部糾紛，一旦寫成了報導公開刊登，我想會掀起不小的騷動。」

「等一下。我和尚人在訪談之類的工作都露過臉，用的還是本名。那種報導要是被刊出來，尚人會被重挫到一蹶不振的，你也知道那傢伙有多細膩吧？」

「所以我們也拚了命在跟週刊交涉。事情要是演變成這樣，受傷的不只是你和尚人，跟尚人交往的男生也一樣。他父母現在也和出版社組成共同陣線一起奮戰了。」

我一陣愕然，在我不知情的時候，這場騷動竟往截然不同的方向擴大。萬一那種報導被刊登出來，連載會怎麼樣？愚蠢的問題，至今我早就見過幾次類似事件。

——終止連載。

在一陣凝重的沉默之後，植木先生說，先不要告訴尚人。我回答「我哪可能說得出口」。從此，我跟摯友和戀人都說不上話了。

我的飲酒量與日俱增。連載仍然暫停，原本堆積如山的合作企劃也全部喊卡。總想著得了空閒要看的漫畫、小說、電影也沒心情看，內心窘迫得什麼作品都無心鑑賞，唯有不安在體內不斷滋長。

一旦週刊雜誌登出報導，我們將在社群媒體上遭受一面倒的撻伐。連載要是真的被腰斬，還找得到下一個地方容納我們繼續創作嗎？一個不安連結到下一個不安，負面想像宛如推骨牌那樣向外擴散，向曉海求婚的計畫也只能先歸為白紙。

打給尚人的電話撥不通，我主動傳訊息給他也沒有回音。我只收到對此一無所知的玩伴們的邀約，全部被我刪得一乾二淨。

在這個當口，我收到一封郵件，寄件人是二階堂繪理。名字雖然陌生，我還是姑且打開看看，發現是一家老牌出版社的文藝編輯，信中以特別恭敬有禮的措辭寫道，希望能請我執筆撰寫小說。我一秒便覺得不可能，但反正無事可做，於是答應和對方相約見面。

當我來到約定的咖啡廳，對方已經先一步到了。她在我踏進店內的同時站起身，向我鞠躬致意。從信上恭謹禮貌、堪稱古雅的詞句，本來我擅自想像對方是位年長女性，實際上卻是位二十歲後半的年輕女子。

「今天謝謝您特地撥空前來。」

她鞠躬的時候，剪齊到下顎長度的鮑伯短髮隨動作輕柔垂下。她身材嬌小，卻是個目光凜凜的美人，渾身散發著女強人的氣場，完美到有一點高傲的地步。原以為是我不擅長應付的類型，但她一開口說話卻意外地直率，甚至有幾分純真。

「雖然我做的是文藝編輯，但從小也很喜歡漫畫。青埜先生，您的作品細膩地描寫出人們普世的感觸，賦予了作品更加豐富的深度，讓我非常欣賞。」

「呃，謝謝。」

我生硬地低頭致意。我被人讚美的時候總是不太自在，從以前就是如此。

「既然寫出了如此富有深度的故事，雖然有點失禮，我原本以為您的年紀還要更大一些。在雜誌的特輯報導看見您的照片時，我真是太驚訝了。」

「呃、嗯，這樣啊。」

「我當時就確信，這個人透過未來在業界持續累積經驗，一定會不斷深入到未知的領域吧。我當然非常期待您的漫畫作品，但同時也覺得青埜先生您的才華，或許在藝文領域才能夠真正地開花結果。我想邀請您撰寫小說。」

她說得好激動，不只是言詞上，身體也越說越往前傾。這份熱情與她冷淡的外表截然相反，令我困惑，卻並不反感。

——總覺得她跟植木先生很像。

第一次說話的時候，植木先生也像這樣充滿了熱情。我感到懷念，儘管媒材不同，仍然深切體會到有編輯願意信任自己的作品是多麼令人安心的一件事。但是現在太忙碌了，無法給她明確的答覆——聽我這麼說，二階堂小姐毫不遲疑地點頭。

「無論多久我都願意等。」

「不曉得要等到什麼時候哦。」

「在藝文界，等個兩、三年都是理所當然，也常聽說編輯跟作家洽談之後，一等就是十年以上。我也會等的。」

「你們業界都是這樣的嗎？」

「跟漫畫業界的作風或許很不一樣吧。漫長的作家生涯，不可能總是一帆風順，我想要耐心等待，長遠支持作家們走下去。」

這時候我想，這個人說不定對這次的騷動有所耳聞。同樣身在出版業界，消息洩漏出去也不奇怪。可是，假如傳聞已經遍傳開來，那就表示它成為既定事實的日子不遠了。一滴冷汗流下我的背脊。

幾天後，植木先生捎來聯絡，說他們無法攔截報導，報導將在下週的週刊刊出。開什麼玩笑——憤怒的抗議湧上喉頭，但一想到植木先生接下來必須跟尚人說明這件事的心情，我就說不出口。

我等到晚上，撥了電話給尚人，卻無人接聽，傳給他的訊息也一直未讀。到他的公寓按門鈴也無人回應，我拿備用鑰匙開門進屋，卻不見尚人的人影。時間來到下週，尚人依然杳無音信，我一大清早便跑到便利商店，站在貨架前翻閱週刊雜誌。

「當紅漫畫家疑涉猥褻？男高中生慘遭狼爪」

這是篇誇大不實又聳動的報導，寫得像尚人數年來強逼對方接受不當關係一樣引人誤會，還大大刊出了尚人的姓名、臉部照片、漫畫封面。同時也寫到對方家長已經委任律師，一旦他們正式對出版社提告，尚人也可能遭到逮捕。

——哪有可能逮捕，該死的白痴。

我粗暴地把雜誌放回架上，走出便利商店，打了通電話給尚人，但還是沒人接。在這種時候為什麼不接電話？我們不是搭檔嗎？我甚至對尚人生起氣來。

事態不斷惡化，到了中午，尚人的事件登上推特熱門趨勢榜。搜尋我和尚人的名字或漫畫標題，開始出現「猥褻」、「逮捕」、「未成年」、「同性戀」這些關聯詞。熱愛漫畫的客層和社群媒體親和性相當高，我只能眼睜睜看著我們在網路上被處以火刑。

受到莫名的恐懼驅使，我拉上所有窗簾，開始猛灌威士忌。起初還兌著水喝，中途就改為純飲了，我想快點把自己灌醉。好久沒像這樣喝酒了。很想知道現在情況如何，我卻怕得不敢看智慧型手機，只能像那天的尚人一樣，把自己關在暗不見天日的屋子裡。當我在沙發上喝得爛醉的時候，收到一則訊息。

——曉海？

拿起來一看，是二階堂小姐。

「或許有點多管閒事，但我實在不放心，還是決定跟您聯絡了。」

「如果您願意，要不要一起去喝個酒？這邊隨時歡迎。」

簡短的訊息，沒有任何鋪張的詞句，我看了放下心來。

「謝謝，已經在喝了。」

「等您有心情的時候一起喝吧，我可以送點好酒過去。」

「妳平常都喝什麼酒？」

「什麼都喝，不過最喜歡日本酒。」

我們有一搭沒一搭地聊著，拜此所賜，這天我得以維持住自我。

炎上不僅沒有平息，隔天火還燒得更旺。有人把冠冕堂皇的論調當作武器，抨擊別人而樂此不疲；有人攻擊的目標不僅僅是尚人，而是整個男性群體；有人對ＬＧＢＴＱ有意見；有人一看到流行話題就想發表自己的看法，這些人從四面八方把柴薪投入火堆。

這些都在意料之中，直到看見在俱樂部ＶＩＰ包廂拍的照片遭人流出，才令我愕然。那是我們第一次在發售前敲定再版的慶功宴，在喝醉酒眼眶泛淚的植木先生兩側，我和尚人扮著鬼臉高舉香檳杯。照片裡拍不出在那之前我、尚人、植木先生三個人奮力拚搏、苦苦累積的成果，只拍出了幾個年輕人瘋癲大鬧的蠢樣。對我打擊最大的是，賣出這張照片的，必定是當時在場的夥伴之一。

年底，我們連載的雜誌網站上登出了致歉文。無論多寫什麼都只是火上加油，因此上面一句多餘的話也沒有，只針對讓讀者感到不快表示歉意，並宣布我們的漫畫將終止連載。活潑熱鬧的首頁上，只有那篇文章的位置一片空白，彷彿宣告一切都已經落空。

社群媒體沸騰到最高潮，充滿了居高臨下的評論：「考量到受害者的心情，結束連載是正確的決定」、「性犯罪零容忍」。

我和植木先生一起來到尚人位在公寓大廈的住家。按鈴一樣無人回應，我們拿備用鑰匙開門，在屋裡看見了尚人。他憔悴得判若兩人，屋內也慘不忍睹。

「你有好好吃飯嗎？」植木先生說。

「尚人，我幫你煮個粥吧。」

跟他搭話也沒有任何反應。

「尚人，振作起來啊。沒事的，你沒有做任何壞事，編輯部都非常清楚。過段時間，我們再一起想想新連載的點子吧。」

「是啊，我也還有想寫的故事，沒有你在就畫不成漫畫了。」

尚人一言不發。植木先生還得跟他負責的其他作家開會，必須先回公司了。我雖然沒有任何安排，還是和植木先生一起離開了尚人家。在尚人面前我勉強表現得一切如常，但其實自己也已經瀕臨極限。

「本來預計下個月底出版的第十五集會怎麼樣？」

走回車站的路上我這麼問。

「……對不起，不會出版了。」

植木先生艱難地回答。

「前面的集數呢？」

「已經流通到市面上的書還會繼續賣。」

雖然不至於全數回收，但賣完之後不會再版，也就是絕版了。電子書籍也會接著停止公開，我和尚人的漫畫將從這個世界上消失。

「關於這次事件，也有很多人同情權你的處境。」

——那又怎樣？

「如果你有意願，我會再幫你找搭檔。」

——哪有這種事。

「我會等尚人回來。」

植木先生沉默了，神情苦澀地走在我身邊。

「這比想像中更困難哦。尚人暫時無法公開活動了，在這期間，櫂你可以繼續累積工作資歷，等到尚人回歸之後再搭檔創作——」

「我不是這麼精明的人。」

「雖然我也理解你的心情……」

「你不理解。」

從高中時開始，我們便兩人三腳地創作至今。期間有過我想不出好點子的時候，也有過想出來的故事垃圾透頂的時候，反之亦然。我們並肩創作了近十年之久，因為身邊的搭檔是尚人，我才有辦法走到這裡，不可能那麼輕易找到人替代。

「那麼，櫂，你甘願讓你的職業生涯結束在這裡嗎？」

我停下腳步，瞪著植木先生。

「你是個溫柔的人，這很好，但不能感情用事。」植木先生說。

——你這不是溫柔，而是懦弱。

幾乎淡忘的話語在腦海中重播。

——到了關鍵時刻，無論被誰咒罵，也要毫不留情地割捨。

——無論被誰憎恨，也要不顧一切地爭取。

——若沒有這樣的覺悟，人生會越來越複雜哦。

從那時到現在，我是不是絲毫沒有長進？

「現在這個時代，能畫漫畫的地方隨處都找得到。」

彷彿有一陣無以名狀的焦躁向我襲來，我啐道。

「業餘作家也能發表作品的平臺多得是，也能賺得到錢，現在根本沒有必要堅持非得透過出版社賣書不可。如果是我跟尚人，無論到哪裡——」

說到一半我抬起臉，吃了一驚。

「難道你要說，我不理解你們有多不甘心嗎？」

不是憤怒也不是悲傷，我第一次見到植木先生露出這種表情。

「不，嚴格來說，我確實不理解。從零開始創造作品的是作家，我們這些編輯只能等待作家產出的成果。可是我——」

話說到一半，植木先生硬是閉上嘴。

「……抱歉，你說得沒錯。我確實不懂，不懂作家真正的痛苦。」

「植木先生……」

「我會再跟你聯絡。辛苦了。」

植木先生低頭行禮，轉身離開。看見他低垂的肩膀，我無力得想當場跪下。我到底都說了什麼話？假如只有我和尚人兩個人單打獨鬥，這部作品早就半途腰斬了。不是多虧了植木先生每一回的建議，我們才能連載到今天嗎？初出茅廬的時候，不是受過他許多照顧嗎？我們不是三個人一起努力到今天的嗎？

在我呆立原地的時候，從後面被路人撞了一下，腳下踉蹌幾步，斜靠在電線杆上。當我就這樣看著來往的行人時，有什麼東西在視野邊緣閃爍了一下。在太陽剛下沉的西方，被電線層層封鎖的天空中，有一顆星星孤零零地發亮。是晚星。

——不曉得在東京是不是也看得到。

——一定看得到吧，不過肯定還是從島上看起來最美。

——帶點朦朧美也很有韻味呀。

我慢吞吞地從口袋裡掏出手機。我不想讓曉海操多餘的心，可是現在好想聽聽她的聲音，希望她碰觸那些只有她能觸及的地方。正要撥出電話的時候，手中的智慧型手機響了起來，我嚇一跳，手一抖便按到了接聽。

『啊，青埜先生，電話打通真是太好了。您還好嗎？』

細得像鋼琴線一樣的聲音，是二階堂小姐。

『我知道打過去可能打擾到您，不過實在很擔心。』

「啊……」毫無意義的聲音溢出喉嚨，我說不出下一句話。一陣沉默之後，她問我要不要去喝酒，我再次回以不具意義的聲音。

『我現在過去。您人在哪裡？』

我茫然環顧周遭。
我現在到底在哪裡？
誰能告訴我？
與那天同一顆晚星照耀的天空之下，我迷失了方向。

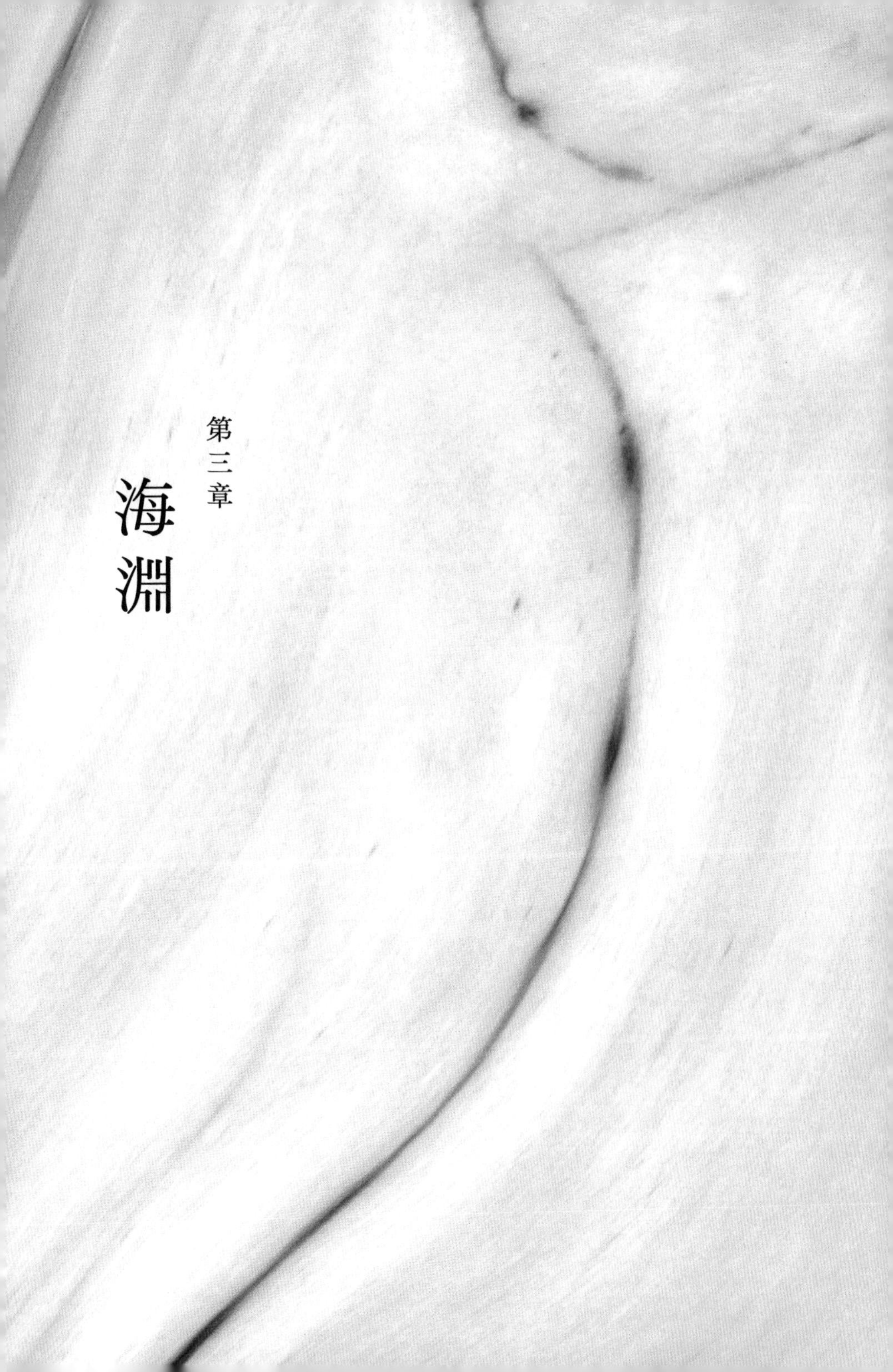

第三章

海淵

井上曉海　二十六歲　冬

我以為和櫂分手之後，多少能過得輕鬆一點。

然而事與願違，痛苦只是換了個形式，依舊紋絲不動地盤踞在原處。有那麼幾天，悲傷、寂寞、不安這些負面情緒像暴風雨一樣動搖我，也有那麼幾天，我像身陷於萬籟俱寂的靜海般動彈不得。我的內在有一片不受控制的海，風浪沒有一時半刻平息，卻撼動不了外在的一切。

我還要照顧家裡和工作，總不能說句「我受夠了」就棄之不顧，但最動搖我的，是櫂從分手隔天開始傳來的訊息。櫂只把這次事件當作一時的爭吵，證明我的感受根本沒有傳達給他。

櫂的聯絡只持續了最初三天，之後便音訊全無。我清楚認知到，御盆節休假結束、回到東京之後的日子才是屬於櫂的現實，而其中沒有我的存在。我提出分手是正確的決定。但「正確」無助於改善現況，在無意間空下來、像裂隙一樣的時間裡，想跟櫂聯絡的衝動總是湧上心頭。

「我也說得太過分了，對不起。」

我不覺得自己說得過分，刪掉了。

「我也有許多事要考慮，要照顧媽媽，還有工作上的事情……」

變成單純的抱怨，刪掉了。

「在做什麼呀？」

分手明明是我自己提的，這語氣未免也太輕佻，刪掉了。

「最近好嗎？」

傳達不了任何訊息，刪掉了。

打了又刪、刪了又打，重複幾次之後，我便累得放棄了。一個人弄得手忙腳亂，像傻子一樣。承認自己後悔太可恥，按捺著想跟權聯絡的衝動太痛苦，我盡可能讓自己忙碌，忙得無暇思考多餘的事。

先前交貨的披肩和小提包大受好評，店家緊接著又下了訂單，還有一家東京的精品店也向我試訂了一件作品。瞳子小姐為工作上東京的時候，把我的作品拿給了店主看，對方的反應不錯。

「只當作興趣太可惜囉，要不要認真做做看？」

聽見瞳子小姐這麼說，我回答「我會考慮看看」。無論媽媽的病情，還是為了家裡無法辭去工作的現況，我都比以前更強烈地感受到不能再這樣下去了。

我一面完成追加訂購的披肩，回想起留在島上的女生們相聚時的對話。不久前，到大阪發展的朋友捎來結婚的消息。她說明年春天要跟同一間公司相遇的男友舉辦婚禮，在訊息上寫著，大家要來參加哦。好羨慕哦、我本來也好想到大都市認真工作——大家妳一言、我一語地聊起來。另一方面，留在島上的女生卻全都不約而同地說想早點結婚生子，這不是夢想，而是現實。每個人都有長年交往的男友，一步步準備實現自己的目標。

「好羨慕曉海哦，居然可以當那種當紅漫畫家的太太。」

「你們什麼時候結婚？婚禮應該辦在東京吧？」

額角不由得冒汗，我繃緊面部肌肉，擠出一個笑容。

「我們分手了。」

全場鴉雀無聲。

「騙人的吧？」

「真的，他也沒再跟我聯絡了。」

眾人再一次沉默。過了幾秒，「不過……」大家七嘴八舌地開口：

「沒關係啦，妳還這麼年輕。」

「對啊，只交過一個男朋友就結婚太可惜了。」

她們拚命安慰我，大家都是善良的好人。謝謝，說得也是呢，我面帶笑容回答。即便如此，大家說不出口的話儘管沒有震動耳膜，仍然撼動我的內心。

——在這個年紀跟戀人分手，妳要怎麼辦？

——就算從現在開始找，島上的男人也都有對象了哦？

我才二十五歲。雖然過完年不久就要二十六了，但一般來說還算是年輕女性，住在都市的話也可以晚點再考慮結婚吧。可是在偏遠地區，女人的身價比都市更早開始下跌，所以大家很早就著手確保自己交到了值得託付未來的男友。

整座島上的人都知道，我從高中時代一直跟櫂交往到現在。除非特例，島上沒有男人會跟成了「二手貨」的女人結婚；那就往島外找吧，但我現在的生活中也沒有機會邂逅島外的男性。電視和網路上都說，現在靠著交友軟體找到對象已是理所當然，但我身邊沒有一對情侶是透過交友軟體相識交往的。就算順利找到對象，我也不曉得該怎麼跟大家介紹。會擔心這種事，可見我自己也是不折不扣的島上居民。

我考慮著各方面的事情，考慮得太多，反而動彈不得。我離不開這座島，卻又找不到在這座島上求生的方法。我感到不安、感到害怕，所以把心壓得很平很平，碾得很薄很薄，讓自己麻木地活下去。我假裝無所謂地活著，淡漠到讓人受不了地唾棄「那個人根本沒在思考吧」的地步——實際上心情卻像走在無止盡的長夜。

唯一的救贖，是媽媽不再囉嗦了。被櫂叫到飯店隔天，當我回到家，她纏著我一直問：青埜沒跟妳一起回來嗎？但我什麼也不說，她後來也不再多問，多半是猜到了怎麼回事。太好了，現在的我就連一公克多餘的負擔也承受不起。

「哦，你們分手啦。這樣也很好呀。」

由衷把這件事說得像羽毛一樣輕巧的，只有瞳子小姐一個人。

「我覺得我一輩子也結不了婚了。」

只有瞳子小姐，能讓我毫不避諱地說出真心話。

「也不見得哦，我都過了四十歲才遇見那個人。」

瞳子小姐檢查著我繳交的披肩，語帶笑意地說。

「畢竟我不像瞳子小姐妳那麼堅強嘛。」

聽見我自嘲地這麼說，瞳子小姐從手邊的工作抬起臉。

「我並不堅強哦？」

「很堅強呀，是我見過最強大的女人了。」

「是嗎？我年輕的時候，一碰到什麼事就哭哭啼啼呢。」

「好難想像。」

瞳子小姐偏了偏頭，抬眼看向空無一物的半空。

「我想我不是堅強，只是懂得糊塗了。」

「糊塗？」

「夠糊塗，才能『嘿』地跳上不曉得開往哪裡，說不定通往地獄的列車。」

嘿……我喃喃重複。

「妳需要的，只有把腦袋放空的那一瞬間而已。」

接下來，列車會自己開下去，再也沒辦法回頭了——瞳子小姐仍舊輕快地笑著這麼說道。

回程，我開車行駛在濱海道路上，突然有個影子衝到路中央，我緊急煞車，那隻黑色的小動物迅速消失在暮色中。太好了，沒撞到牠。

我呼出一口氣，靠上椅背，透過車窗遠眺暮色漸深的海。西邊的天空裡，有顆單獨閃耀的星星。是晚星，高中的時候櫂告訴我的。

——不曉得在東京是不是也看得到。
——一定看得到吧，不過肯定還是從島上看起來最美。
——帶點朦朧美也很有韻味呀。
聽著平穩的海濤聲，我的思緒飛向虛幻的列車。
我是沒搭上和櫂結婚的列車，還是搭上了與櫂分手的列車？連這都不懂的我，不可能再變得更糊塗了。
與那天同一顆晚星照耀的天空之下，我迷失了方向。

假日早上，我注意到家裡放著陌生的玻璃擺飾。我成日忙碌一直沒注意到，但仔細一看，類似的擺飾到處都是，鞋櫃上、母親房間的衣櫥上都有，玻璃內含金箔，形狀像橢圓形的紙鎮——
「媽媽，那些擺飾是怎麼回事？」
我在午餐的飯桌上問。
「哦，妳說那個，它很靈驗的哦。」
「靈驗？」
「我之前從瀨尾婆婆那裡拿到一本小冊子。」
那是幾年前的事？和我們住在同一個聚落的瀨尾婆婆，五年前就過世了。小時候她也很疼我，但瀨尾婆婆在過世前不久迷上奇怪的宗教，甚至連累親戚，鬧得雞飛狗跳。

我聽了寒毛倒豎。

「那些擺飾是那個宗教的東西？」

「是好東西哦。」

母親答非所問，毫無意義地抹了抹茶杯邊緣。

「回答我，那是妳買的？花了多少錢？」

她裝作沒聽見，我放下筷子站起身。

來到母親房間，我打開燈，環顧周遭。仔細一看不只放著擺飾，她的門楣上貼著符咒，定期回診使用的包包手把上也掛著鑰匙圈吊飾，上頭刻了看不懂的鬼畫符。

「這些東西多少錢？」

「這不是價錢的問題，它可以消災解厄。」

沒聽她說完，我已經跑到客廳，打開保管重要物品的櫥櫃抽屜，拿出存摺。一頁頁翻過去，幾乎沒剩多少餘額的數字映入眼簾，定存也全部被解約了。我回過頭，對上母親怯懦的眼神。

「妳說，這是怎麼回事？」

我問話時幾乎快哭了。去年，也就是我父母分居的第九年，他們終於透過調解正式離婚。除了至今匯給我們的生活費，父親還另外支付了賠償金，這筆錢和我夏冬兩季微薄的獎金都一起存在戶頭裡。

「妳不是和青埜分手了嗎？」

「我現在沒有在跟妳討論這件事。」

「妳聽我說。都這個年紀了還跟青埜分手，妳要怎麼辦？所以媽媽才拚了命幫妳祈禱，希望妳可以跟青埜復合——」

「說夠了沒！」

母親全身一顫。不能發怒，生氣會導致母親的情緒不安定。我一向是這麼忍過來的，卻再也隱忍不住了。

「妳要是為了我好，就不要多管閒事。妳知不知道我為了照顧妳犧牲了多少機會？和櫂的關係也是，要不是妳生病，我早就去了東京，現在都跟櫂結婚了。」

住口，不要再說了，但覆水難收，母親已經跑出客廳。我無力去追，再確認了一次存摺，無論多看幾次，幾乎接近零的數字也沒有改變。我強忍著想當場癱坐下來的衝動，這時聽見門口傳來引擎發動的聲音。

我從窗戶探出頭，看見母親正要開車出去。她長期服用安眠藥，醫生交代過她不能開車，我急急忙忙騎著腳踏車追出去。

騎到大馬路上，我看見我家的車停在那裡，極近處還停著一輛宅配貨車。貨車司機下了車，大步跑向我家的車。出車禍了。我扔下腳踏車，三步併作兩步地跑過去。

「媽媽！」

母親雙手仍然握著方向盤，渾身無力地趴伏在駕駛座上。

母親被送上救護車，途中救護人員原本想把她送到島上的醫院，卻遭到母親激烈反抗。我不要去島上的醫院，她說，載我到今治，否則我還不如死了算了。

前往今治的醫院途中，我一直握著母親的手，反覆說著對不起。為什麼我要道歉呢，明明我沒有做錯任何事。即使如此——

「拜託了，請借我四百萬。」

我說出事情的來龍去脈，瞳子小姐和父親啞口無言。

母親無視暫停號誌衝出幹道，雙方車輛衝撞時撞壞了宅配運送中的部分包裹，光靠強制險的金額不足以支付對方車輛的修理費和貨品賠償金。母親自己也因為未繫安全帶，胸骨嚴重撞傷而必須住院治療。最糟的是，母親不僅用掉了存款，還連信用卡額度也全都花在那些可疑的玻璃擺飾和符咒上了。只靠我一個人的力量，已經無力回天。

「我很想幫妳，但其實我們也才剛跟銀行融資借了錢。」瞳子小姐說。

「融資？」

「我今年想在島上開一間咖啡廳兼特產品店。最近很多人從外地搬來這裡發展，觀光客也變多了對吧？所以我一直想著，如果有個據點能串聯各地的這些店家就好了。之前沒跟妳說，但最近，近距離工作對我來說也越來越辛苦了。」

「怎麼了嗎？」

「視力出了點狀況，不太能過度用眼。」

「咦？」

瞳子小姐露出苦笑，起身說，我再去幫妳泡一壺茶。父親小聲告訴我，她的視網膜出了問題，刺繡這種精細工作對眼睛來說負擔太大了。

「真對不起，總是讓妳這麼辛苦。」

父親說著，向我低頭致歉，我一句話也說不出來。

過兩天，他們兩人想辦法湊了一百萬圓借給我，還說不好意思只有這麼多。

我也去拜託了親戚，但他們一聽說牽扯到宗教，便立刻回絕。大家都沒有忘記瀨尾婆婆當時鬧出的騷動，我家的事情也會立刻傳得人盡皆知吧。

週末，我搭公車到今治，前往母親住院治療中的醫院。我家的車子還在送修，也得支付修理費用，家計捉襟見肘，我真心後悔沒有加保汽車任意險。

「好想死一死算了。」

當我去探病，媽媽躺在病床上哭著這麼說。

——想死的是我啊。

我勉強把這句呼之欲出的話反吞回去，難受得像要窒息。

探病回家路上，我作了個決定，到今治車站搭上往東京的深夜客運。撐著筋疲力竭的身體搭十二個小時的客運雖然辛苦，但錢能省下一點是一點。還是快點睡吧，我靠上椅背，睡意卻遲遲不來。

隔天一早，我抵達澀谷。時間還太早，於是我走進附近的網咖，一躺下便睡著了。醒來時已經過了中午，我轉乘電車，前往櫂的住處，站在我以為自己不會再造訪第二次的大廈入口。

分手時我把鑰匙留在飯店給他了，所以按了門牌號碼呼叫櫂。沒有人接，櫂是夜貓族，可能還在睡也不一定。我的心情像等待死刑的罪人，不知該說是延長了性命，還是拖長了恐懼，無論如何，遲早都要行刑。

「曉海？」

忽然有人喊我的名字，我回過頭，看見櫂站在那裡。

「……啊。」

我張口結舌。櫂身邊依偎著一個漂亮的女子，而櫂看見我眨著眼睛。行刑時間終於到了，我握緊拳頭。

「我需要跟你借錢，拜託你。」

我毫不解釋便低頭鞠躬，感受到櫂的驚訝。

「這……總之妳先進來吧？」

「在這裡就可以了。求求你，請借我錢。」

我把頭垂得更低，一陣沉默。視野中只看得見我們三人的腳，這時櫂旁邊的女鞋動了。叩、叩，鞋跟敲擊地面的聲音漸行漸遠。

「妳需要多少？」

「三百萬。」

「好。」

咦，我抬起臉。

「再把妳的銀行帳號和戶名傳給我吧。」

他答應得太快，開口拜託的我反而不知所措。

「妳急著用錢吧？不用擔心，我馬上轉過去。」

眼睛和鼻子一帶泛起麻痺般的痛楚。

不想讓他看見我哭泣的臉，我再一次低頭鞠躬。

「我可以問妳原因嗎？」

我仍然彎著腰，搖了搖頭。母親沉迷宗教這種事，我說不出口。

「我知道了，沒關係的。」

聽見權溫柔的聲音，眼淚快奪眶而出，我死命咬緊嘴唇。權創作的漫畫爆紅之後，我訓誡過他生活過得太揮霍、太不踏實，如今說過那種話的我，卻仰仗著他的錢救急。沒有比這更悲慘、更丟臉、更沒面子的事了。

謝謝、對不起，我只能不斷重複這兩句話。當我逃也似的離開現場時，剛才和權站在一起的女人映入視野。她倚在入口大廳的牆邊操作手機，看也沒看我一眼。感覺她和我截然相反，是獨立自主的都會女性，一定能跟權平起平坐，無話不談吧。既然到家裡來了，是他的戀人嗎？明明是我自己主動提出分手，這樣的想像卻幾乎將我擊垮。

我在回程的深夜客運上把轉帳資訊傳給權，在那之後便四處翻看無關緊要的網路新聞。我得用其他事物填滿大腦，否則就連這一瞬間都活不下去。政治鬥爭、國際局勢、名人醜聞，我捲動著這些和我的生活毫無關係的新聞，指尖滑到一半忽然停了下來。

——當紅漫畫家疑涉猥褻？男高中生慘遭狼爪。

漫畫相關的報導我不想看。跳到下一頁之前，「久住尚人」這個名字躍入眼簾。尚人？我戰戰兢兢地捲動內文，誇張的內容使我倒抽一口氣。

怎麼可能，這一定是騙人的。尚人一向正正經經地和他的戀人交往，簡直認真過頭了，真的不是什麼誤會嗎？我用標題下去搜尋，搜尋結果最前面便是出版社的網站，上面記載著對讀者的致歉，以及連載終止的消息。發布日期是幾週前。

——為什麼？

我感到全身的血液霎時間倒流。最近母親出事占據了我所有的心思，而即使沒發生這件事，我也因為不想思及櫂的一切，把相關訊息都拒於門外。

但是、為什麼，我非得在此時此刻才得知這個噩耗？渾然不知櫂困難的處境，還跟他借了一大筆錢，自己的行為像一拳打在我的臉頰上。要是知道他的遭遇，我說什麼都不會找他借錢，絕對、絕對不會倚靠他。

我再也忍不住，把臉埋進毛毯裡痛哭。原本下定決心不依靠別人、決定守住自己的自尊，如今這些全都被我親手摧折殆盡，而且還是在最糟糕的時間點。

我這輩子再也無顏面對櫂了，從緊咬的牙關漏出吱嘎聲。

——即使只能積沙成塔，我也會還清借款。

——無論發生什麼事、再怎麼咬牙苦撐，也要把它還清。

隔天清早，我抵達今治，在速食店等到醫院開放探病的時間。

我到病房跟母親說了聲「早」，母親立刻膽怯地躲進被子。

「對不起、曉海，對不起，要是媽媽死掉就好了。」

聽見她悶聲反覆說著喪氣話，我的情緒毫無動搖。

「怎麼可以說這種話呢。不用擔心，錢的問題我已經有辦法了。」

隔著棉被，我拍撫她的背。母親不停重複說著對不起，每一次我都回答她，妳不用擔心哦。過不久，母親哭累便睡著了。「我媽媽就麻煩你們了。」我跟前來巡房的護理師說了一聲，離開醫院。

等著搭公車回島上的期間，我告訴自己，從此以後再也不許依靠任何人。自己的生活自己支撐，無論是媽媽還是其他所有事情，全都一肩扛起。再也不准說喪氣話，有時間哭訴不如去賺錢，有時間擦眼淚，不如抬起腳再前進一步。妳要堅強。

我搭上駛來的公車，沒有回家，直接去拜訪瞳子小姐。

「拜託了，請幫我介紹工作。」

我對著來玄關應門的瞳子小姐彎腰鞠躬。無論什麼樣的工作我都願意做，只要能給我工作，要我下跪也可以。為了這點小事受傷的自尊只會礙事，錢賺多少都不夠，我會繼續到公司上班，同時接刺繡工作，不需要假日這種東西。

「妳的神情不一樣了哦。」

我仰望她，瞳子小姐粲然一笑。

「進來吧，我從適合的工作開始幫妳介紹。」

鼻腔深處一陣酸楚，我往下腹使勁，憋住眼淚。

既然離不開這座島，我只能在這裡自立自強。這不是甜美天真的夢想，我只能不顧死活地抓緊所有機會，旁人的目光再無所謂。

我要在這裡活下去。

青埜櫂　二十八歲　夏

我醒來時，已是午後不早的時間。

和仍在連載時一樣，我早上總起不來，現在明明過著跟漫畫八竿子打不著邊的生活，卻只有惡習留了下來。我撐起睏倦的身體爬起來刷牙，好消除胃部不適帶來的口臭。然後來到起居室兼餐廳，從冰箱拿出罐裝啤酒打開，靠著碳酸氣泡強迫自己清醒，同時用酒精模糊意識。

從那之後過了兩年，炎上事件本身大概在一個月後便熄了火。大吵大鬧的那些傢伙忙著參加下一次火祭，過了半年已經把我們徹頭徹尾拋在腦後。為了讓世人享受賞味期只有半年的祭典，我們的漫畫、不，我們的人生，被消費了。

他們樂得手舞足蹈，只有我們遍體鱗傷。連載被終止，過去的十四冊漫畫全數絕版。週刊雜誌登出報導之後，尚人的戀人小圭在社群媒體上遭人公開畢業高中、真實姓名和臉部照片，從此沒辦法再到大學上課。尚人拚了命想跟他聯絡，卻被小圭雙親滴水不漏的守勢拒於門外，過兩個月，小圭傳了訊息給他。

「一直以來謝謝你，請忘了我吧。對不起。」

尚人憔悴得怵目驚心，植木先生看不下去，透過對方的律師探問了小圭的近況，聽說雙親讓他大學休學，到國外生活去了。既然沒做任何壞事，坦坦蕩蕩活著不就好了——

說這種話的人大可自己成為當事人看看。儘管現在是崇尚多樣性的時代，性向在非自願的情況下被公諸於世仍然是精神上的拷問，幹出這種事的人沒被興師問罪才不合理。

後來，尚人自殺未遂。平常放著不管的話他連飯也不吃，所以我每三天會去探視他一次，有一天我到他家，發現他在浴室燒炭。由於及早發現，尚人被救回來了。他一清醒，我便突然衝過去要毆打他，被植木先生從身後架著雙臂帶出病房。「幸好尚人性命得救了」的安心，和「你以為事情變成這樣是誰害的」的憤怒交織在一起。

——可是，這也不是尚人的錯。

這不是任何人的錯。我們都沒做錯事，那事情為什麼會變成這樣？

我回到家，在昏暗的房間裡抱著膝蓋，和胸中湧動的不平、憤怒，以及對未來的不安同室而居。這種感覺似曾相識，和小時候等待遲遲不回家的母親是同一種心情。我還以為自己已經成年，和這種感覺再也無緣。

尚人的命是救回來了，但心已經千瘡百孔。我每天都去探病，但眼睜睜看著尚人的情況日漸惡化，我無能為力。他失去了做任何事情的力氣，甚至沒辦法自己洗頭髮，家人於是把他送到身心科住院治療。從那之後不開放探病，就連我也見不到他，當然更不用說畫漫畫了。

「也已經沒有雜誌願意讓我寫原作了。」

「那就來寫小說吧？」

在我們相約見面的居酒屋，繪理充滿期待地探出身子。

「就說我不會寫小說了，我是漫畫原作家，要我說幾次啊。」

「無論幾年我都會等，要我說幾次啊。」

繪理笨拙地模仿我的京都腔這麼說，我想起我們初次見面的情景笑了出來。

——無論多久我都願意等。漫長的作家生涯，不可能總是一帆風順，我想要耐心等待，長遠支持作家們走下去。

我很清楚這些編輯有多會說話。不，應該說他們熟知該如何鼓動作家的幹勁吧。然而，如今的我每天從早到晚光是喝酒，一個字也寫不出來，已經不算是作家了，不值得日理萬機的編輯騰出時間。

「即使寫得出來，也不會像漫畫那麼賣座哦。」

聽我這麼說，繪理喝光剩下的酒，把玻璃杯用力往桌上一擱。

「我說啊青埜，你也太小看我們編輯了。」

我們相識兩年，現在繪理不再以敬稱叫我。

「你以為我們的價值標準，就只有賣不賣座而已嗎？」

臉頰隱隱被醉意染紅，她由下往上瞪我的眼神也顯得嫵媚。

「銷量當然很重要。多虧了那些首刷印量驚人、不斷再版的當紅大作，我們才領得到薪水，新人作家也才能出書，我們非常感激，必須把這些書捧在掌心珍惜。可是在這之外，和金錢無關的地方，也存在著『我喜歡這個故事，好想讓它問世』的價值標準，或者說欲望。」

「就是身為編輯愛上了一本書吧。」

「沒錯，因為大家根柢都只是單純的書痴。」

繪理雙手環胸點頭。

「所以呀，」她再一次探出身體，「你差不多該來寫小說了吧？」

「兜一圈又回到這裡呀。」

「你要我兜再多圈都沒問題呀。」她又模仿了我的腔調。

「妳的京都腔好彆腳。」

「可以寫你女朋友的故事啊。」

我準備拿玻璃杯的手懸在半空。繪理一臉認真，神情與剛才截然不同。先讓人掉以輕心，再趁其不備切入要害，所以說這些編輯真是——

我把手伸向菜單，逃避地說，我點日本酒好了。

繪理和曉海打過照面。不，應該說只是在一旁看過她。

兩年前，曉海曾經來找我借過錢。曉海常訓我不要胡亂揮霍，以她的個性一定是遇到麻煩了，因此我沒問理由便借了她三百萬。我想幫助曉海，甚至還想過藉此機會和她復合。這完全是我想多了，自從把錢匯給她之後，我傳了好幾次「想跟妳談談」的訊息，只收到「跟你借的錢我一定會還清」這樣的回覆。

「那可是甩了我的女人，我哪有那個臉去寫呀。」

「寫下這些東西散布到全世界，就是作家這種人的習性啊。」

「我寫不出來，也不想散布這種東西，表示我不是作家吧。」

我不客氣地說。

「這確實需要時間。不過你們從高中開始交往，值得書寫的回憶一定不少，我相信一旦你願意提筆，應該會文思泉湧，寫到停不下來吧。」

不過我就耐著性子慢慢等吧，繪理說著，從我手中抽走菜單，點了日本酒，「請給我一壺久保田。」

離開居酒屋，兩人一起走向我位於車站反方向的住處。我們很自然地牽著手，聊著早餐的麵包不曉得還夠不夠。這兩年，儘管我一個字也寫不出來，繪理還是一直擔任我的責任編輯。她保持不即不離的距離，守望著成日飲酒、醉生夢死的我，也和我一起到居酒屋喝酒。其間我們在某次契機下一起睡了，於是演變成現在的關係。

和繪理睡覺很舒服。人的體溫原本就令我眷戀，更不用說對方還是符合我偏好的女人。話雖如此，今晚喝了太多酒，真的只是一起睡覺而已。

半夜我醒來，發現繪理不在身邊。又是那件事吧，我這麼想著，再度沉睡過去。下一次醒來時，身旁仍是空的，我實在擔心，便走到客廳，從開著一條縫的陽臺落地窗，傳來斷斷續續的啜泣聲。

「您不是承諾過會跟太太離婚嗎？」

我聽見繪理的聲音。啊，不出所料。

「我不會讓步的。只有我一個人遍體鱗傷，老師您卻全身而退，什麼也沒失去之類的，別開玩笑了。我會把事情全部抖出來，至少也要鬧得兩敗俱傷，否則我不能接受。」

控訴中混雜著啜泣，與平時理性的繪理相去甚遠。繪理自幾年前開始跟某暢銷作家交往，對方年過四十，已有妻小。

「……我真想死了算了。」

她的嗓音支離破碎，和我記憶中母親的身影重疊。

我很久以前便知道這位漂亮又能幹、獨立自主的好女人背後有這些內情，當時是繪理藉著酒意向我傾訴了所有心事。她當時也哭著說好想死，我不放心讓她一個人回去，於是把她帶回家裡，在安慰她的時候上了床。氣氛這種東西真是恐怖。

與曉海分手之後，我一直對繪理抱有好感。所以聽她說了這些我應該感到失望的，卻沒來由地有種閱讀推理小說謎底的心情。

——也對，世上確實不存在這麼完美的人。

如果真能喜歡上繪理，那就輕鬆多了。但我在這段關係中感覺不到與曉海交往時那種踏實感，話雖如此，我也不認為那種踏實感就是正確答案。如果說熱戀是朝著永遠無法抵達的目標急速奔馳，那麼在不知不覺間緩緩漂流到既定的歸處，或許就是愛吧。

——曉海，妳睡得好嗎？

我的思緒蜿蜒蛇行，最後總是流入同一個地方。河道不再向外拓展，一併流入這裡的心只會像沼澤般靜靜沉澱，差不多成了水底鬱積的淤泥。這也是一種愛嗎？我這麼想著，輕手輕腳地回到寢室，以免被繪理發現。

「青埜，我還得開會，要先走了哦。」

隔天，我被繪理搖醒。

「桌上有火腿蛋，沙拉放在冰箱了。」

我微微睜開眼睛，看見繪理在鏡子前佩戴耳環的背影。「直接穿耳洞不好嗎？」以前我這麼問過，繪理回答我說，她不喜歡在身體上留下傷痕。

——但心上卻已經滿是傷疤了。

我在床上打著瞌睡，回想起她夜半滿身瘡痍的身影。

「那我出門囉。」

服裝儀容打理得一絲不苟的繪理將手撐在床上，湊近我的臉。

「喝酒沒關係，但也要好好吃飯哦。」

保養得無微不至的頭髮柔順地滑落，側頸傳來清新的香氣，纖細手腕上戴著精品手錶。她的一切都是臻至完美的「好女人」，和昨晚死命留住不倫戀對象、哭得不成人形的繪理實在判若兩人。

——說起來，這人一定也很辛苦吧。

和她交換了一個發出輕響的吻，我感慨地想。

為了維持、或者說激發那個完美的自我，繪理需要我，像需要一個讓自己正常運作的裝置。在我身邊的她是優秀又寬容的編輯，支持著面臨人生低谷的年輕男作家，她掙扎著試圖用這種演出，抵銷那個相信了外遇劈腿男口中「有一天會跟太太離婚」的陳腔濫調、像個傻女人一樣苦苦糾纏的自己。她不冷靜也不理性，反而相當感性。

如果繪理這麼希望，我願意為她扮演一個最沒用的年輕小男生。人人都有自己的隱情，後臺的布幕之後藏著不為人知的秘密又有什麼關係呢。把脆弱又想哭的自己藏在薄薄一層皮相底下，又有什麼關係呢。

「繪理——不要走——」

我伸手，作勢把繪理拉上床。我克制地撒嬌，小心不弄亂她上班前整理好的髮型、衣服和妝容。繪理咯咯笑了出來。

「好啦好啦，你要乖，我馬上就會再來囉。」

繪理溫柔地摸摸我的頭，像對待一隻不聽話的小狗，然後帶著女強人的神情離開寢室。我目送她直挺的背脊離去，喃喃說，加油啊。

每天為個性乖僻的作家們殫精竭慮，想盡辦法讓他們提起幹勁，提升業績數字；想在戀愛中喘口氣，卻在感情上遇人不淑。明明是個聰明人，卻以一種非常耗能的方式活著。

——那難怪油箱會見底啊。

——中途不找個地方補給，會停在路上吧。

我冷不防想起母親。漫畫連載宣告終止的時候，母親在電話中哭著說，我還以為有櫂在一定沒問題的。不會有事的，我還在啊，我一面這麼回答，一面意識到讓母親安心的不是「我」，而是「我賺的錢」。

當時那種難以言喻的感覺，不知該如何形容才好。那種放棄與憐愛一比一混合般的感情，不知為何在繪理身上也感受得到。我很清楚該如何應對，反抗它才會激起波瀾，只要默認它、接受它就好。雖然一旦接受了，內在一部分的自己也會被擠壓扭曲，但一個人要毫不扭曲地活下去反而更難。我好想找人聊聊這些。

——哎，曉海。

在沙灘上與她並肩坐下，聊得關不上話匣子的情景如在眼前。朦朧的睡意再一次找上我，即將墜入夢鄉之前，我又和平時漂流到同一個地方。

當我醒來的時候，已是午後不早的時間。

昨天是這樣，前天也是，明天肯定也一樣吧。

我只有在徹夜喝酒的時候才見得到早晨的太陽，即使清醒也無事可做，只是倚在沙發上喝啤酒，喝著喝著又打起瞌睡，下一次睜開眼睛時太陽就要下山了。今天我也開了一罐新的啤酒，拿起手機一看，繪理傳來「你吃飯了嗎？」的訊息，除此之外都是廣告信。

「吃了火腿蛋，很好吃。」

我撒了謊，把手機隨手往沙發上一扔。從窗簾縫隙間茫然望著傍晚的天空，我思考著每天只會產生空啤酒罐的我，活著到底還有沒有價值。可是勒死自己也並不簡單，無論有沒有價值，既然死不了，就必須活下去。

——啊，今天是二十六號。

注意到這件事的同時，我已經站起身來，從抽屜取出銀行存摺，穿著從昨天穿到現在的襯衫走出家門，到步行三分鐘距離的ＡＴＭ刷摺。機器吐出存摺，存入欄上有著熟悉的記載。

「井上曉海　＊35,000」

在ＡＴＭ區的角落，我凝視著那行打印字樣。確認時胸口的激昂來到最高點，緊接著一口氣滑落。現在起，等待下個月二十六號的漫長時間又要開始了。

我把存摺塞入牛仔褲後側口袋，離開銀行。接下來該怎麼辦？要買飯回去吃嗎，還是找個地方吃完再回家？繪理做的火腿蛋掠過腦海，但我現在沒心情吃它。我漫無目的地走著，這條街每一秒都往淡青色中越沉越深。正值逢魔時刻，來往的行人都顯得面目模糊，其中最模糊的當屬我了吧。

每個月發薪日隔天，會有三萬五千圓匯入我的戶頭。曉海在偏遠地區的小公司上班，實收入十四萬圓，現在不知道稍微加薪了沒有。無論如何，三萬五千圓對曉海而言都是筆大數目。我傳過好幾次訊息告訴她不必還了，但她沒有回覆，每個月依然按時轉帳。

我借給她三百萬，每月返還三萬五千圓，要七年多才能還清。現在已過了兩年半，所以還剩五年。在那之前我和曉海仍然存在著聯繫，在安心的同時，也有著這段期間我不可能忘記她的無奈。

如果真能喜歡上繪理，那就輕鬆多了。但凡事總不能盡如人願，這個月我依舊一到了二十六日便跑去刷摺，在那之後無處可去，一面在街上閒晃一面想著曉海。我寧可捏造出經過修飾渲染的美好記憶，偏偏我的頭腦只有在這時願意好好運作。三年前早已結束的那些往事，比起當時更清晰、準確地浮現腦海，令我束手無策。

那時候，與尚人搭檔創作的漫畫爆紅，版稅開始一筆接一筆匯進戶頭，連我們自己也分不清是哪一次再版的收入。我帶著每逢連假總會來到東京的曉海，走進定價貴得嚇人的名牌精品店。看見曉海省下微薄的薪水全力打扮，卻依然穿著廉價到無可救藥的洋裝，我覺得她好惹人憐愛。

衣服也好、皮包也好、鞋子也好，我想把她想要的東西全部買給她，想看曉海露出開心的表情。現在回想起來，那種憐愛近似於上對下的慈悲，曉海應該如實感受到了來自戀人的輕侮，儘管我們理應是對等的。

曉海完全沒有被這些東西沖昏頭，也不感到高興。當我在高檔餐廳和俱樂部把那張閃亮的金色卡片揮舞得像一隻蝴蝶，她一臉嫌惡地看著我。個性一本正經的曉海逐漸長成更穩重的大人，開始把支撐生活的工作放在第一優先，變成一個不聽音樂、不看電影的人，當時美夢正酣的我卻覺得她太過無趣。

——為什麼當時我不能體諒她呢？

曉海來借錢的時候也一樣。那個認真的曉海，對著理應平起平坐的我彎下腰，請求我借錢給她，而且還是在自己主動提出分手的情況下。

當時，曉海捨棄了自己的自尊。

而我連這種事也沒注意到，還想著說不定能靠著這筆借款和她復合，真是無可救藥又卑鄙的蠢貨。如果還想跟她從頭來過，我不該借錢給她，但我又無法拒絕她當時緊迫的請求。我究竟該怎麼做才對？

我慢吞吞地抬起臉。街景已經沉入比剛才更濃的青色當中，但天上仍無月無星，在不明不暗的朦朧景色中，我彷彿迷失了一切。

實際上，現在的我確實一無所有。

去年，植木先生替我介紹了網路漫畫的編輯，讓我和新人漫畫家搭檔，在網路上發表了單篇作品，但讀者評價慘不忍睹。沒辦法，我從故事的品質也猜得到結果如此。「你怎麼會搞成那樣？」我被植木先生訓了一頓。

——你之前拿給我看的那篇大綱去哪裡了？

——那個不行。

——為什麼？那篇寫得非常好，畫的要是那個故事絕對能掀起熱潮。

——那篇我要和尚人一起做。

植木先生愣了愣。

——以尚人目前的狀況，他還沒辦法回歸哦。

——我知道，但那傢伙遲早會回來的。

——所以你才把那篇大綱束之高閣？

——我新寫的故事也不錯，不比之前那篇差啊。

這一次，植木先生真的啞口無言了。你認真這麼想？——他無言的問句無比清晰地傳達過來。沒錯，新的故事並不理想，我心知肚明。

漫畫業界競爭激烈，想求個機會的人到處都是，植木先生卻特地給了我東山再起的機會。為了報答這份恩情，我認真地、講究地，寫了一個新的故事，結果卻七零八落。故事和語句如常浮現在我的腦海，我卻完全感覺不到寫出好故事時那種，把整個世界拋在身後般疾走如飛、高亢激昂的感覺。

——權，你聽我說。青埜權是有才華的人，我相信青埜權一定能振作起來。我很想再讀一次青埜權創作的故事，想再體驗一次那種興奮又期待的感覺。

所以，植木先生說著，無比痛苦地神情扭曲。

——對於寫作這件事，你不要有任何揣度。

植木先生從尚人還跟我一樣是新人的時候培育他至今，想必是懷著悲痛斷腸的心情才說出這番話。啊，是了，這是活著遲早要面臨的歧路，我該作出選擇。

——到了關鍵時刻，無論被誰咒罵，也要毫不留情地割捨。

——無論被誰憎恨，也要不顧一切地爭取。

——若沒有這樣的覺悟，人生會越來越複雜哦。

從記憶深處湧現的這番話，或許是預言也說不定。

我明白，我都明白，我把自己弄得更複雜了。我不是聖人君子，發生那場騷動的時候，我也曾後悔過應該早點跟尚人切割。但至今我仍無法下定決心，遲疑不決，而這份軟弱現在正拉扯著我的後腿。

準備為網路漫畫撰寫新故事的時候，我終於察覺一件事。

連結著我和故事的絲線早已斷了。

從小，故事就是我逃避殘酷現實的手段。然而開始拿它賺錢以後，「逃避」便不再管用了。我挖掘內心寧可忘卻的記憶，把它化做言語，以故事的形式將之強化。每當我迴避痛苦而別開視線，總能收到植木先生的紅字，精準得引人發笑。這段再寫得深入一些吧——明明不清楚我孩提時代的經歷，植木先生卻不會放過故事中任何鬆散的漏洞。

也有些作家創作歸創作，能把作品和自我切分開來書寫，但我並不屬於這一類。我唯有透過把自己切片銷售才寫得出故事，就這麼簡單。

連載因為尚人那一連串騷動被迫終止的時候，我意識到，我剜開自我、用血肉編織的故事，也不過是能被取代的工作之一。我明白工作大多都是如此，無論少了哪一個人，立刻會有接替者補上崗位，世上無可取代的才華屈指可數。

然而，那時的我再也找不到繼續忍受疼痛、刨挖自我的理由。當初聽曉海說想成為刺繡家，我斷定她的夢想太過天真，但我自己其實才是那個最天真的人。無法直視這樣的自己，我渾渾噩噩地喝著酒逃避現實。我不必工作，存款也足供吃穿用度，怠惰因此更肆無忌憚地滋長。

偶爾我會想，那時候假如尚人沒有崩潰的話。

無論在網路還是哪裡都好，如果我們倆一起堅持下去，繼續畫漫畫的話。

要是母親拿出這輩子絕無僅有的堅強，在真正的意義上鼓勵我的話。

最重要的，如果沒跟曉海分手的話。

如果曉海在我身邊的話。

我是不是就不會變成這個樣子？

如果、假設、要是、的話，惦記著這些也過了三年。

我逃離故事，卻躲進另一個架空的故事裡，何其矛盾。

實不相瞞，我曾經聽從繪理的建議，悄悄把我和曉海的故事寫成小說，結果慘不忍睹。裡面滿是絮絮叨叨的遺憾，試圖正當化自己的行為，礙眼得我立刻把它刪除了。我究竟想做什麼？好想跟尚人和植木先生聊聊，但尚人從身心科出院之後，現在還足不出戶地把自己關在公寓家中，而植木先生似乎還有他特別看好的新人要顧。

遠處傳來救護車的警笛，擦身而過的兩個年輕女生討論著週末的行程。「那就先這樣囉。」一走在我身後的大叔爽朗地掛斷電話，然後嘆了一口大氣。

我抬起臉，緩緩地左右搖了搖頭。即將入夜的街道上，我朝著不遠處正值 Happy Hour 的酒吧走去。醉意漸消，周遭的雜音清晰地流入耳中，令我憂鬱。我只想快點喝醉，一進門便點了威士忌加冰。

「怎麼啦，有什麼不順心的事嗎？」

熟面孔的酒保把玻璃杯放在我面前。

「沒什麼事，每天都差不多。」

「平凡、平穩，這才是最可貴的啊。」

說話期間，我喝乾了第一杯，把玻璃杯推向吧檯內側。我每次都這麼喝，因此酒保也沒多問需不需要，便替我再倒了一杯。

「話說，十幾歲交的第一個女朋友，是不是真的很特別啊？」

聽我說——酒保雙手托著腮，探出身子娓娓道來。

不久前，他無意間發現了自己高中女朋友的Facebook。原本不打算再跟對方搭上線，卻在下班回家途中藉著幾分醉意，一時衝動便回應了她的貼文。

「這種感覺，你懂嗎？」

我點頭。藉著酒意，我傳過無數的訊息給曉海。現在在做什麼？過得都好嗎？沒什麼困難吧？能不能跟妳見個面？我想見妳。一次就好。

「也不曉得是不是男人特有的詛咒。聽說啊，女人碰到這種事都覺得煩得要死。」

太讓人落寞了對吧，酒保感嘆道。我隨口應聲，思考著名為第一任女友的詛咒，想著那種在潛意識中長久留下淺淡的印痕，像道舊傷一般的心情該如何自處。

我總在二十六日想得太多、喝得太多，離開酒吧的時候腳下搖搖欲墜。好幾次撞到人，我在護欄上坐下來休息。口袋裡凹凸不平的不太好坐，我於是從臀部口袋把手機和存摺抽出來。有封來自稅理士的郵件，我草草看過便關掉了。稅金和資產分配，這些數字的羅列對於酩酊的腦袋而言只是麻煩。存款超過一定金額之後，我再也不在乎帳戶還有多少餘額，我想看的數字只有一個。

我坐在護欄上，往前屈著身體翻開存摺。

「井上曉海　＊35,000」

沒事的，還差一百九十五萬圓，還有五十六個月，還有四年又八個月。在那之前，我們還存在著連結。那麼，在那之後呢？我該怎麼做？會變成什麼樣子？

我越想越滑稽。把這一排數字視作支柱，是傻子嗎？是傻子，確實很傻吧。我切實地感到寂寞，想被人需要，即使那不是愛也無所謂。我這麼想著，腦中卻無可救藥地只浮現出曉海一個人的臉龐。這到底要重複到什麼時候？

我開始打訊息。不要這樣，另一個冷靜的我這麼說。明知酒醒之後心情會跌落谷底，我仍然停不下來，這就是詛咒的力量嗎？

「妳能一次還四萬嗎？」

按下傳送的瞬間，我靜止下來，緊接著名為後悔的大浪迅速把我吞沒。啊，不該說這種話，太惡劣了。酒意瞬間清醒，得快點、快點收回訊息才行。但在我焦急的時候，訊息很快地顯示已讀。

「對不起。下個月開始我會一次還四萬圓的。」

睽違數年的這句回覆，使我從頭到腳瞬間凍結。無論我多麼低聲下氣地乞求復合，她一向視若無睹，關於借款的訊息卻立刻就回覆了。她仍然是我認識的，那個一本正經的曉海。我因為她依然如故而感到安心，利用了這點的自己卑劣得令我發笑。我笑著，感覺自己彷彿要被夜裡漆黑的大海吞噬。明明想朝著海面奮力前進，卻不曉得該游向哪個方向才能浮出水面。我掙扎著，胡亂動起指尖。

「開玩笑的。最近還好嗎？」

我勉強送出這句話，試圖把剛才那句話變成玩笑，但訊息已經不再顯示已讀。

數了十秒、二十秒、三十秒，鼻腔深處開始發疼。為了忍住眼淚，我反射性地吐了口唾沫，朝這裡走來的女人「呀」地縮起了腳。那是一對情侶，她身邊的男伴看了看我，咋舌一聲，臉上輕蔑的神色顯露無遺。我垂下頭，毫無意義地揚起唇角，擺出徒具形式的笑，然後悠悠搖晃起身體。

——哎，曉海。

看來如今的我，真的成了最下賤的人渣了。我緩緩抬起低垂的頭，仰望夜空，但那裡沒有任何星光閃耀。

井上曉海　二十八歲　夏

收到權的訊息時，我正在清洗晚餐後的餐具。我按捺著動搖迅速回覆，然後把碗洗好，摺好衣服，清洗浴缸，加熱洗澡水。把該做的事全都做完之後，我跟母親說，我出去一下哦。

「妳要去哪裡？」

「去找小結，她說想找我討論升學方向。」

「這樣啊，路上小心。」

母親似乎還想說些什麼，不過仍然嚥下嘴邊的話，洗澡去了。

那場騷動以後，我在母親眼前剪掉了所有的信用卡，坦然把我在瞳子小姐那邊接刺繡工作的事告訴了她。她原本就已經隱約有所察覺，事到如今沒有必要特地表明，這只是我「從此以後不會再躲躲藏藏」的宣言。另外，也重新強調我跟權已經分手了。

母親先是發怒，但看我毫無反應，她便趴伏在榻榻米上，哭著說對不起。我強忍住伸手安慰她的衝動，往下腹用力，好承受住母親向自己道歉的苦楚，面向著她平靜地說：我會努力的，所以媽媽妳也一起努力吧。這是母親生病之後，我第一次要她「努力」。

或許我做錯了。不過凡事一旦過了頂峰，接下來便只有下坡，那場騷動對我和母親而言是一道關卡，所以最辛苦的時候已經過了——我靠著這種想法一路撐了過來，但看來還是太天真了。

今晚權的訊息讓我意識到這點。

我離開家，在遠離聚落的濱海道路旁停下車。今夜的海也平靜無波，我依靠月光的照明走下沙灘，在海邊坐下，打開從家裡帶出來的威士忌酒瓶。我發現自己忘了帶酒杯，但還是不管不顧地就著瓶口灌下酒。

「妳能一次還四萬嗎？」

看見權這通訊息的時候，我真想立刻奪門而出，全速衝到海邊投海自盡。羞恥和自我厭惡讓我痛不欲生，但現實中我還是一臉平靜地做完該做的事才出門，看來我的臉皮也厚了不少。

我一直覺得每個月歸還三萬五千圓太少了。權傳過好幾次訊息說，錢不用還沒關係，比起這個他更想問有沒有可能跟我復合。但我覺得只要還欠著他這筆錢就沒有交往的可能，因此我沒有回應。儘管如此，在歸還金額上，我卻仗著自己從前跟權交往過，彷彿他念著舊情就願意睜一隻眼閉一隻眼，現在還被權本人指出了這點。我明明發誓過不再依賴任何人了——

「對不起。下個月開始我會一次還四萬圓的。」

我立刻打字回覆之後，便把手機收了起來，因此並未閱讀下面的訊息，直到現在才提心吊膽、戰戰兢兢地打開它。

「開玩笑的。最近還好嗎？」

我的腦袋瞬間一片空白。

他多半喝醉了吧。櫂是個溫柔的人，藉著酒意才好意思提起錢的話題。竟然讓他迫於無奈說出這種話，我真是太丟人了。從鼻腔和眼窩深處，大量的水洶湧而至。不許哭。我下定決心使力忍住，強推回來的那些水幾乎把我溺死。

櫂過得好嗎？去年他在網路上發表了漫畫，但作畫的不是尚人，在那之後，似乎沒再看到他以漫畫原作家的身分活動。畢竟先前發生過那次騷動，他也可能換了個筆名。若是這樣，我便無從得知櫂的近況了。

儘管分了手，到最後，我還是無法對櫂死心。明明決定要堅強，然而掀開薄薄一層皮相，底下還是藏著弱小的自己。我要繼續這樣到什麼時候？什麼時候才能解脫？我想要解脫嗎？如果說解脫就意味著忘記櫂，那我──

「曉海──？」

喝到接近酩酊的時候，頭頂上有人喊我的名字。仰頭往上一看，智慧型手機的背燈照向我，強光刺得我皺起臉。「果然是曉海。」只看得見剪影的某人走下護岸磚，那道影子站到了我身旁。

「我就覺得這臺車跟妳的好像。怎麼啦，待在這麼昏暗的地方。」

這是誰？我好像有印象。

「啊，我是『月臺小築』的幸多。之前我朋友也戴著曉海妳做的項鍊哦，聽說妳設計的飾品非常受歡迎。」

「啊……謝謝。」

我醉意朦朧的腦袋隱約回想起這麼一個人。「月臺小築」是外地居民去年新開的咖啡廳兼雜貨鋪，印象中這個人是老闆夫婦的弟弟。

「怎麼啦？女孩子一個人在這麼烏漆抹黑的地方，就著瓶口喝威士忌。」

像巨魚旁若無人地闖進闃靜無音的深海，幸多沒徵求同意就在我身邊坐下。

「喝悶酒？發生什麼事了嗎？」

「沒什麼，常有的事。」

「是哦。哎，世上總是充滿不如意嘛。」

忽然聽到熟悉的腔調，我心跳漏了一拍。

「幸多，你是關西人？」

「不是啊，我東京人。」

我立刻大失所望。

「看你那反應，妳男友是關西人喔？」

「前男友。」

喔……幸多雙手向後撐著沙灘，仰望天空。

「我搬到這裡之前也剛分手，對方是京都的女孩子。」

「京都？」

「妳前男友也是？」

我坦然點頭。他不是島上的人，我反而不必多所顧慮。

「京都人無論男女都很難討好對吧，講話拐彎抹角的，自尊心又很高。」

「我的前男友倒是不會這樣。」

「她的眼睛細細長長的，嘴唇很薄，皮膚又白又光滑。乍看不太起眼，仔細看五官好像還算工整，又好像不怎麼端正，總之我朋友說她是醜女。但我回嘴說，反正我覺得她可愛就好了。」

他說到後面，京都腔越來越濃。他一定很喜歡那個女生吧，喜歡到即使分手了，屬於那女孩土地上的語言仍然殘留在他身上。一方面是酒意使然，我感到想哭。

「好久沒想起這些事，搞得我也想喝酒了。」

請便，我遞出威士忌酒瓶，幸多擺擺手拒絕。

「不行不行，開車不喝酒啊。」

啊，我睜大眼睛。我喝了酒也不能開車了。察覺自己什麼也沒有考慮，我皺起臉來。

「妳還真有趣。」幸多笑著說。

「要到我家喝嗎？」

「你家？」

「車子停在這邊先到我家，明天我再載妳過來。」

幸多站起身，朝我伸出手說，來吧。我知道最好別去，但和櫂如出一轍的腔調促使我站起身來。

我把車留在濱海道路，搭上幸多的車。開了五分鐘左右，來到住著許多外地居民的聚落，這裡的其中一間獨戶住宅便是幸多的家。老舊的獨戶住宅是島民不知該如何處理的燙手山芋，但對於外地搬來的居民來說，卻是可以自由翻修的好物件。市政府得知之後也開始發放補助金，幸多的房子也裝修得非常美觀。

我們聊著回憶，喝了一整晚的酒，到了天快亮的時候，幸多說他想睡了，兩個人躺在同一張床上，氣氛果不其然往那方面發展。我懶得拒絕，最重要的是，我在分手後仍對前女友念念不忘的幸多身上，看見現在的自己。

過程中，我想起的全都是櫂。觸摸頭髮和肌膚的手，他的溫度與氣味。我除了櫂以外沒碰過別人，在數算著這裡不同、那裡也不同的同時，又深化了我心中櫂的輪廓。

聽著幸多規律的鼻息，我事到如今才感覺到自己背叛了櫂，但現實中的我們早已分手。晚了三年才實際體會到這種感覺，像個傻子。

拜託，我說真的，忘掉吧。

週末午後，我和瞳子小姐一起到「海島貓屋」繳交客戶訂製的作品。我採用深綠色細管珠，搭配金色圓珠製成了充滿異國風情的耳環，店老闆看了非常高興。當我們討論下一次訂單的時候，在店裡打工的友梨走進店門。我跟她說了聲「辛苦了」，她卻默默別開視線。

「友梨她正在跟幸多交往。」

回程，坐在副駕駛座的瞳子小姐這麼告訴我。啊，難怪。瞳子小姐似乎大致知道發生了什麼事，那就表示這件事已經傳遍了整座島。

「我完全沒在接收這方面的情報。」

反而還覺得幸多不是島上的男生，應該很安全，實在太大意了。

「事情既然已經發生，就隨它去吧。說到底，戀愛這種事本來就不可能單純以正確與否去衡量，如果妳無論如何都想要這個人，那也沒辦法。只能盡全力拚搏，不讓自己後悔。」

語氣乾脆俐落，瞳子小姐和以前一點也沒變。哪怕被世人暗中議論，她也依然堅持自我。任性、溫柔、堅強，她三者兼備，我憧憬著這樣的瞳子小姐，卻從來沒辦法活得更接近她的模樣。

「不說這個了，曉海，妳臉色很差哦。左邊下眼瞼從剛才開始就一直跳動。」

「公司那邊現在有點辛苦，有兩個業務突然離職了。」

我輕輕按住下眼瞼。唯有空洞而毫無價值的疲勞不斷累積。

「畢竟刺繡工作這邊的訂單也越來越多了呢。」

「這都要多虧瞳子小姐妳替我轉介了很多工作。」

不只是外地居民開的商店，來自東京商家的訂單也變多了。我開始認真接刺繡案子也才兩年半，現在接到的案量已超越我的資歷。

「我看時候也差不多了，妳要不要考慮獨立接案？」

「咦？」

「我的眼睛好像真的不行了。」

我不禁看向瞳子小姐。「安全駕駛。」她指了指前方，說：

「不是說我馬上就要失明什麼的，不過刺繡這種精細工作最多做一小時就是極限，不可能再當作正職了。」

「……瞳子小姐。」

「別露出那種表情。人活著總是免不了意外，即使有了一技之長，也無法保證拿到手上的東西永遠不會發生變故。幸好咖啡廳經營得很順利，當初及早發展副業是正確的決定。那個人的手藝也越來越好，現在連甜點都會做了。」

在我們家飯來張口的父親，現在成了手藝精湛的大廚，咖啡廳菜單上的東西他全都能一手包辦。無論到了幾歲，人都還會成長、會改變。

「不用在意我，更重要的是曉海妳接下來的發展。我的技術全都教給妳了，可以的話，我也想把客戶全部轉移給妳。我相信以妳的能力，一定能辦得到。」

聊著聊著，抵達了瞳子小姐家。她說她烤了檸檬蛋糕，邀請我進去坐坐，但我說我還得準備晚飯，婉言拒絕了。瞳子小姐欲言又止地張開嘴，最後還是默默進了家門。我知道瞳子小姐想說什麼。

——妳什麼時候才要過自己的人生？

駛過連結兩座島嶼的大橋，我努力放空大腦什麼也不想。內心一旦稍有動搖，堆積在胸口、名為不安的粉塵便會四散飛舞。

把技術和客戶全部轉移給我，這是優渥到不合常理的提議。我知道，這是瞳子小姐以自己的方式，在補償我被她扭曲的人生。儘管沒有明說，但她希望趁著自己還在業界的時候，替我鋪好一條成為刺繡家、獨立接案的道路。這實在太難得，我感激不已，因而對於無法回應這份心意的自己更加懊惱不耐。

回家之後，我做好晚餐，去叫母親吃飯。但我怎麼叫她都不回應，裹在棉被裡不願出來。憂鬱症有週期起伏，狀況時好時壞。妳想吃了再跟我說哦，我留下這句話，正要離開房間。

「……我想搬家。」

我回過頭，看見母親慢吞吞地從棉被裡冒出頭來。

「媽媽，怎麼了？」

我往回走，在床前跪下，探頭看著低垂著頭的母親。

「今天我狀況不錯，就到院子裡去澆花。」

「嗯。」

「這時候佐久間太太剛好經過，跟我說好久不見，見到妳真是太好了。然後她問我，有沒有聽說曉海鬧出大事了。」

她聽說了我和幸多的事嗎，謠言傳得真快。

「妳在這裡已經不可能結婚了。」

我低著頭，忍受她散發出來的、無比清晰的絕望感。

「嗯，或許吧。」

島上年輕的單身男女原本就不多，我還從高中開始就跟島上有名的男人交往，然後分手了。是因為那場騷動才分手的嗎？畢竟男方的漫畫事業中斷，再也不是金龜婿了嘛——謠言傳得甚囂塵上，終於等到這件事被眾人淡忘，這一次我又對島上女孩子的男友出手。島上沒有男人願意跟這麼不檢點的女人結婚。

但是，到底哪裡「不檢點」了？男人無論「不檢點」幾次，仍然擁有選擇權，為什麼只有女人的價值因此下跌？隨著年齡漸長，我的路就這麼越走越窄，遲早會走到盡頭。到了那時候，我該怎麼辦？

「哎，曉海，我們搬出島上，到遙遠的地方去吧，媽媽也會去工作的。」

那真是求之不得。然而母親的狀況時好時壞，不能指望她，我也不能辭去公司的工作。再這樣磨蹭下去，我甚至預見了自己抓不住瞳子小姐替我垂下的蜘蛛絲的未來。

「抱歉，讓媽媽妳過得這麼難受。」

「不是這樣，媽媽不是要妳道歉。」

母親潸然淚下。看見母親哭泣讓我發自內心地難受，自己的渺小令我絕望，我逃也似的離開房間。為什麼我就這麼無力呢？

我想變成更可靠的人，想賺更多錢，像一般人一樣結婚，生小孩，讓母親安心。我咬緊牙關，再次意識到櫂有多麼不簡單。

櫂從小被母親忽視，卻從國中開始就幫忙她經營酒店。他在這種環境下仍然實現了漫畫原作家的夢想，十幾歲便上了東京，賺錢替母親買了房子。我曾告訴櫂什麼東西都毫無原則地買給她不太好，但我還真敢說出那麼自以為是的話。櫂成就的那些事，我明明一項也沒有做到。

我把餐桌上每一碟菜都包上保鮮膜，把威士忌放進包包，走出家門。我不想重蹈上一次的覆轍，所以不打算開車，徒步踏上沒有街燈的昏暗道路，前往附近的海灘。

「井上同學？」

正要走下護岸磚的時候，背後有人叫住我。周遭一片漆黑，看不見對方的臉，不過從聲音和浮現在夜色裡的白袍、騎著單車的身影，我知道是北原老師。

「已經入夜了，下到海邊很危險哦。」

你對著土生土長的當地人說什麼啊？

「低氣壓要來了，我很擔心。」

你擔心的只有海浪嗎？

「我還聽說了不必要的傳聞，這方面也讓我很擔心。」

我感受到被整座島監視般的不適感。

「不是在監視妳哦，只是碰巧路過而已。」

「老師，你會讀心術嗎？」

「很可惜，不會。」

不過確實曾經希望自己要是能讀心就好了，北原老師說著，朝我走近。我逕自走下護岸磚，他也跟了過來。我在海灘上坐下，老師朝我遞出一個塑膠袋，說，這個給妳。天色太暗了看不清楚，但袋子裡似乎是蛤蜊，說是學生家長給他的。

「蛤蜊治宿醉很有效哦。」

你是存心找碴嗎——我把這句話倒吞回去。

「謝謝你的關心。」

「不客氣。」

「但我不會跟老師睡的哦。」

我自暴自棄地啐道，立刻後悔了。

「對不起，請忘了剛才的話吧。」

我抱膝坐著，把臉埋進膝蓋裡。我太卑劣了，真的真的太卑劣了。

「井上同學，我想跟妳說些話。」

他沒問我要不要聊聊，只單方面地說要說話。我不必回應，反而覺得輕鬆。

「再這樣下去，妳和母親都會倒下的。」

這種事不用別人告訴我，當事人最清楚了。

「我有責任扶持家人。」

「沒有那種事。」

老師間不容髮地回道：

「小孩沒有義務這樣供養父母。」

這陳腔濫調的說法令我生氣。

「這不是光憑這種正論就能一刀兩斷的事情。」

「是的，不能一刀兩斷。但正因為我們是如此充滿煩惱的生物，所以正論才有其必要，它是允許我們捨棄所有煩惱的最後一座堡壘。」

我一時間無法理解，只能抬起臉看著北原老師。

「越是像妳這樣個性認真、有責任感的小孩，越容易成為未成年照顧者。」

「……未成年？」

「意思是未成年的兒童或青少年，被迫承擔原本大人應該扛起的責任。」

我口中漏出乾笑。

「我已經快三十歲，是成年人了。」

「是啊。從十幾歲高中畢業的時候開始，妳便捨棄了自己的人生，拚命支撐著母親，一直到現在這個年紀。未成年照顧者當中，許多人並沒有意識到自己的處境，就這樣年復一年長大。他們在某一天忽然清醒，卻發現事到如今早已不知道該如何取回自己的人生。尤其在這座島上，女性能夠獨自營生的工作實在太少了。」

不要說了——這句話湧上喉頭。這些事不用說我也明白，不要再逼迫我了。再往後退，我就要掉下去了。哪怕遲早要陷入走投無路的絕境，至少在那個「不行了」的瞬間到來之前，我不想去看身後近在咫尺的威脅。反正橫豎都要墜落，我一點也不想要擔驚受怕，希望有一天能在不知不覺間掉下去，連發出「啊」的空檔都別留給我。

「該怎麼做比較好，讓我們一起想想看吧。」

北原老師鼓勵地朝我伸出手。我反射性地揮開他的手，然後驀然清醒。我明明下定了決心不再哭泣、要變成更堅強的人，曾幾何時這卻變成了一副鎧甲，把所有人的善意都擋在外面。現在的我早已自顧不暇。

「抱歉，這不是妳的錯，是我不應該貿然觸碰女性。我只是沒來由地回想起以前的事，實在無法放著妳不管，這是我自己的問題。」

北原老師沒再說話，唯有細小的潮聲撫過鼓膜。我出生成長的大海是如此駭人卻溫柔，它撫摸我、安慰我，讓我漸漸冷靜下來。

「以前也發生過這種事嗎？」

我問道，北原老師在夜色中看向我。

「是啊。狀況雖然不同，但她也和妳一樣被逼上了絕境。」

「是你的學生嗎？」

「是的，就是結的母親。」

咦，我下意識回問。

「啊，不好意思，我想我可能聽錯了。」

「妳沒有聽錯。結的母親是我先前任教那所高中的學生。」

這一次，我真不知該如何回答才好了。

「……那個，為什麼要把這件事告訴我？」

這座島上，恐怕還沒有人知道這個足以令群情沸騰的「八卦素材」。北原老師把手臂擱在曲起的膝蓋上，面朝著一片漆黑的大海。「為什麼呢……」他偏著頭說：

「因為覺得妳聽了也不會說出去吧。」

原來如此。我家從父母那一代開始就一直是島上的「八卦素材」，老實說對此早已厭倦。

「你那麼喜歡她嗎？」

一種奇妙的同伴意識在內心萌芽，我不自覺放鬆了語氣這麼問。

「很難說。我覺得放著她不管，就像是殺死我自己一樣。」

我有些驚訝，沒想到態度一向淡然的北原老師會使用這麼激烈的詞彙。

我認知中的善惡與常識開始變形歪斜。和自己未成年的學生戀愛、還讓她懷上身孕，這一定是不見容於世俗的壞人。然而，我人生中被北原老師拯救了好幾次，一直心存感恩，這比「聽來的故事」更真實，也更有分量。

我想起尚人。他對未成年的男友出手，牽連到櫂，毀了他的未來。當時我為此對尚人懷恨在心，但尚人一定也有他自己的主張和緣由。可是，人只能透過名為「自我」的濾鏡觀看萬事萬物，所以說到最後，這是「自己想相信什麼」的問題。

「你後悔和她交往嗎？」

「不後悔。」

老師答得淡然，卻無比篤定。

「我過去曾經犯過錯誤，但並不是『一不小心』犯了錯，當初我是有意識地犯下這個錯誤的。我不後悔，但同時也覺得，這樣的錯誤一次就夠了。」

「我真羨慕她。」

「羨慕？這意見還真新奇。」

他的語調聽起來很意外。

「我想當然有人會譴責吧。可是如果只談論我個人的感受，我很羨慕她能被人這樣深深愛著。我不知道別人怎麼想，只是我這麼覺得。」

我也曾經希望櫂這樣愛我——這話太難為情，我沒說出口。

我的發言很不負責任，但人人都有各自的痛苦、悲傷和幸福，一個只存在於自己手中，僅此唯一的小小世界。每個人都想保護好這個世界，不想被任何人侵門踏戶，因此難以理解他者；所以越發寂寞，所以羨慕他人，所以追求他人，永無止境地兜著圈子。我們一面期望著每兜一圈都能更靠近彼此，同時又因為接觸彼此而受傷、疲乏，而渴望和同類物以類聚。

「人類就像矛盾的聚合體呢。」

「是啊，或許是因為這樣，我才會逃往化學的世界。」

循著正確路徑便能抵達正確答案，這種一目了然是我們的世界所沒有的。

「永遠只有一個答案真好，這樣多輕鬆。」

「不過為了抵達那唯一的答案，還是得繞上許多遠路。」

「也就是說，沒有輕鬆的道路嗎？」

「我就是這麼想的。」

原來如此。這麼說來，現在我如此痛苦也是理所當然的，有朝一日還是有可能抵達屬於我自己的正確解答。原來如此，那加油吧，得再加把勁才行。可是神啊，那一天什麼時候才會到來？我還能努力到找出正確答案的那一天嗎？

「井上同學。」

「是。」

「要不要和我結婚？」

三秒的空白。

「太突然了吧？」

今晚我已經驚訝了太多次，事到如今不會再被嚇著了。

「我們各有各的欠缺，就像一起辦個互助會那樣吧。」

緊繃的神經放鬆下來，我好久沒聽到玩笑話了。這時我才察覺，我身邊的環境太嚴肅了，對心理健康不太好。

「彼此幫忙的話，多少會輕鬆一些。」

「如果可以變得輕鬆一點，那該有多好啊。」

我們不約而同仰望夜空。

北原老師是個怪人。但相處起來，他的奇怪之處對我來說反而自在。我感受到平時一向緊繃自律的心緩緩鬆開，所以有點不知所措。整張臉泛起熱度，從眼眶溢出的淚水滑過臉頰、落下地面。我微張著嘴呼出氣息，以免發出抽泣聲。我的真心話化為鹹鹹的眼淚，流過張開的嘴唇，苦澀地沾溼舌尖。

誰來幫幫我。

但是誰也別碰我。

不要讓我知道我是個弱小的人。

我下定決心要在這座島上背負著媽媽活下去，事到如今不打算再逃避這份責任。假如到了現在還逃跑，我會後悔的，後悔那時候為什麼不捨棄一切跟權一起遠走高飛，我會怨恨媽媽、怨恨這座海島。

我不希望這樣。儘管不希望，但我是否遲早會走到那一步？我已在溺斃的邊緣死命掙扎，卻甚至不知道該游向哪個方向才能浮上水面。

苦思無果的暗夜裡，北原老師不發一語地陪伴在我身邊。

青埜櫂　三十歲　冬

來到書店，我看見植木先生親手發掘、栽培的新人漫畫家的作品，像座小山一樣堆在展售區。這部漫畫去年改編為動畫，如今已成為社會現象級的知名大作。

——壓力一定很大吧。

我以前也……想到一半，我截斷了思緒。那次事件之後已過了五年，直到現在，我除了在網路上發表過那部失敗的單篇漫畫以外，仍然沒有任何新作。不久前，植木先生邀我去喝酒，當他問我最近有沒有寫些什麼，我也只能回答「沒有」。

——櫂，你的臉色不太好，是不是瘦了很多？

——有好好吃飯嗎？只喝酒是不行的哦。

最後比起漫畫，他反而擔心起了我的生活起居。我看上去一定比自己想像中更憔悴吧，我的飲酒量日漸增加，現在每天要喝光一瓶威士忌。頭腦總是不太清晰，眼白也變得泛黃混濁。

我把日子過得像個破了洞的口袋，心從裡頭撲簌簌地掉出來。這段期間，是繪理勉強把我拴在現實當中。我和繪理順其自然地上了床、又順其自然地不再有肉體上的關係，現在仍持續以編輯與落魄作家的身分來往。

我對創作早已沒了熱情也沒了畏懼，在繪理她們出版社的文藝雜誌上隨便寫些散文，但就連這些也寫得磕磕絆絆。有一次我實在沒有寫散文的點子，還在情急之下寫了那場騷動的事拿來應付交差，爛透了。

只要寫出這份絕望，下個月你就能再撐下去——繪理這樣鼓勵我，讓我見識到了編輯這種人有多麼扭曲。另一方面，為了小說可以毫不留情提刀殺人的繪理卻也拯救了我，是她告訴我，世上還有地方能收留我這種人渣活下去。我再也沒了該守護的自尊，現在趁著這個勢頭寫些類似小說的東西，重複著拿給繪理看，再被退稿的過程。

「比之前那次更好囉，再修正幾次，感覺就很有看頭了。」

我們相約在車站前的居酒屋，繪理給了我一份列印出來的原稿，上頭以紅字寫著修正指示。交稿、修正，再交稿、再修正，老實說我不認為自己能完成它，這件事早已變得像我找繪理喝酒的藉口。

「還真虧妳沒有放棄我這種人渣啊。」

「別擔心、別擔心，這個業界還有很多比你更渣的人。」

繪理看了看菜單，「請給我一杯魚鰭酒——」她對著廚房說完，又說：

「而且，櫂你也幫了我很多呀。」

繪理呼、呼地把魚鰭酒吹涼，左手的戒指在燈光下閃耀。她和那個搞不倫戀的作家分了手，去年和一個在廣告公司工作的男人結婚了。只利用了我、沒有選我當丈夫的繪理確實很聰明，或許包含這份罪惡感在內，才形成了我們現在的關係。雖然在工作上不留情面，但我想她私底下是個很重感情的人。

「那月底再拿給我看一次哦，還有，下個月的散文也拜託你了。」

「還要讓我寫啊。」

「那當然。權你寫的廢柴日記，在鬱悶的中年讀者之間頗受歡迎哦，可能是看到廢的不只我一個、我至少還比這傢伙好一點，給了大家一種安心感吧？」

「我聽了根本開心不起來好嗎。」

曾經有過肉體關係的人，說起話來無所顧忌，特別輕鬆。

八點前我們離開居酒屋，繪理回編輯部，我則徑直走向位於車站反方向的另一間居酒屋。這一次我不當客人，而是去打工的店員。

原以為怎麼花也花不完的錢，已消失得一乾二淨，原因出在我母親身上。她說想和阿達一起開便當店，因此我替他們出了創業資金，結果事後一看才發現開的是割烹料理店。母親雖然說阿達年輕時在京都老字號的料亭工作過，但仔細一問，他其實只有短短一年的打雜、見習經驗。每次經營陷入危機都得投入資金周轉，等我回過神來的時候，存款已經空空如也。看我目瞪口呆的反應，稅理士嘆了口氣。

——所以我不是警告過你好幾次了嗎？

我自以為透過無能的母親看遍了社會百態，但實際上，我不過是個不諳世事的年輕人。漫畫爆紅、賺了大錢就得意忘形，在曉海替我擔心的時候還嫌她囉嗦。讀了我的散文，覺得「我至少比這傢伙好一點」的讀者是對的。

結束閉店工作，深夜兩點，我沿著滿地垃圾的後巷走回家。時間很晚了，我輕聲打開公寓的玄關大門，一個女人從屋裡迎出來，說，你回來啦，外面很冷吧？

「妳還沒睡？」

「嗯，我換班了，明天休假。」

「這樣啊。啊，這個給妳。」

我在狹窄的玄關邊脫下鞋子，邊把裝著店裡剩餘小菜的袋子交給她。

「哇，是馬鈴薯燉肉和通心麵沙拉。來喝酒吧。」

女人提著袋子，興高采烈地走向廚房。我沖完澡出來，便看到起居室的暖被桌上已經擺好了罐裝啤酒和各式小菜。我們對彼此說聲辛苦啦，碰了碰玻璃杯，看著深夜的綜藝節目，有一搭沒一搭地聊著無關緊要的話題。

由於存款見底，我把房子連著還沒繳完的貸款一起賣掉了。只靠著繪理那邊的散文工作無法維持生計，因此我開始到居酒屋打工，在那裡結識的女人說「你可以來我家住呀」，承蒙她的好意，我來這裡借住已有半年。

「你們店裡價格不貴，東西卻很好吃耶。」

女人把通心麵沙拉舀進小盤子，「來」地拿給我吃。

「我不用了。妳很喜歡吧，都給妳吃吧。」

「櫂，你真的只喝酒，都不吃東西耶。這樣對身體不好哦。」

女人年約三十五上下，在大型購物中心的寢具店工作。雖然都這個年紀了，但她個性軟綿綿的，會像年輕女孩一樣問「你喜歡我嗎？」這讓我有些困擾。

「今天啊，我們主任說你好厲害耶。」

女人興高采烈地起了話頭。

「我在休息室看你連載散文的那本雜誌。主任一臉意外地說，原來妳還看小說啊？我就跟他說，我男朋友在這上面連載文章，把他嚇了一大跳。」

「這種事別在外面說啦。」

「為什麼？很厲害耶，這還是我第一次遇上作家。」

女人拿起桌上的雜誌，啪啦啪啦地翻看。

「我不是作家。」

我把一口啤酒灌下喉嚨，胃部一帶隱隱作痛。

「為什麼？以前發生的事無所謂啦，大家早就忘記了。而且你在知名出版社的雜誌上連載，編輯還一直等著你把小說完成，對吧？可見這個業界已經認可你的才華，漫畫什麼的就不用管它了。」

或許吧。我隨口答道，往杯子裡斟滿啤酒。

我不曾主動說出我的過去。但只要拿我的名字去搜尋，從前的新聞報導便一篇接著一篇在網路上浮現，就連這些，也被女人理解為名氣的證明。每一次她天真無邪地抓傷我都使我胃痛，我因此意識到自己還抓著夢想的尾巴難以忘懷。

「我這個人比較無趣，沒有任何特長，所以特別羨慕那些才華洋溢、追逐夢想的人。

生活上我會好好支持你的，你只要專心寫小說就好。」

女人倒著啤酒，邊說著很有擔當的話。

「話不能這麼說吧。」

「咦？」

「妳的重心是妳自己。無論多喜歡對方，都不能把自己的城池交出去。也不要說自己無趣，妳的價值是由妳自己決定的。」

女人愣了愣，不知為何卻高興地笑了。

「櫂你果然跟其他男人完全不一樣，講話好深奧哦。」

「不是那個問題。」

「我心裡最重要的就是你，所以我想支持你、為你加油，這就是女人的幸福。」

她撒嬌般地把身體挨了過來。

「問你唷，你喜歡我嗎？」

我們討論的不是這個——但我也懶得這麼說了，於是點頭說「嗯」。

曉海擱置了自己的人生，選擇扶養母親；尚人想以自己最真實的樣貌活著都被斷定為一種罪惡，因而試圖尋死。堅持自我說來容易，但實際上有多麼困難，我心知肚明，又有什麼資格自以為是地指導別人呢。和一個與母親如出一轍的女人住在一起，我開始不明白自己究竟在做什麼。

平日白天，我在起居室無所事事地喝著啤酒時，母親打了電話來。
『好久不見，過得還好嗎？』
「還可以吧，有什麼事嗎？」
『你現在住在哪裡？』
「荻窪一帶。」
『那是哪裡？』
「說到這樣還聽不懂的話就永遠不會懂了。妳打來就想問這個？」
『嗯，人家是想說……』
母親發出年輕小女生般撒嬌的聲音，我一聽就知道她找我有什麼事。
『我想把店收起來了。餐廳只賣晚上做不起來，所以我們中午也推出定食努力經營，但那樣又沒有利潤。這樣根本越做越虧，阿達都心灰意冷了。』
「餐飲業大抵不都是這樣嗎？」
『可是阿達很沮喪，人家不想看到他那樣嘛。』
無論到了幾歲，她對男人還是一樣寵溺。
『我說櫂啊，你還不畫漫畫嗎？』
聽見她試探般的語調，我的胃又開始痛了。
「沒有那方面的計畫，所以抱歉，錢我幫不上忙。」
這樣啊……母親發出發自內心感到失望的聲音，我的胃痛逐漸加劇。現在的我到底哪裡還剩下這麼纖細的心靈啊，我喝了一口已經不冰的啤酒。

『啊，對了，我之前就想跟你說。』

「說什麼？」

『聽說曉海要結婚了。』

從我毫無準備的方向狠狠飛來一拳。

「和誰？」

『我跟你說，是北原老師。』

第二拳也精準命中，我扶著暈眩的額頭。

『果然很受打擊吧。』

聽她這麼說，我說了句「還好」，勉強佯裝平靜。

「可喜可賀。」

『哪裡可喜可賀啦，我本來還希望曉海嫁到我們家當媳婦呢。』

「妳那是多久以前的事了。」

一陣短暫的沉默。

『這樣你真的無所謂嗎？』

「無所謂啊。差不多要工作了，我先掛囉。」

『你在做什麼工作？』

「打工。」我說完便切斷通話，實在撐不了更久了。

我走到廚房，咕嘟咕嘟地把威士忌倒進杯裡，直接喝下。喉嚨和胃部開始發熱，我感覺到它彷彿在替我燒盡內側的膿。一旦大意，頭腦便立刻開始胡思亂想，於是我為了阻止它思考不斷灌酒，意識終於逐漸朦朧。

我腳步不穩地走進寢室，從背包底部取出存摺。

「井上曉海　＊40,000」

每月二十六日，她總是分毫不差地轉帳給我。每一次看見這個數字，我都因為我們之間仍存有聯繫而安心，又因為與曉海的聯繫只剩這個數字而焦慮；還款的打印字每增加一行，又為了這僅存的聯繫再過不久即將斷絕而恐懼。

——早就斷絕了。

我靠著牆壁，身體慢慢滑落地面。北原老師乍看不太起眼，卻是我十幾歲那段期間見過最好的大人。撇開使我焦灼的感情不論，對曉海而言或許是最好的對象。不過，那兩人到底發生了什麼才演變成那種關係？他們是如何度過我無從得知的時間，如何交心，又如何決定共度此生？

別想了，思考沒有意義。只要曉海幸福不就好了嗎？只要祈求曉海的幸福，我自己也能獲得救贖，又何苦特地折磨自己。

——太好了。哎，曉海，恭喜妳。

我蹣跚站起身，離開家走進附近的便利商店，把為了緊急情況預留的十萬圓提領出來。包這麼多錢，也夠體面了吧。我隨便買了個信封，把十萬圓塞進裡頭，寫上島上高中的地址，收件人是北原老師，然後投入郵筒。一般郵件不能寄送現金，途中萬一遺失也拿不到賠償，但我不在乎。

——這樣，我就真的一無所有了。

帶著空空如也的心情，我仰望藍天。輕飄飄的浮遊感，彷彿一點微風也能吹起我的雙腳。即使從大樓屋頂跳下來，現在說不定也能在天空飛翔，不會墜落——莫名產生這種少根筋的想像，我不禁笑了出來。不過，墜落下來狠狠摔上地面也無所謂。

以花錢的方式來說，這是我至今花得最值得的一次。在像個傻子似的散盡家財之後，也有種在最後完成清算的感覺。我帶著如釋重負的心情取出智慧型手機，把一直沒發出去的訊息傳給植木先生。

「我決定引退了，謝謝你一直以來的關照。」

我早就是個沒戲唱的作家了，卻還要這樣特地發出宣告。

唯有自我表現欲高人一等的自己令我慚愧。

今天從早上開始便下著雪。散文的原稿已經寄出，今天也不用到居酒屋打工。女人去上班了，我窩在暖被桌裡無所事事的時候，北原老師打了電話來。

『我一打開信封就看見裡面裝著現金，嚇了一跳。這是怎麼回事？』

沒多說什麼好久不見、過得好嗎之類的寒暄，老師還是老樣子，我不禁笑了出來。

「是禮金，老師不是要跟曉海結婚了嗎？」

『你怎麼會知道？』
「不久前聽我老媽說的。」
『不久前？但我們夏天就把結婚的消息告訴你母親了，在今治的煙火大會上。』
「她只是來跟我要錢的時候順便提到。」
『但曉海的婚事，不應該是「順便」提起的事情吧。』
「我媽就是這樣的女人啊。」
『原因我明白了，但禮金包這個金額未免太多了。』
「以前受過老師許多關照，這是我的心意。」
話是這麼說，但曉海仍在持續返還借款，所以這些禮金大約三個月後便會再回到我手邊，我忽然發現這實在有點蠢。
「哎，老師，能不能幫我跟曉海說，不用再還我錢了？就說那也算在禮金裡面。」
『那是你們兩人之間的問題，請你直接跟曉海說吧。』
「那很尷尬吧。」
『為什麼？』
「老師也不希望自己的妻子和前男友繼續保持聯繫吧？」
『不會的，因為我和曉海是互助會會員。』
我沒聽懂這是什麼意思，但事到如今也不打算問。
「怎樣都好，不過請你讓曉海幸福吧。」

『這樣你真的無所謂嗎？』

我一時無言以對。

「別跟我老媽說一樣的話啊。」

我開了玩笑，但北原老師沒有笑。

「恭喜你們結婚，這件事不跟曉海說也沒關係。」

再見。我掛了電話，保持原本的姿勢僵在原位一會兒，然後像電池耗盡似的，臉朝下趴在暖被桌上。都結束了，我感慨地想。暖意透過桌板，一點一滴滲到臉頰上，但我的內在早已空洞太久，沒有任何能夠溫暖的東西。我閉著眼睛，感受空洞的熱氣，起居室的拉門忽然打開了。

「原來『曉海』是你以前的戀人啊。」

我連反應的力氣也沒有。

「回來啦，上班辛苦了。」

還沒說完，通勤用的包包便飛了過來，掠過我身邊砸在牆上，裡面的東西散落一地。

「每個月二十六日，『曉海』都匯給你四萬圓。」

我的存摺也在其中，她是什麼時候拿走的？

事情往麻煩的方向發展，我皺起臉。

「我借了她錢。」

「原來你還有那麼多錢能借給人家？」

「以前有。」

「你什麼也沒買給我，結果為了那個曉海，就願意把整個戶頭的錢都捧給她。」

女人走進寢室。傳來打開壁櫥的聲音，過一會兒，她拿著紙袋和我的衣服回來，把那些東西往地上一扔。

「滾出去。」

我不知所措。離開這裡我沒意見，但女人正淚如雨下。我極不擅長應付女人的眼淚，母親被男人拋棄、趴伏在地上哭得悲痛欲絕的模樣，早已牢牢烙印在我內心深處，被女人哭著糾纏時那種難以言喻的沉重感也一樣。

「上個月是我生日。」

我對上女人不甘心的眼神。

「妳可以跟我說呀，那我也會——」

「要是真的喜歡對方，一般都會主動問吧。」

是這樣嗎？我從來沒有主動問過女生的生日，就連曉海也一樣，感覺不是愛或不愛的問題，單純只是我個性不夠細心而已。我對她感到抱歉，同時卻也覺得，要是為了生日這種小事嘀嘀咕咕，那從一開始就不要說什麼為你加油、支持你這種話了。這也是男人自私的一面之詞嗎？

「都這個年紀還吵著要過生日，你一定覺得我很蠢吧？」

「我沒有這麼想。對不起，是我太粗線條了。」

然而，相處得越久越突顯我們無法相互理解的問題，此時我卻發現自己沒有意願努力彌補這道鴻溝。我開始把她扔在地上的衣服塞進紙袋，她卻抓住我的手臂。

「對不起，我亂講的，剛剛是亂講的，你留在這裡。」

她淚眼婆娑地乞求，我內心的歉意和沉重感呈倍數膨脹。

「再這樣下去是不行的。」

「為什麼？我喜歡櫂，所以完全沒關係的。」

女人使勁抓住我。我輕輕拉開她的手，把衣服裝進紙袋。寢室裡還留著一些衣服，但無所謂了。女人跌坐在地，一臉筋疲力盡，臉頰上布滿潮溼的淚痕，我用襯衫袖子替她擦了擦。

「妳不要為男人奉獻太多心力哦。」

女人茫然仰頭望著我。

「給你添麻煩了嗎？」

「不會哦，我很感謝妳。可是，千萬別認為犧牲奉獻就能交換到愛。男人這種東西，把他們耍得團團轉、讓他們為妳奉獻還差不多。下一次記得這麼做哦。」

我替她撥開沾了淚水緊貼在臉頰上的頭髮。

「……櫂，你真的好溫柔。」

「謝謝。但這不是讚美，對吧？」

——你這不是溫柔，而是懦弱。

「我是說真的，之前從來沒有男人會對我這麼說。」
女人自己擦去了眼淚。
「最後，再回答我一個問題。」
「什麼？」
「你喜歡過我嗎？」
「嗯，喜歡過。」
這個問題真的讓我難受。
女人臉上唰地沒了血色。
「櫂，你喜歡的是我的名字吧？」
猛烈的一拳。我試圖露出笑容，卻只有臉頰難堪地抽搐了一下。
「那我走了，筱海。」
拿著為數不多的行李，我離開了女人的公寓。

我坐在深冬的公園長椅上心想，原來人這麼輕易地就會變得無家可歸。
外頭實在太冷，我只好打電話給母親。儘管不太情願，但在存到足夠租屋的錢之前，還是先寄住在她那邊吧，但她卻沒接電話。在妳孝順的兒子走投無路的時候，拜託也幫個忙吧。不過，母親確實也不曾在我有需要的時候對我伸出援手。
我到便利商店買了好幾瓶威士忌，姑且先到網咖避難。陰暗狹小的空間裡微微沾染著經久不散的油垢味，不過光是這裡足夠溫暖、能遮風避雨，就讓我鬆了一口氣。好了，明天之後該怎麼辦呢？帳戶已經空空如也，現金也所剩不多了。

——光是活著，怎麼就這麼麻煩。

起初我還把威士忌倒進網咖提供的紙杯裡喝，到了醉意漸深的時候便嫌麻煩，乾脆就著瓶口喝了。我什麼也沒吃，胃正在擰絞著表示抗議。我想著要不要去買個飯，這時手機發出震動，螢幕上顯示植木先生的名字。

『櫂，抱歉這麼晚才跟你聯絡。』

「聯絡？」

『昨天的訊息，你說你要引退。』

「啊……」我發出呆滯的聲音。那封愚蠢的訊息充滿了執念和自我表現欲，我沒想到植木先生居然還願意回應。我早已不是作家，植木先生也不是我的責任編輯了，他竟然還特地說「抱歉這麼晚才聯絡」——遇到這位責編，我的運氣真的很好吧。

「植木先生，先前一直受你關照，卻什麼也沒能回報，對不起。」

『請你不要擅自結束你的作家生涯。』

他加重語氣打斷我的話。

『你連一部作品都還沒有寫完啊。』

「要創作的話，我果然還是想跟尚人搭檔。」

我邊說邊仰望天花板，卻只看得到勉強容得下我一個人的包廂。

『……這……』

「你知道尚人最近過得怎麼樣嗎？」

即使我傳訊息過去，尚人現在也完全不讀不回。

『心理上的疾病很難痊癒啊。他的病情時好時壞，今年夏天我跟他父母打聽過近況，聽說他還是一樣把自己關在那間公寓裡。』

尚人不像我這樣揮金如土，先不提這對尚人而言是不是好事，但只要還有錢，他想繭居到什麼時候都可以。

『我們姑且不論要不要跟尚人搭檔，你是能寫作的人，我認為不一定要局限於漫畫原作。我每個月都會讀你的散文，雖然我的專業在漫畫這塊，說不出什麼細節，但我覺得你文章寫得很好，很有韻味。我記得那本雜誌還委託你寫小說吧？』

「都過五年了，結果小說也沒寫出來。」

我把威士忌灌入喉嚨，整個胃擰絞似的發疼。

『人人都有寫不出東西的時期，不必急於一時。我會等的。』

刺痛的胃太不舒服，一股煩躁感反射性地湧上心頭。

「為什麼對我這麼執著？怎麼看我都是個失敗者吧。」

『因為我喜歡櫂寫出來的故事。』

「就這樣？」

『是啊，沒錯。說到底，推動咱們編輯的就是這樣而已。』

植木先生用「咱」的時候，就是他說真心話的時候。我想回應他的心意，內心勉強還有點這種想法，手邊卻沒有能為此動用的任何一塊籌碼。胃部的痛楚又加劇了。

「植木先生，真的對不起。」

我下意識把手按上腹部，下一秒，一個炙熱的團塊在我體內成形，緊接著一陣劇痛，醉意朦朧的意識瞬間清醒。那團灼熱的東西衝上喉頭，我伸手按住嘴巴，卻為時已晚，發出微妙的作嘔聲把它吐了出來。

『耀？』

糟糕，把包廂弄髒了。我看向指縫間流下的嘔吐物，發現手掌染成了紅色。痛楚還在胃裡肆虐，好痛、好痛。怎麼回事？思維還來不及理解一切，我又嘔了一口，開始猛咳不止，把吐出來的血噴得到處都是。

『耀，你還好嗎？怎麼了？』

我無力回應，奮力爬出包廂。一個年輕女生正好從隔壁走出來，看見渾身是血的我便發出慘叫，人們一個個從附近的包廂裡冒出來。

「你沒事吧？」

店員趕過來問我。人都吐血了，怎麼可能沒事——我沒有怒吼，只是將智慧型手機交給店員，由店員向植木先生說明了情況。

「這位客人，電話裡的人說他馬上趕到。」

我卻並未因此感到心安。尚人也好、我也好，真是專給責任編輯找麻煩的二人組。

「怎麼不乾脆死了算了」的怒火，「要是真死了曉海和母親會不會為我難過」的自虐，「我真的要死了嗎」的恐懼盤根錯節地交織在一起。

最後只匯聚為一點。

——太難堪了。

井上曉海　三十歲　夏

每一次來到書店，總是情不自禁尋找櫂是否推出了新的漫畫。最近堪稱社會現象級的當紅作品，在漫畫區最醒目的地方堆成一座小山。好幾年前，這裡堆著的是櫂和尚人的漫畫。

炙手可熱的話題作品不斷推陳出新，世人早已把櫂他們創作的漫畫拋在腦後，而當年那個事件也一樣。當時那麼義憤填膺的群眾，究竟都去了哪裡？我忍不住覺得，櫂他們就像被當成了某種無法言說的、集體情緒宣洩的出口。

「北原老師，久等了。」

我買好了母親需要的書，喊了在參考書賣場看書的北原老師一聲。我們兩人一起回到車上，由北原老師負責開車，準備前往松山。

「這樣伴手禮都買齊了嗎，要不要買些點心？」老師問。

「沒關係，媽媽主要是想請大家吃島上的魚。」

放在後座的保冷箱裡，裝滿了新鮮捕撈的漁獲。

「量確實不少。」

「畢竟準備了八人份。不曉得媽媽在那邊過得好不好。」

這是我半個月來第一次見到母親。不知道這次見到她會是什麼模樣，我懷著滿滿的不安，前往距離松山市中心約三十分鐘車程的「向陽之家」。

「這淡紅色還真漂亮。」

母親打開保冷箱，雙眼閃閃發亮。

「鯛魚果然還是島上的最好吃，彈性完全不一樣。這個做成生魚片，晚餐請大家吃吧。黃雞魚可以醬煮或鹽烤，或是做成剁魚生也不錯。」

母親手腳俐落地檢視著埋在冰塊裡的鮮魚，這時傳來一聲「我們回來了——」，兩位和母親年齡相仿的女性走進「向陽之家」的客廳。是去健走了嗎，她們一身運動外套搭配鴨舌帽的打扮，顯得健康又年輕。

「啊，妳好，這位是志穗的女兒？」

「哇，這魚看起來好新鮮。」

兩人湊近往保冷箱裡看，笑了開來。

「我媽媽平常受各位關照了。」

我低頭打了招呼，兩人滿面笑容地說「沒有沒有」。

「里江、和美，這些魚今天我煮來給大家當晚餐哦。」

「我們也可以吃嗎？」

「就是想請大家嚐嚐看，我才叫女兒帶過來的。」

我不知多少年沒見過母親和同年齡的女性開開心心地談天了。

從七月初開始，母親搬到位於松山的共居住宅體驗入住。母親精神狀況不穩定，我本來很擔心她到了陌生的土地能否與人和諧相處，不過在沒有任何人認識自己的地方，母親日漸恢復了原本開朗的性格。我終於明白，原來在想要隱藏的事物也無所遁形的地方，一個人很難揮別過去重新出發。

由獨戶建築改裝而成的「向陽之家」住著八位居民，全都是五、六十歲的女性。這是一棟私人共居住宅，專門為了還不需要生活照護，但一個人獨居又太寂寞，希望與室友互相幫助、充實度日的中高齡房客打造，住戶也可以到附近的農園打工賺取收入。母親來找我商量，說她想搬到這裡住住看的時候，我吃了一驚。

——共居住宅？妳認真的嗎？

她從幾年前開始就說想搬家、想離開這座島，一直在這狹小的生活圈內被視為「遭到丈夫拋棄的可憐人」，早已使得母親疲憊不堪。但是考量到經濟問題和身體狀況，我一直覺得難以實現。

——是北原老師去找了很多資料告訴我的。

自從那個夜晚在海岸邊聊過之後，北原老師開始不時到我家露面。母親患病之後一直相當孤僻，卻不排斥北原老師的來訪。

一方面也是小結跟我熟識的關係，週末他們父女倆有時也會一起來我們家吃飯。作為回禮，北原老師會替我們修理檐溝和防雨門的滑軌等等，幫忙一些需要男性人手的工作。回過神來，北原老師已經自然而然融入了我的生活。

——老師，晚餐想吃什麼？

——好吃的都可以。

——這是最困難的要求耶。

北原老師修剪著院子裡長得像叢林一樣茂密的花木，我把掉下來的枝葉塞進袋子裡的時候，母親就坐在緣廊，心不在焉地看著我們。

——妳最近表情都不一樣了。

當晚，母親在我摺衣服的時候這麼說。

——有個人保護自己，心裡果然比較踏實哦。

我沒有讓他保護——話還沒說出口，我便因為自己理所當然地想到北原老師而感到困惑。自從北原老師開始到我們家拜訪，晚上我不再到海邊喝酒了。「要去的時候請叫上我。」老師對我這麼說，雖然不曾真的找他來喝酒，但我想能改掉這個習慣，都要歸功於「需要的時候有人願意過來陪伴」的安心感。

——妳跟北原老師在交往吧？

——沒有。

這一次，我毫不猶豫地回答。我還對櫂念念不忘，最重要的是工作和經濟上的問題堆積如山，我沒有任何多餘的時間和心力談戀愛。

——曉海，妳不用在意媽媽哦。

——就說沒有了，我和北原老師是——

——媽媽覺得很高興。

我停下手邊摺衣服的動作。

——上一次感覺到高興，也不曉得是多少年以前了。

母親臉上不知怎地帶著如釋重負的表情。

——明明全都是自己的錯，媽媽之前卻很怕妳。讓妳背負債務也好、跟青埜分手也好，林林總總的事情，全部都讓我很害怕、又覺得很抱歉，也顧不上其他事情。

母親慢慢說下去，一句一句，像解開糾纏的絲線。處理自己的情緒費盡了她的全力，她顧不得周遭，一回過神來，女兒就變成了一個神經緊繃、面色凝重的女人。再這樣下去，自己將會毀了女兒的一生，卻怎麼也找不到出口。

——不過，最近妳的表情越來越柔和了，我看了覺得好開心，才想起來，啊，我是這孩子的母親啊。

我呆愣地聽著母親娓娓道來。

——然後我終於發現，再這樣下去是不行的。

母親站起身走了過來，和我面對面。

——曉海，對不起，一直讓妳獨自奮鬥。

她把手放在榻榻米上，朝我低下頭，我急忙抓住母親的肩膀扶她起身。「突然說這什麼話呢。」我嘴上這麼說，眼淚卻不知為何撲簌簌地溢出眼眶。明明發誓過再也不哭，卻忍不住淚水。對不起、對不起，我們對彼此道著歉，在漫長而黑暗的隧道前方，看見孤零零的一點亮光。距離仍然遙遠，但當下我只感受到終於看見一線希望的喜悅。

——那太好了。

我把這件事告訴北原老師，他像平常一樣淡然地替我感到高興。在那之後不久，母親便告訴我，說她想考慮搬進「向陽之家」了。

到了下午，我們兩個人一起在共同住宅的廚房做料理。這麼多年來，我已經看慣了母親像尊石頭一樣動也不動，所以光是看見她手腳俐落地處理魚肉，就讓我泫然欲泣。

「那媽媽，妳還是想住在這裡嗎？」

「是啊，大家都是很好的人，也沒有人會隨便探問隱私。」

過得自在最重要，媽媽直爽地說。

「那妳呢？看這樣子，總該是在交往了吧？」

母親看向吧檯另一側，正在和其他居民聊天的北原老師。他雖然是個怪人，卻不知怎地很受年長女性歡迎。

「嗯、這個嘛，可能……算是吧？」

我回得含糊，卻算是承認了。

「打算結婚嗎？」

「這個嘛，要考慮的很多，之後再說。」

我含糊其辭，媽媽停下手邊的工作看向我。

「是啊，確實很多事得考慮。」

很多原因、很多顧慮，活著總有很多事一言難盡。

我們倆默默並肩切著食材。

「雖然讓妳吃了那麼多苦，說這個已經太遲了，但媽媽還是希望曉海妳幸福。」

「……嗯，謝謝。」

幸福。我已經裝作視而不見太久，忘了它原有的形貌。我必須回想起它在我心目中的形狀，只屬於我，而不是其他任何人的定義。

踏上歸途的時候，已是傍晚偏遲的時間。在黃昏朱紅與深藍彼此雜揉的天色下，母親和「向陽之家」的居民們站在一起朝我們揮手，大家的身影在後照鏡中越來越小。

「不知不覺待到這麼晚了。」

我呼出一口氣，靠上椅背。

「媽媽說，她搬進這裡的想法沒有改變。她好像過得輕鬆多了，整個人非常自在，我也沒想到她會變得這麼有精神。北原老師，這都是多虧有你幫忙。」

謝謝你，我再一次向他道謝。

「不用這麼客氣，她以後也是我的岳母了。」

正當我思考該怎麼回答，北原老師不著痕跡地補充：

「當然，前提是曉海妳的決定也沒有改變。」

不久前，老師對我的稱呼從「井上同學」換成了「曉海」。這件事對母親說不出口，其實我們已經跨過交往階段，開始討論結婚了；但老實說，我卻不太明白北原老師究竟是不是我的戀人。

「我的想法沒有改變。只是在想，這樣真的好嗎？」

「妳指的是？」

車子在斑馬線前方暫停，一個老婆婆緩緩穿越馬路，途中她停下腳步，向我們點頭致意，北原老師也有禮地點頭回應。

「要是和我結婚，未來也會被指指點點哦。」

「別人怎麼想都無所謂吧。」

確認老婆婆平安穿過馬路，北原老師才緩緩開動車子。北原老師彬彬有禮、溫柔善良，同時卻在與這種沉著穩重毫不相干的另一個次元，認為被別人如何看待都無所謂。

自從和自己的學生談了戀愛、決定獨自撫養她生下的小結那天起，他便拋開了除此之外的一切，認定「除此之外的一切都無所謂」，某種意義上是個冰冷肅殺的人。我們兩人開始聊起各種話題之後，我才慢慢了解到這點。

——要不要和我結婚？

所以，當我得知他那一晚這麼說是認真的，我非常驚訝。

面對我的困惑，北原老師果然還是說了和那一晚同樣的話。

——我們各有各的欠缺，要不要和我一起互助合作？

——採取結婚的形式，我就能在經濟上幫助妳。

確實，我多數的不安和不滿來自於金錢上的因素。可是，那我可以幫助北原老師什麼呢？他和我結婚又能獲得什麼好處？

——我很害怕未來要一直孤單一個人活下去。

——老師你不是還有小結在嗎？

——小孩歸小孩，父母歸父母。要是把小孩當作附屬品，會釀成悲劇的。他說得沒錯，我也是被捲入悲劇的其中一人。

——妳不害怕獨自活下去嗎？

——我害怕。

這題我倒是答得乾脆。公司和刺繡蠟燭兩頭燒，我才好不容易支撐起我和母親兩人的生活，但母親無論如何都會先我一步離世。到了那時候，我會是幾歲？做為女人已經年老色衰，做為一個人，也沒有穩定的工作和儲蓄。等著我的，說不定是獨自度過中年到老年漫長的時間，沒有任何保證的人生。身強體壯的時候還無所謂，一旦患上嚴重的疾病又該怎麼辦？屆時我能忍受那種孤獨嗎？

老師會說我想太多嗎？但那毫無疑問是我的現實。活著是多麼令人恐懼的一件事，在看不見盡頭的黑暗之中，潛伏著各種怪物——工作、結婚、生育、衰老、金錢。無力搏鬥的我只能遮住雙眼，蹲在原地。

——既然如此，要不要跟我一起生活？

這句話與愛情或熱戀截然不同，卻比什麼都更能夠拯救我。

同時我也心想，如果無論和誰、和什麼東西都能結婚就好了。和男人、和女人、和寵物、和故事中的登場人物，即使理由不是出於戀愛，只要當事人同意，如果三個人、四個人也能一起結婚就好了。不能結婚也沒關係，只要和結婚有著同等的保障就好。即使在戶籍資料上不是配偶，也請讓他們幫我簽手術同意書，在我病危的時候放他們進病房。我希望能把遺產順利轉讓給我想轉讓的人，希望婚後姓氏能自由選擇，想變更姓氏的人就變更，不想變更的人也可以保持原狀，希望除此之外數不清的麻煩、不講理的規定統統消失。

——總之，我們就先當作是一起加入了互助會吧。

這個說法，像那一晚一樣讓我放鬆了肩膀。雖然一點也不浪漫，但目的明確，聽起來莫名有點溫暖，我很喜歡。我和北原老師加入了會員兩名的互助會，約好在人生的路上彼此幫忙。

北原老師和櫂完全不一樣。我和櫂之間是戀愛，我們年輕氣盛，凡事不願相讓，無法彼此扶持。如果換成是現年三十歲的我又怎麼樣呢，有辦法和他互相謙讓、彼此照顧嗎？我永遠不會知道答案了。北原老師和櫂位在完全不同的地方，因為永不重疊，所以互不衝突。櫂仍像伸手不可及的星星，時時高掛在那裡。

和北原老師結婚的事情進展得極為順利。北原老師最近常在下班後順便來我家，我們兩人邊吃晚餐，邊討論各種安排。

「我知道了，那我工作這邊就先以原本的姓氏繼續，戶籍在今年內登記。」
「婚禮妳有什麼想法嗎？」
「我覺得不用辦也沒關係。」
「真的嗎，妳是不是太客氣了？我聽說很多女生不見得在乎結不結婚，但一輩子總想穿一次婚紗看看，婚紗和結婚是兩回事。」
「我好像不太有那方面的願望。」
北原老師從餐桌對面仔細端詳著我，確認過我一身T恤搭牛仔褲的隨意打扮，理解似的點點頭。和櫂交往的時候，我為了和東京的女孩子競爭而努力打扮自己，但現在覺得衣著只要整潔、方便活動就好。我本來就不是愛漂亮的類型，北原老師也不修邊幅得恰到好處，正好樂得輕鬆。
「那接下來就是住家了。要在我家生活的話，必須為妳準備一間工作室才行。」
「咦，沒關係的，特地騰出空間太不好意思了……」
「話不能這麼說。既然妳結婚之後打算專注於刺繡工作，要把它當成正職的話，必須有個可以專心工作的地方。這不只是為了妳好，假如妳在起居室忙工作，我和結也沒辦法好好放鬆。所以，我想還是有間工作室比較好。」
原來如此，這不是該客氣的時候。北原老師是個在體貼與理性之間找到平衡點的人，這在共同生活上是很大的優點。
「看要使用空房間，還是在院子裡蓋一間別屋，妳比較偏好哪一種？」

「這要不要和小結一起討論過再決定？」

「好呀，敲定之後就請裝潢公司來吧。」

一切都順利得驚人。進展太順利了，反而令我不安，不明白至今為止的停滯都是怎麼回事。因為沒有任何不滿而感到不安，太愚蠢了。

八月，我、北原老師、小結三個人一起到今治參加煙火大會。小結念了松山的大學，說她將來想當公務員，理由是遇到突發事件還可以一個人活下去。

「小結，妳想一個人生活嗎？」

「沒有耶。我只是希望自己一個人也能活下去，但不想孤單一個人。」

她若無其事地回答。我想也是，我露出苦笑。

「所以曉海姊和我爸也才會想結婚，對吧？」

在我們正式告知之前，小結就跟我們說了恭喜。

「以前我就一直覺得，要是曉海姊是我的姊姊就好了，倒是沒想到妳會變成我媽媽。曉海姊，雖然我爸這副樣子，還是請妳多多關照了。」

小結向我彎腰行了個禮，我也回以一禮說，我才要請你們多多關照。

「我在妳心目中到底是哪副樣子啊。」

北原老師小聲咕噥，我和小結一塊笑了出來。這時，頭頂上傳來響亮的煙火聲，所有人一同仰望夜空，歡呼聲此起彼落。

「……好漂亮。」

望著在濃紺色夜空裡炸開的大朵煙火，我喃喃這麼說。仰頭望向身旁，我對上北原老師的視線，他面帶沉穩微笑，彷彿在說「是啊」。從煙火秀的中盤開始出現造型煙火，剛才那是魚嗎？應該是蝴蝶結吧？我們把臉湊在彼此耳邊這麼討論著，小結偶爾回過頭來，發出作勢起哄的口哨聲搧著團扇。

我覺得好不可思議。我和櫂無論再怎麼努力都只能分道揚鑣，明明交往了那麼久，卻連煙火都不曾好好看過一次。不過是區區的煙火，這小事在我心中卻難以抹滅。無論再怎麼喜歡對方，有些人就是無法走在一起。內心浮現「命運」這個詞，像個小女生一樣的自己令我想笑。

「啊，是八朔大福。爸爸，買給我吃。」

看完煙火，我們逛著攤位時，小結停下腳步這麼說。

「妳是準備獨立的大學生了，自己買。」

「小氣鬼——」小結鼓起臉頰。我心不在焉地看著攤位，回想起高中時曾經和櫂一起去尾道約會的情景。

名產八朔大福不如傳聞中好吃讓我們笑了出來，不過來這裡必喝的檸檬水確實很好喝，裡頭加了整顆檸檬果實，喝完嘴裡留著好多種子。尾道拉麵也很好吃，我們約好還要再來，結果之後再也沒來過。

「妳還好嗎？」

「咦？」

「如果累了，我們先回車上吧。」

「沒關係，我沒事。」

和即將成為我丈夫和女兒的人並肩走在一起，回想起的卻都是舊情人，這種話我實在說不出口。我垂下視線，北原老師輕拍了拍我的背。

「有些事忘不掉，也不用勉強自己忘記哦。」

原來他都發現了，我焦急起來。我該找些藉口比較好嗎？可是我編的藉口，一定馬上就被北原老師識破了，既然這樣——

「北原老師，你不會想起小結的生母嗎？」

「怎麼突然問這個？」

「我覺得只有我被看透不太公平。」

「這理由還真有意思。」北原老師笑著說：

「不久前，我在今治的超市看見她了。」

咦？我看向身旁，北原老師補充說，我覺得我看見了。

「過了這麼久，我還是一直在找她。」

意思是，北原老師一直把她放在心上，不存在足夠「想起」的間隔。

蘋果糖、刨冰、章魚燒，在熱鬧的攤位和人群當中，我懷著孤單一人的心情往前走。

不可思議的是我並不感到寂寞，我身邊有個同樣孤單的人。

「包含這方面在內，讓我們彼此扶持吧。」

這話措手不及地說進我心裡，我抬頭看向北原老師。

「怎麼了？」

「沒有，只是想到，我真的要跟北原老師結婚了。」

我唐突地有了實感。我心裡還有櫂，北原老師想著小結的母親，我們各有思念的對象。在這個崇尚愛的寶貴、愛能拯救地球的世界，我們的愛卻拯救不了任何東西，真要說起來，它更接近一種詛咒。我們都懂得這種痛苦，所以對彼此感到親近，像看見同一條根系開出的另一朵花。這樣的我們互相依靠、彼此扶持著活下去，感覺是如此理所當然。

「曉海——」

忽然有人喊我的名字。我環顧四周，櫂的母親穿著淡紫色浴衣，從人群中跑來。「好久不見了——」我還在驚訝，她已經興高采烈地拉起我的手。

「妳過得好嗎？這是幾年沒見了呀？妳比以前更漂亮了。」

她拉著我的手上下搖晃，我只能點頭回應。

「妳和櫂分手幾年了？我們家那個真是傻孩子，真抱歉啊，那孩子後來——」

我不想聽。在我這麼想的瞬間，話已經脫口而出。

「我要結婚了。」

我攬住站在斜後方的北原老師的手臂，把他推向前方說，就是這個人。

「咦?這不是櫂高中時候的,呃……北原老師?要和曉海結婚呀?」

「好久不見。是的,沒有錯。」

聽見北原老師的回答,櫂的母親「咦——」地發出驚詫的聲音。

「是這樣啊?哎呀——哎呀,真是嚇了我一大跳。」

吵鬧一陣之後,櫂的母親欠了欠身說,恭喜你們。

「我本來希望曉海嫁到我們家當櫂的新娘子呢,不過這也是緣分吧。那孩子之前境遇也還算不錯,只是……還是曉海妳聰明。要幸福哦。」

我感覺像被極細的針尖刺了一下。櫂的母親沒有惡意,但我明白,「聰明」這個詞是「冷酷」下意識的代換。只從客觀情況判斷,外人難免覺得是我捨棄了前途不再光明的櫂。

「果然還是公務員安定,很不錯呀,女人就是得精明一點才行。」

我不知該如何回答,只回以模稜兩可的笑容。

「好了,別說那麼多多餘的話,跟人家說恭喜就好啦。」

在她身邊的達也先生介入談話。我說了聲「好久不見」,低頭致意,達也先生合掌回了我一個「抱歉」手勢,櫂的母親一臉不解。

「哎呀,總之可喜可賀。我也會告訴櫂的。」

我掛著笑容的嘴角抽了抽。明明是我主動告知了結婚的消息,卻不禁希望她不要轉達。櫂原本還會不時傳訊息來說希望跟我復合,但不知何時開始,類似的訊息也斷絕了。

現在，每個月返還的欠款已經是我和櫂之間僅存的聯繫。但這一次，真的要說再見了。

我到底要跟櫂說幾次再見呢，我邊想邊感到好笑。原來我此時此刻也仍然喜歡著櫂，喜歡得必須下定決心，一次又一次把再見說給自己聽。在告知了和北原老師結婚的消息之後，我才認知到這點。

對我而言，愛並不呈現溫柔的形狀。請你一定要過得好、請你幸福、除了我以外不要愛上任何人、不要忘記我。愛和詛咒和祈禱是如此相似。

青埜櫂　三十一歲　夏

我被送進醫院，接受精密檢查，結果診斷為胃癌。

我的頭腦瞬間一片空白，不過醫生說目前是第三期，先做胃部切除手術和化療觀察看看。看來不會立刻死亡，我先是鬆了一口氣，但這種狀況哪裡還能安心，亂七八糟的思緒隨即一湧而上。

「聽說人的幸與不幸都有定量，到了死亡那一刻每個人帳面上的損益都會持平，不曉得是不是真的。」我說。

「騙人的，只是給不幸的傢伙帶來一點希望的便宜之詞。」

尚人盤腿坐在沙發茶几前，吸著杯麵答道。

「世界上充滿了正向的格言嘛。信者得救、禍福相依，櫂你只要撐過胃癌，說不定前方又有莫大的幸福在等著你哦。」

「那種幸福的未來我完全無法想像。漫畫原作家的經歷根本無法適用到其他行業，像我這種年過三十歲、沒學歷也沒履歷的大叔還能幸福，日本才不是那麼好混的國家好嗎？」

「失敗過一次的人，在這個國家確實很難挽回。」

「怎麼說得事不關己啊，你也一樣。」

「因為我已經放棄人生了。」

尚人把杯麵連著湯汁喝光，把塑膠湯匙插進微波加熱過的調理包咖哩，零食在可樂旁邊待命。

那場騷動之後過了六年，原本瘦削頎長、打扮時髦的尚人早已不在。他服用大量抗憂鬱劑，多到令人懷疑吃這麼多藥是否真有必要，因為藥物副作用和暴飲暴食而胖了二十公斤。臃腫遲緩的軀體穿著的是老舊磨損的休閒上衣和棉褲，袖口起著無數的毛球。

——原來疾病會改變一個人這麼多。

如此感嘆的我自己也是病人，彷彿看見了自己的未來似的，令人意志消沉。

「櫂，你也吃點什麼吧，你不是從早上就沒吃過東西？」

「不用，反正我沒胃了。」

「不是還剩下三分之一嗎？」

半年前的手術，切除了我三分之二的胃。這確實難受，但在那之後的化學藥物治療更是讓我差點往生，感覺在罹癌死掉之前我會先死於副作用。

「粥呢？我有哦，雖然是調理包。」

「不用，太麻煩了。」

胃部切除之後造成的傾食症候群也非常不舒服。吃過東西之後會噁心想吐、出現倦怠感，嚴重時會暈眩到無法站立，我因此更不想吃東西了。

「連吃東西都嫌麻煩，你簡直是死人了。」

死了也好——我正想這麼說，又住了口。我跟尚人借了手術費和住院費用，現在甚至還住在他家當食客，實在不該說這種話。我很感謝尚人。

那場騷動之後尚人一直把自己關在家裡，無論周遭再怎麼鼓勵他復出都沒用，但一接到植木先生的聯絡，得知我快死了，尚人立刻告訴無家可歸的我說，「來我家吧。」

——因為當時是我發生那些事情，你才被捲進來的。

尚人似乎將這視為那些往事的賠禮。但事情不是這樣，我明明有好幾次復出的機會，是我自己沒有好好把握。聽我這麼說，尚人露出苦笑。

——我聽植木先生說了。你為了跟我搭檔，把最好的故事束之高閣。

我忍不住咋舌。那是我的問題，沒有必要告訴尚人。

——不是那樣，只是我當時不想寫那個故事而已。

——權，你還真是溫柔。

尚人好笑地撇了撇嘴。

——但那種溫柔拯救不了任何人哦。

我想也是，我聳聳肩膀。這話我已經聽習慣了。我淪落得落魄潦倒完全是我自己的錯，尚人不必感到任何一絲抱歉。

罹癌的事情，我姑且告知了住在今治的母親。

——騙人的吧？為什麼？不要這樣。

——不要說這種話，不要，好可怕。

——那我之後該怎麼辦才好？

母親這麼說著，哭得聲淚俱下，反而變成我在安慰她：妳還有阿達在啊，妳要跟他白頭偕老地走下去。我實在拿女人，特別是母親的眼淚沒有辦法。

從那之後，我沒再跟母親聯絡，她也不曾主動聯絡我。她的處事原則還是老樣子，碰到討厭的事情就不想面對。與其說是母親，她更像一包沉重的行李；但我仍然把這樣的人視作血親，只說句「真拿她沒辦法」就加以原諒，也同樣是積習難改了。

每個人出生時，各有各自被賦予的東西。或許是閃耀的寶石，又或許是扣在腳踝上的鉛球。那無論是什麼都無法拋下，恐怕是牢牢鑲嵌在我們靈魂裡的東西吧。從出生直至死亡，我們每個人都是一邊喘息，一邊拖著自己的靈魂前行。

難以成眠的夜裡，我把這些寫成散文，當我跟繪理說這文章太自我陶醉、我想修改的時候，卻被她拒絕了，說沒必要修正。我抗辯說寫出這種東西讓我羞恥，她反而生氣地訓我說，作家不是就該把自己最羞恥的部分公諸於世才有價值嗎？這些編輯實在是——

當我躺在沙發上的時候，智慧型手機響了一聲，通知有新訊息。一打開，是來催稿的，說截稿期限是今天上午。

「糟糕，我忘了工作。」

我撐起困乏的身體，打算回房間去。

「櫂，我要採買，你有什麼需要的嗎？」

「沒有。」

「嗯，知道了。」

吃完的空杯麵容器也不收，尚人走向起居室一角的桌上型電腦，坐上包裹住整個身體的電競椅，戴上耳機。在這之後，尚人便不會再從假想空間裡出來。

明明是大白天，這個家卻總是窗簾緊閉，各處堆放著網購的瓦楞紙箱。在布滿灰塵的陰暗房間中，尚人只面對電腦，我凝視著那道背朝著我玩遊戲、像座小山一樣的背影。

尚人不像我那樣揮金如土，現在他還有錢，而那些錢持續把尚人關在這屋裡。剛開始是因為那場騷動受了打擊才足不出戶，但憂鬱症使其惡化，此刻或許就連尚人自己，都不明白自己為什麼無法出門了。

需要的日用品在網路上訂購，每天靜靜打遊戲，靜靜吃飯，靜靜入睡，結束這一天。我明白尚人的心情。一旦情緒有所搖擺總忍不住想大吼大叫，所以輕手輕腳地活著，以免滿到玻璃杯緣的水溢流出去。尚人和我果然是氣味相投的搭檔，兩人都沒有半點希望。

我回到自己房間，「嘿咻」地打開筆記型電腦。沒吃什麼東西，身體攝取不到營養，做什麼事都覺得費勁。打開寫到一半的原稿檔案，標題是〈這十招讓你百發百中攻陷女人心〉。專情地追求她讓她回頭，出外旅行用餐付帳不小氣……我一項接著一項寫下去。光是跑來閱讀這種文章就不可能攻陷什麼女人了好嗎，我邊想邊堆砌字數，大約花了三十分鐘寫完，把檔案寄了出去。內容姑且不論，從賺錢的意義上來說，我比罹癌之前更認真工作。

雖然拜尚人所賜，我不必餐風露宿，但我已經決定要還清借款，也必須賺取治療費用。儘管保險能理賠，不過化療費用並不便宜，需要體力的打工我也做不來，所以隨便掛了個筆名，擔任網路文章的寫手。這是繪理介紹的工作，因此報酬不錯，真是幫大忙了。那個裝腔作勢又自卑地說著我不會寫文章、我不是作家的我已經不在了，現在的我為了活下去、為了賺錢而寫。

但我並不想長命百歲，「因為死不了才活著」或許更貼近我的真心話。傾食症候群發作，要死不活地倒在床上的時候我會想，假如可以就這樣慢慢衰弱、慢慢死去該有多輕鬆。

在心灰意冷的時候，我還是情不自禁地翻看存摺。曉海仍然每個月固定匯給我四萬圓，我一方面覺得她不必歸還，卻也把這當成連結我們兩人的絲線，現在則成了能在現實層面上援助我的金錢，回到我手邊。借給曉海的這筆錢在不同時期變換成不同樣貌，一直都是我的支柱，簡直像曉海本人一樣。

——雖然這也快結束了。

欠款剩下五十萬左右，再過一年，我們的緣分也要斷了。

或許是想著這件事的關係，我鬼使神差地在手機上搜尋了「井上曉海」，結果沒想到出現了好幾筆搜尋結果，躺在床上的我驚訝地坐起身來。原以為是同名同姓，但連照片都搜到了，就是曉海本人。

那是知名時尚雜誌的文章，照片上的人沒有露出這類報導上常見的滿面笑容，而是一本正經地把嘴抿成了一條線，凝視著鏡頭，很有曉海的風格。報導附上了作品照片，珍珠和施華洛世奇水晶覆蓋了新娘頭紗的整片下襬，緻密而細膩，當真讓我看得出神。照片旁邊的介紹文字寫著，她是「備受矚目的刺繡家」。

「……好厲害。」

我不禁出聲嘆道。二十幾歲時年輕的我，曾用居高臨下的眼光斷定這個夢想無望，曉海卻把它實現了。她一面在公司上班，一面照顧母親，一面償還借款，背負著不必要的重擔，是一步一步爬過來的。儘管諷刺，但夢想破滅的我知道那有多辛苦。

「……她真的好厲害。」

我發自內心感到高興，視野逐漸模糊。

曉海是如此認真而不懂變通，自己的未來被扭曲明明不是她的錯，她卻不知該如何自處。有段時期，她也曾經把我們之間的戀愛當成唯一的寄託。為了和東京女孩競爭而穿上不合適的衣服，儘管注意到我出軌卻不敢指責，對我來說她比誰都更惹人憐愛，但從客觀角度來說，或許稱不上是個富有魅力的「好女人」。

可是，照片上的曉海卻變得如此帥氣。不同於一直讓曉海受苦的我，她和北原老師的生活一定很幸福吧。我所知的曉海，一定已經不在了吧，不存在於世上任何一個角落——我發自內心喜不自勝，又悲從中來，在這個瞬間產生了想死的念頭。要是生命能在最高昂又最低落的心情中結束，那是最幸福的。可是，即使如此，死亡也並不簡單，無論明天、還是後天，想必我還是會忍受著身體各處的疼痛，苟延殘喘地活下去吧。

「無論過了多久，人生總是很難如願啊。」

我呼出一口大氣，走出房間。打開通往起居室的門，散亂的空間和拒絕著整個世界的肥厚背影映入眼中。

「尚人。」

我喊了一聲，他沒有反應。我大步走近，強硬地摘下他的耳機，尚人渾身一抖，回過頭來，埋在肉裡變得細窄的眼睛怯懦地看著我。

「來喝酒吧。」

見我咧嘴一笑，尚人眨著眼睛。

「哎，你看這個，很厲害吧？是曉海。」

我把智慧型手機塞到尚人眼前。

「曉海？」

「我的前女友，我們還常常一起玩不是嗎？」

「我記得。你拿太近了，我看不到啦。」

尚人從我手中奪走手機，重新閱讀螢幕上的報導。

「真的耶，是曉海。」

「對吧、對吧，很厲害吧。她當上專業的刺繡家了。」

「哇，當年那個土裡土氣的女生，真想不到。」

尚人佩服地點著頭。

「你說誰土啊。」

我啪地往尚人頭上搧了一巴掌。

「哎，我們來替她舉杯祝賀吧。」

「你聯絡得上曉海？」

「哪有可能。我是說現在，我們兩個人喝。」

「櫂，你能喝酒？」

「不能，但我想喝。」

「明明你連吃個粥都會吐？」

「喝了之後死掉也沒關係，我的心情現在來到了最高點。」

尚人微微睜大那雙變得細窄的眼睛。

「……最高點嗎？嗯，原來如此。」

尚人站起身，打開廚房旁邊的食品櫃。裡頭塞滿了即食食品和飲料，也貯存了大量酒類。抗憂鬱藥和酒精水火不容，但尚人早已不在乎這種事，我也一樣。

我們把殘留湯汁的杯麵容器、暴露在空氣裡受潮發軟的零食、飲料空罐推到一邊，打開香檳，瓶口發出爽快的「啵」一聲。

「乾杯──」

我喧鬧著舉起酒杯，尚人點點頭回應，算是給了我一點面子。

在單純的喜悅被複雜的悲傷趕上之前，我想快點喝醉。許久沒碰的酒精轉瞬間流遍全身，我的意識開始浮遊。

「尚人，喝啊。」

「我有在喝。」

「再喝多點。」

我咕嘟咕嘟地把香檳往尚人的杯子裡倒。香檳倒了個精光，我隨便拿了紅酒和白酒來，直接用原本的玻璃杯繼續喝，這時肚子開始痛了。不出所料，是傾食症候群。但我還是不以為意地喝著酒，今晚即使死了也要喝。

「哎，櫂，我想拜託你一件事。」

尚人睜著睡意惺忪的眼睛，在沙發茶几上撐著臉頰說：

「能不能幫我搜尋那個人的名字？」

不必問，我也知道他說的是誰。

「我實在不敢搜，無論如何，都沒有勇氣自己去查。」

尚人垂下眼。我用自己的手機輸入「安藤圭」，莫名地連我也緊張了起來，肚子痛得更厲害了。畫面立刻切換，搜尋結果頂端是一個 Instagram 連結，一打開，便看見小圭笑著站在花店門口，懷裡抱著一束玫瑰。簡介上寫著，他在英國的花店工作。

「他也還好好活著啊。」我說。

小圭二十四歲了，但靦腆的笑容仍然一如往昔。

「原來，小圭在往夢想前進了啊。」

「夢想？」

「他很喜歡花，說想成為花藝設計師。」

尚人的臉泛起一點紅潮，不是酒精的影響。

「好美啊。」

不曉得他說的是花，還是過去的戀人，或許兩者皆是吧。尚人淺淺笑著，讓我頗為驚訝，我有多少年沒見過尚人笑了？

「櫂，願意跟我乾杯嗎？」

「當然，要乾幾杯都行。」

我們往彼此的杯中斟了滿滿的酒，毫不客氣地碰杯，水面晃蕩，酒都從杯緣溢了出來。我說「都滿出來了」，他回「很好啊」。也是，我說著，兩人一起將酒一飲而盡，再倒酒，再喝。尚人一直笑著，我的情緒越來越激昂。

「哎尚人，我們再一起畫一次漫畫吧。」

酒精隨著腹部的痛楚急速滲入大腦，我仗著酒意這麼說。

「漫畫啊。」

尚人凝視著空無一物的半空。

「要創作漫畫的話，我只想跟你搭檔。」

「我畫不出來啦，已經六年沒握筆了。」

「跟那沒關係。」

「有關係。要把自己想表達的事物準確表達出來是需要技術的。」

還在業界大顯身手的時候，尚人的畫功堪稱出神入化。還曾經有網路上的讀者留下「這部炫技的畫風讓人不爽，漫畫重要的是萌點」這種感想，尚人看了嗤之以鼻，說：「他以為他在看同人誌？」

「技術確實重要，但我還是覺得那不是重點。」

「不懂你的意思。」

「重點不在於技術好或不好，創作漫畫、創作故事重要的是——」

我停下來想了想，往疼痛的腹部深處、再更深處，用「我」這個生物的核心思考。

「是靈魂。」

我們面面相覷，過幾秒，尚人噴笑出來。

「抱歉，太難為情啦。」

尚人說道，晃動胖得把休閒服撐繃的肩膀笑個不停。我仍舊一臉正經地說：

「不然是什麼？沒有靈魂什麼也寫不了，就算寫得出東西，那也像輕飄飄的一反木棉妖怪一樣沒有分量。這種故事一樣能賺錢，但我們想做的不是那種東西吧？」

尚人很快地恢復了嚴肅的表情。

「我已經忘記我想畫什麼了。」

「那就把它想起來。」

「怎麼想？不管到哪裡都找不到了。」

「我們一起繼續找，直到找到它為止。兩個人一起就不可怕了吧？」

「差點吐血而死的流浪漢還真敢說大話。」

說得沒錯，不久前我也還在悲觀失落。可是，即便如此——

「跟繭居在家的你不是很配嗎？」

「那倒是。」

「讓所有人看看，就算是我們這兩個一腳踏進棺材的人，也還能闖出一片天。」

「不可能，我做不到。」

「和我一起就做得到。」

「就算真的畫了，也沒地方發表哦。」

「找植木先生想點辦法吧。他現在是總編輯囉，請他用總編輯的權力替我們搶下連載位置。要是作品大賣、不斷再版，小圭和曉海都會讀到，到時候我們大家一起開場同學會吧。告訴大家，雖然發生了這麼多事，但大家都很努力，太好了。」

我借著醉意，把這些蠢話說得口沫橫飛。

「像夢一樣。」

尚人看向天花板。照明是毫無氣氛可言的白色螢光燈，上頭堆積著塵埃，散發出來的光也顯得黯淡，拿來照耀現在的我們恰到好處。

「哎，要畫什麼樣的故事？人生失敗組的大叔從谷底往上爬的故事？」

「我才不想畫髒兮兮的大叔。」

尚人噘起嘴說。這傢伙從以前就愛畫漂亮的東西，植木先生曾經告誡他，一個人要是不懂得世間混濁，就描繪不出真正純淨的事物。我隨聲附和著說「沒錯沒錯」，卻反而被他叮嚀了一句，耀的情況正好相反，你混濁的東西寫得不錯，但還是多練習寫點純淨的比較好。

「那就換成漂亮的大叔吧。」

「很噁心耶。」

「不然我們來畫髒兮兮大叔轉生成美女或貓咪的故事。」

「把流行要素硬湊起來的感覺太明顯啦。」

尚人開始思考。你終於願意思考了嗎，我激動得想哭。我還想再跟你聯手創作，除了你以外不想跟任何人搭檔。好高興，我真的好高興。

「尚人，我們再做一次給所有人看吧。」

「真的可以嗎？」

「可以的，是我們的話一定可以。」

尚人把細窄的眼睛瞇得更細，往我的杯子裡倒酒，我三兩下便把它整杯乾了。肚子從剛才開始就一直發疼，腹痛越來越嚴重。但現在這無所謂，回敬一杯再一杯，我們倆連說話都開始口齒不清。

「真厲害，現在開心得像作夢一樣。耀，謝謝你。」

尚人的笑容和話語像搖籃曲，我久違地沉入充滿希望的夢鄉。

醒來的時候，我還躺在起居室地板上，天花板正在旋轉。啊，是暈眩症狀。噁心和腹痛太過嚴重，從我嘴裡漏出喘息般的聲音。

「……尚人。」

我環顧四周，沒看見他，是回寢室了嗎？

我匍匐著爬到廚房，吃下放在吧檯上的止痛藥。接下來只能等它發揮藥效，我像胎兒般把自己蜷縮起來。昨天在興頭上喝得太多了，香檳、紅白葡萄酒、威士忌，這在胃癌治療中是自殺行為。

出奇漫長的一分鐘、又一分鐘過去，痛覺一點一點減緩，這時我察覺有細微的水聲傳入耳中，像淋浴的聲音。尚人在洗澡嗎？

——從什麼時候開始的？

總覺得這聲音持續了很久。

我寒毛倒豎，彷彿有股寒意撫過脖頸。

手臂一用力，我站起身。頭暈得很嚴重，我扶著牆壁往前走，一打開起居室的門，便看見走廊淹著水。水是從浴室流出來的。

我戰戰兢兢地往裡看。蓮蓬頭一直開著，熱水淋出滿室的蒸氣，煙霧瀰漫的視野另一端，尚人整個人沉在浴缸裡。尚人，我喊了他的名字，不，或許沒喊，我不確定自己是否發出了聲音。腦袋裡響起某種東西斷裂的噗滋聲，噗滋、噗滋，一條接著一條，維繫著我的一切逐漸被切斷。

我沿著門板一點一點滑落地面，癱坐在那裡，像具不會動、不會思考、沒有用處的土偶，卻只有五官還活著，咚咚咚敲響玄關大門的聲音震動耳膜。

「不好意思——我是住樓下的，請問你們家是不是漏水了啊——」

是啊，漏得可多了，吵死了。

我好像聽見自己這麼大喊，又好像沒喊。我不知道。

尚人被研判為自殺，喪禮辦得低調，只有家屬、我和植木先生，還有幾個漫畫家夥伴參加。世界正迎來最美的初夏季節，殯儀館四周環繞著生機盎然的綠意，生與死的拮抗令人窒息。我一滴眼淚也流不出來。

「原來你和尚人還有聯絡。」

佐都留跟我搭話，但我只能做出徒具表面的回應。當我呆立在大廳的時候，有人觸碰我的肩膀，原以為是植木先生，結果居然是繪理。

「妳怎麼會在這裡？」

「我接到植木先生的聯絡。」

繪理身後，站著像個亡靈一樣的植木先生。

「我們回去吧，下一場喪禮要開始了。」

我不知所措。回去？回到哪裡？

在他們兩人陪伴下，我回到尚人位於公寓大廈的住家。我走進電梯，像登上通往死刑臺的十三級階梯，上升的浮遊感引發暈眩，我被植木先生扛著走進屋內。那天我們吃剩的食物殘骸正散發著腐臭。

「總之，先把這裡收拾一下吧。植木先生，櫂就拜託你了。」

「還是反過來比較好吧。」

「嗯，說得也是。那就麻煩你了。」

繪理把她包包裡的圍裙拋了過去，植木先生一把接住，然後繪理代替了他在我身邊坐下。保養得無微不至的優美指尖將我摟近，梳著我的頭髮說，沒事的，不是你的錯，細紗布般的嗓音裹住我的傷口。

我很感激。但是，即使如此……

往尚人背後推了一把的確實是我。

「……有一張便條。」

我勉力擠出聲音喃喃說道，繪理和植木先生頓時看向我。我把手伸進口袋，取出藏在裡頭的便條紙，上頭擠滿了神經質的字跡。

「是尚人留下來的？」

被這麼一問，我無力地點頭。

當時我跌坐在更衣間的地板上，沒有回應樓下鄰居的抱怨，不久後門口便傳來鑰匙轉動的聲音，物業管理公司的人開門進來了。他們問我，是住在這裡的人嗎？在我答不出一句話的時候，對方發現了沉在浴缸裡的尚人，救護隊員和警察立刻趕到，那之後我的記憶便不太鮮明。

在一大夥人忙進忙出的期間，我坐在起居室的沙發上，由一名年輕警察看著。這時，我發現一張便條紙壓在洋芋片袋子底下，昨天還沒有這種東西。還是不要看比較好，我不想看。但不存在不看的選項，我盡可能慢吞吞地抽出那張便條。

櫂，謝謝你說還想跟我一起創作，我很開心。
聊得很快樂，我滿足了。已經夠了。
帳戶裡剩下的錢一半給你，其餘留給我的家人。
好想再讀一次櫂創作的故事。

我的視線淺淺掃過簡短的文章，因為不想遭到痛擊，我明白吃了這一擊我必死無疑。另一方面，我卻渴望著現在就被殺死，死了該有多輕鬆。但人生總不會往輕鬆的方向發展，這我知道得太清楚了。痙攣般的笑聲忍不住漏出喉間，我笑得停不下來，年輕警察嫌棄地看著我。

——人該不會是這傢伙殺的吧？

我彷彿聽得見警察的心聲。沒錯，是我。是我注入了多餘的東西，害得勉強維持在玻璃杯緣的水位溢流出來。對於即將毀壞的心而言，就連夢想和希望這些美好的事物也沉重得無法負荷。

——真厲害，現在開心得像作夢一樣。權，謝謝你。

尚人，我說的話太沉重了嗎？

所以你才殞落了嗎？

「不是的。」

忽然有人用力抱住我。

「不是的，權，不是這樣的。」

像鋼琴線般優美細膩的嗓音，現在卻顯得刺耳。

「能再一次和你聊起漫畫，尚人一定覺得很幸福。」

植木先生的聲音摻雜進來，他太過冷靜，反而一聽就知道在逞強，所以一樣刺耳。

謝謝你們，但好吵，現在請不要碰我。

從剛才開始就一直有人在喊叫，吵得我受不了。

奇怪了，這裡明明只有我、繪理和植木先生在。

吼叫著吵死了、吵死了的人是我嗎？傳來繪理和植木先生的聲音，說，這不是你的錯。聲音彷彿浸在水中一樣扭曲，我確實聽見了他們倆所說的話，卻在傳遞到我的核心之前霧散消失。肚子好痛，痛得我幾乎死亡，切除了一大部分、已不存在的東西，正使出全力痛毆我。

——啊，曉海。

恢復意識時，我躺在醫院的病床上。護理師告訴我，那之後我又吐了血，必須再住院一陣子。

「我沒錢哦。」

這是我說出口的第一句話。

「不用擔心，您的朋友已經把所有手續都辦好了。」

「我沒有朋友。」

看著護理師為難的表情，我茫然地想，好像應該先道謝才對。但我實在沒力氣，只能轉動視線環視周遭。充滿藥味的四人房裡，有新聞節目時事評論員的說話聲，正在談論藝人出軌的消息。

真和平。該怎麼說，真想就這樣沉沉睡去，再也不想醒來。我像條乾癟的抹布一樣動也不動地躺在床上，這時植木先生和繪理走進病房。

「那麼青埜先生，我晚點再來量體溫哦。」

護理師離開，正好換他們兩人進來。

「對不起，給你們添了這麼多麻煩。謝謝你們。」

我保持躺在床上的姿勢，向兩人低了低頭致意，終於把謝謝說出口了。

「我買了一些東西過來，要是還缺什麼再跟我說。」

繪理把住院需要的換洗衣物、日用品一一擺在床頭櫃上。

「謝謝，麻煩妳了。」

「雖然擅自決定對你不太好意思，但我先告訴尚人的家人說你會放棄遺產了。剩下的金額不多，考慮到過程中跟他家人爭執造成的負擔，還是領生活保護津貼更省事，金額也更豐厚。找市公所的社工諮詢過後，立刻就能辦完手續，你不用擔心。」植木先生說。

我原本就不打算拿尚人的錢，植木先生替我省下了那些徒然消磨心力的溝通過程。他們做了太多，我已經來不及道謝，只能躺在床上低了低頭致意。

「……真的太丟人了。」

「哪裡丟人？」

繪理倏地看向我說：

「你一直都有繳納稅金呀。櫂和我、和所有人一樣，每天忍受著各種壓力，冒著心理出問題的風險努力工作，把辛苦賺到的薪水上繳了一大部分給國家。哪裡丟人了？生病的時候就應該理直氣壯地讓國家照顧啊。」

繪理一口氣說完，植木先生勸解似的把手放上她細窄的肩膀。謝謝妳，我回答。繪理說的都對，但有些事光憑「正確」不足以挽回。

「但我活下去還有什麼意義，何必這樣苟延殘喘——」

「是為了寫作。」

植木先生堅定地打斷我，我對上他嚴肅的眼神。

「請你動筆吧，這一次，抱著必死的決心。然後，再跟咱合作一次。」

這是該對著半死不活的病人說的話嗎？但我知道，平時總以「我」自稱的植木先生改用「咱」的時候，就是他認真的時候。這些編輯真是——

我終於露出了一點笑容。謝謝你們。

井上曉海　三十二歲　春

我和北原老師的婚姻生活非常順利。

最重要的主因，是經濟上的負擔分散了。我和北原老師各自擁有能養活自己的工作，現在我可以辭掉公司的工作，專心經營刺繡，家事也能由包括小結在內的三個人一起負擔。

精神層面的負擔也減輕了。我和北原老師身為這個「結婚」互助會的會員自不待言，小結後來也坦白說，她其實很擔心自己結婚、離開家之後，父親得孤孤單單地一個人生活。這時我們才知道，原來這個互助會對小結而言也有必要。

北原老師在那個當下雖然表現得十分平靜，但等到我們兩人獨處的時候，他垂頭喪氣地說「能和妳結婚真是太好了」，意料之外的細膩心思讓我忍不住笑了出來。

島上的人際關係也順利得令我驚訝。從活動聚會，到女性之間的日常閒聊，我再也不被當成錯過婚期的可憐女生而處處受到顧慮，人們開始輕鬆隨意地和我攀談。僅僅是被放入「夫妻」這個簡單明瞭的包裝裡，我便被「已婚太太」這個群體認定為夥伴。

——果然平凡才是最大的幸福呢。

——接下來就差生小孩了。妳都三十二歲了，沒有空發呆囉。

——不過曉海妳還有工作要忙吧。

——不行不行，生育和工作不一樣，可是有時限的啊。

在大家討論得正熱絡的時候，小野太太說：

——可是，如果有個足夠養活我自己的工作，我可能會帶著小孩離開這座島吧。

小野太太正哄著剛出生的小嬰兒，所有人一瞬間沉默。

——曉海，真羨慕妳，有份受大家肯定的工作。

被這麼一說，我五味雜陳。

獨自支撐著自己和母親的生活，接著兩份工作，在睡眠不足的情況下追逐夢想，把替自己買化妝水的錢優先拿去還債和採買今天的食物，還和發誓攜手走過一輩子的戀人分了手。想獲得什麼，就得作好失去的覺悟。

不過，途中也可能有其他收穫。起初我的顧客都是從瞳子小姐那裡繼承而來，但瞳子小姐擅長民族風刺繡，而我的作品以精緻細膩見長，風格正好相反，因此顧客也逐漸替換過來。在這當中，接到新娘頭紗的訂單成了日後莫大的轉機。

一想到新娘頭紗點綴的是人生中重要的一刻，我便做得特別起勁，成品在我心目中也是得意之作。後來這頂頭紗比預期更廣受好評，透過新娘的朋友介紹，東京的雜誌社向我提出了採訪邀約。附有臉部照片的訪談在雜誌上刊出之後，我的訂單一口氣增加了不少。

目前手上的老顧客也必須維持，所以新娘頭紗的預約已經排到了幾年後。我登上知名雜誌這件事，在島上還引起了一番小小的騷動。

我不再需要背負「被父親拋棄的小孩」、「錯過婚期的女生」這樣的同情，齒輪開始往截然相反的方向轉動。年輕人開始用憧憬的目光看我，同齡人開始委婉地牽制我，年長者開始困惑，不曉得該如何看待我。可是，我真的改變過嗎？

「如果妳想要小孩，我可以幫忙哦。」

那一晚，在隔壁床上看書的北原老師這麼說。

「我不太想要。」

「既然如此，別人說什麼隨便聽聽就好了。每個人各有自己的生活，不過是站在自己的立場發表意見而已。所以，妳也做自己想做的事就好。」

「我現在想努力經營工作。」

我喜歡刺繡工作。但撇除個人好惡不談，我也希望擁有一定程度的經濟能力，萬一有一天另一半突然提出離婚，我也不會慌了手腳；反過來說，假如我自己想離開這個家，也有能力付諸實行。我想把人生的韁繩掌握在自己手裡。

「我覺得這樣很好。」

北原老師垂眼看著手中的書本說下去：

「自己養活自己，這是人活在這世上最低限度的武器。面對結婚、生子這些環境上的變化，暫時把這武器收起來也無妨，但還是該好好維護它，好在需要的時候隨時派上用場。在緊急時刻能夠迎戰，能夠飛向任何地方。無論選擇單身或是結婚，這份準備的有無都將導向截然不同的人生。」

「以前瞳子小姐也跟我說過類似的話。」

北原老師這番話，和我所想要的、一路掙扎著追求的事物一致。他說得完全沒錯，但意外的是，我聽了竟感到落寞。

「現在我的收入，已經足以支撐我一個人獨自生活，我成為了自己想成為的人。可是，聽到你說可以飛向任何地方，我卻感到寂寞。」

「那是當然的呀。」

「咦？」

「人是群居的動物，沒有歸屬便活不下去。我所說的，是決定自己歸屬於何處的自由。束縛自己的枷鎖，該由自己來選擇。」

「這不是很矛盾嗎？選擇不自由的自由。」

「實際上，我們不就是充滿矛盾的生物嗎？」

「話是這麼說沒錯，不過矛盾還是盡可能越少越好。該怎麼辦才好呢？」

北原老師稍微想了想，面向我說：

「曉海。」

「是。」

「請不要以為我什麼都懂哦。」

他把眉毛垂成了八字形，我第一次看見這樣的北原老師。

「北原老師也有不明白的事嗎？」

聽我這麼說，老師臉上的表情更為難了，難得見到他這麼豐富的情緒，我忍不住笑了出來。我從高中開始便受了北原老師許多幫助，對學生而言，老師總是無所不知的。

「也差不多該讓我卸下『老師』這個頭銜了吧，妳已經是大人了。」

「必須自己思考才行呢。」

「能力所及的問題我會回答，不過妳能這麼做的話就幫大忙了。」

北原老師闔上書本，關掉枕邊的燈。

「晚安，曉海。」

「晚安，老師。」

互相分享當天發生的事，在一天的最後互道晚安，沉沉睡去，迎接早晨。這就是我們寢室裡發生的全部。

我們夫妻之間省略了性愛。結婚當晚我們姑且嘗試了一下，氣氛卻像跟朋友鑄下大錯一樣尷尬，於是經過討論，我們把床笫之事從互助事項中刪除了，雖然之後如果要生小孩，這件事還得重新考慮。

這件事我無法告訴任何人。一般的夫妻不會這麼做，這偏離了眾人認可的形式，然而唯有在這種形式當中，我們才終於能自在地呼吸。

萬一被其他人知道，我們又會被放逐到群體之外嗎？以前我為此提心吊膽，但現在我認為，即使被群體放逐，這裡也不是世界的全部。

——束縛自己的枷鎖，該由自己來選擇。

無論結婚或不結婚，工作或不工作，有小孩或沒有小孩，都必須保有選擇的自由。即使獲得了自由，人也總有自己歸屬的群體。

我、北原老師、小結組成的家庭。

這是我自願加入的群體。

我過得自由自在、心滿意足，但心中這份欠缺感又是什麼？我要懷抱這種感覺到什麼時候？我已經不再是問問題就能得到答案的小孩，成為大人的我必須自行思考。我究竟想怎麼做？

——啊，明天是二十六日。

毫無脈絡可循，這件事在腦海中驀然浮現，把我的心緒攪動得更加紊亂。

隔天，我開車到今治，用宅配寄了五件披肩到東京的精品店。聽說上個月交貨的作品還來不及擺到店面展示，便已被預約一空，店家希望我再多做一些，但現在這個量已經有些勉強，我不得不婉拒。

寄完宅配之後，我順路到銀行，把四萬圓匯進櫂的戶頭。辭去公司的工作之後，已經無所謂發薪日了，卻只有每月二十六日還錢的習慣留存了下來。

分手之後七年，我對櫂的近況一無所知，我害怕知道，不敢在網路上搜尋他的消息。他還在畫漫畫嗎？有戀人了嗎？結婚了嗎？是不是也有孩子了？我希望他幸福，卻又希望他不幸。心情在二十六日總是搖搖蕩蕩。

「啊，對不起。」

我心不在焉地走向停車場，不小心撞到一位年輕女性。我們彼此低頭說著「不好意思」的時候，隱隱傳來甜美的香氣。

——「Miss Dior」。

是高中時，櫂的母親送我的香水。

華貴的香氣令我略感畏縮，櫂卻把它擦在我後頸。

——曉海，妳比她更適合。

十七歲的櫂的聲音在腦海中完美重播，我吃了一驚。那時是夏天，天氣燠熱，我們渾身是汗，卻仍然緊緊黏著彼此不願分開。直到前一刻我明明早已忘記了這些往事，現在卻連頭頂上風鈴的聲音都如此鮮明地想起，我不由自主地呆站在停車場。

不會再有男人那樣抱我了。我一向覺得這樣也無所謂，但我才三十二歲，自己失去的東西是如此炫目而鮮美，令我愕然。想到往後乾枯的漫長歲月，我忽然感到恐懼。

「妳沒事吧？」

我抬起臉，擦了「Miss Dior」的女生正看著我。

「妳臉色不太好，可能是貧血哦。」

「我沒事，謝謝妳。」

女生擔心地偏了偏頭，那股香味再一次飄來。甜美而華貴的香勾住我後領，幾乎要把我拉回那段歲月，我道了謝，逃也似的回到車上。快回去吧，回到我自己選擇的、屬於我的歸處。

行車途中，智慧型手機響了起來，螢幕上顯示「櫂的媽媽」，我心中一震。我在開車，沒辦法接電話，回家再回電就好。不，假如真的有要緊事，她會再主動打來的。我這麼想著，卻莫名把車停在了路肩。別打過去、別打過去。我背叛了我自己，回撥了電話。

「我是曉海，剛才接到您的電話……」

話還沒說完，耳邊就響起了喊我名字的聲音。

『曉海——抱歉，我突然有點懷念，就打給妳了。妳現在在哪裡呀？』

「我在今治。」

『好近哪，過來我家一趟吧。』

「咦，可是……」

『沒關係，就一下下而已。好嘛，來喝個茶呀。』

那我等妳哦，她掛斷了電話。事發突然，她又太過強硬，我還搞不清楚怎麼回事便先把車迴轉到對向，然後又改變了主意。這麼久沒見，我總不能空手過去，買點東西帶去吧。在我拖拖拉拉的時候，被後車按了喇叭。

「哎呀——曉海呀，好久不見。」

一見面她就在玄關一把抱住我，險些壓扁蛋糕的盒子。

「好久不見。阿姨，看妳氣色很好我就放心了。」

「嗯、嗯，真的太巧了，進來吧進來吧。」

她招手邀我進屋，腳步輕飄飄的，看起來不太對勁。我說聲打擾了，走進客廳，桌上擺著威士忌的瓶子和酒杯，於是我知道她喝醉了。還是老樣子。

「那個，這個給妳，我買了蛋糕。」

早知道好像應該買下酒菜比較好哦，我玩笑似的笑著說。

「沒關係沒關係，謝謝妳呀，坐吧。要喝什麼？」

還不等我回答，阿姨就從冰箱拿了罐裝啤酒來。

「不好意思，我開車過來，不能喝酒。」

「沒關係啦，晚點我叫阿達送妳回去呀。」

「達也先生去上班了嗎？」

「他去打柏青哥。」

她把罐裝啤酒「咚」地用力擱在桌子上，我嚇了一跳。總覺得有點奇怪，雖然她從前就不太理會別人的感受，但並不是這麼強硬的人。也不管我把啤酒放在那裡碰也沒碰，櫂的母親打開盒子，直接用手抓起蛋糕，粗野的舉止讓我吃了一驚。

「那個、阿姨，是不是發生了什麼——」

「我們把餐廳收起來了。阿達他雖然很努力，但在這種鄉下地方也沒有客人願意花大錢吃高級割烹料理。那倒無所謂，我現在就把裝潢留著，用那個店面開小酒店。」

她邊說，邊用手抓著奶油蛋糕吃，把沾在唇上的鮮奶油用手背一把抹掉，端起玻璃杯裡剩下的兌水威士忌一飲而盡。

「我真是，運氣從以前就差勁透頂。」

權的母親一邊替自己調製下一杯兌水威士忌，一邊發著牢騷。

「想說好不容易遇到了阿達，結果變成這樣。權也是……」

冷不防出現的名字讓我心跳漏了一拍。

「千辛萬苦撫養他長大，還以為我終於能享點清福了。」

「我覺得……權他也很努力了吧。」

「都怪他的搭檔不好，我看那孩子也遺傳到我，運氣不好吧。」

「我想那件事誰也沒有錯，只是各方面產生了許多誤會。」

「誰也沒有錯？」

「是的。」

「看吧，那果然是權運氣不好，不就是這麼回事？」

她邊問邊探頭凝視著我，嘴角明明帶笑，眼神卻好像拚死抓住一根救命稻草，好沉重。被她用這種眼神糾纏，男人確實會想要逃跑吧。我不發一語地回望，權的母親便將手伸向放在桌邊的一個信封。

「這是從東京寄來的。」

她把信封推向我，那上頭印著連我也聽過的出版社名字。最好別看，肯定不是好事——我這麼想著，戰戰兢兢地抽出裡面的文件，上面寫著「住院申請書」，我的心臟重重地跳了一下。

「信上說住院需要保證人。」

「是權嗎？」

除此之外沒有別人，權的母親嘆了一口氣表示肯定。

「說是得了胃癌。」

我腦中頓時刷白一片。

「一年前動過手術，現在好像又要住院了。」

「……能治得好吧？」

權的母親把威士忌倒進玻璃杯，她的手在顫抖。

「阿姨，他的病能治好吧？」

我加重語氣再問了一次，權的母親忽然探出身子。

「哎，曉海，妳能不能幫我去看看他？」

「啊？」

「去看看權的情況，我會幫妳出交通費的，拜託妳。」

我腦中一片混亂。這怎麼想都沒道理，但權的母親一臉認真，從桌子對面緊緊抓住我的手。

「北原老師那邊我會去拜託他的。好嘛、好嘛，拜託妳了。」

「我去了反而會打擾到他。」

「沒那種事，那孩子現在單身。寄文件過來的是出版社的責任編輯，假如他有女朋友或是老婆，應該會幫他寄信吧？所以那孩子現在身邊一定沒有其他人。」

「那樣的話，更應該由母親過去才行呀。」

「不要，好可怕。」

我啞口無言。

「一年前明明動過手術了，現在又要住院，這表示又復發了吧？櫂可是我的獨生子，捧在掌心養大的耶？我怎麼可能有勇氣看著他死掉？」

緊迫的神色，像小孩子耍脾氣一樣的語調。我明白眼前這個人愛著櫂，卻聽不懂她在說什麼，我不想理解。

「……阿姨，妳該不會一次也沒有去探望他吧？」

聽我這麼問，櫂的母親立刻放開了我的手，沒往杯中加水，便端起威士忌直接一飲而盡，喃喃說，我害怕啊。

「……為什麼……」

回過神來，我已經站起身，抓著她瘦削的肩膀。為什麼、為什麼、為什麼。我想說的太多，話語在盛怒中糾纏成一團，眼窩深處彷彿迸出火花。

「櫂只有阿姨妳一個親人了，櫂明明盡心盡力為妳做了那麼多，為什麼妳只顧著自己？為什麼這麼軟弱？為什麼？」

櫂的母親嚇得僵在原地，與櫂如出一轍的修長眼睛裡溢出淚水。

「有什麼辦法，他又沒有父親在，我一個人怎麼可能撐得下去。」

「不要拿早已失去的東西當藉口，現實中櫂的父母就只有阿姨妳一個人。」

「父母也是人，又不是每個人都有辦法那麼堅強。有些事情是因為愛、因為珍惜才能撐得下去，曉海妳沒有孩子是不會懂的。」

不對、不對、不對，否定的詞句在腦海中捲成漩渦。

我確實沒有小孩。

但這不是有沒有小孩的問題。

那麼到底是什麼問題？

——我有工作，也有一定的積蓄。當然有些東西是錢買不到的，但有些時候確實是因為有錢，我才能夠保有自由。比方說，我不必依存於任何人活下去，也不必心不甘情不願地聽從任何人的命令，這是很重要的。

瞳子小姐對十七歲的我這麼說。

——自己養活自己，這是人活在這世上最低限度的武器。面對結婚、生子這些環境上的變化，暫時把這武器收起來也無妨，但還是該好好維護它，好在需要的時候隨時派上用場。在緊急時刻能夠迎戰，能夠飛向任何地方。無論選擇單身或是結婚，這份準備的有無都將導向截然不同的人生。

北原老師對三十二歲的我這麼說。

無論有或沒有伴侶、有或沒有小孩，都必須用自己的雙腳站穩腳步。這不僅是為了保護自己，也是為了不讓其他人代為肩負自己的軟弱。人是群體生活的動物，但互助和依存並不相同——

「阿姨，我的確沒有小孩，但我還是有父母的，所以我以一個孩子的身分拜託妳。妳不必特別堅強，但至少不要讓孩子背負額外的負擔。請妳當個多少能幫小孩分擔一點重負的大人吧，只有一點也好。」

櫂的母親睜大雙眼，嘴巴像金魚一樣一開一闔，說不出任何話來。眼淚逐漸溢滿眼眶，她忽然癱坐在地，大聲哭了起來。

以前我也見過同樣的光景。這個人被戀人拋棄，泣不成聲，對方對她隱瞞了自己已婚的事實。櫂氣得把那男人的酒瓶往外丟，這個人半狂亂地衝出店外，在柏油路上屈身撿拾背叛了自己的男人的酒瓶碎片。櫂以徹底放棄的眼神看著這一幕，儘管如此，還是為母親著想，向她伸出了手。

——別撿了，會割傷手的。

我記得他疲憊不堪的側臉，和即便如此依然溫柔的聲音。當時，櫂才十七歲。

左胸一帶劇烈地發疼，但櫂經歷過的痛肯定比這更強烈。思及年幼的櫂因為和這個人一起生活而放棄、而反覆切削的心，我便難以忍受。

「阿姨，對不起，我也說得太過火了。」

我溫柔地撫摸她的頭髮。

「住院申請書就交給我吧，印章放在哪裡？」

櫂的母親抽泣著指向電視櫃的抽屜。我在申請書上蓋了印章，把文件收進包包，準備離開。

「……曉海，對不起。櫂就拜託妳了。」

她仍然跌坐在地板上，緩緩抬起臉。雙眼哭得紅腫，一副靠自己站不起來，得讓別人替自己背負行李的模樣。好沉重，好不堪，好想別開視線，因為那和不久前我母親的模樣如出一轍，也和年輕時的我自己如出一轍。

「好的。」我簡短答道，離開公寓。

我一回家，便把北原老師嚇了一跳。

「怎麼了？妳的臉色很差哦。」

「發生了一些事。」

「什麼事？」

「等一下，我先準備晚餐。」

今晚輪到我煮飯。

「我來煮吧，曉海妳先去休息。」

北原老師從放在廚房地板上的蔬菜籃裡拿出馬鈴薯和胡蘿蔔，要煮咖哩嗎？我邊想邊呆站在原地，這時北原老師回過頭來。

「煮好了我再叫妳，可以回房間休息沒關係哦。」

我答了句「謝謝你」，卻動也不動。北原老師見狀放下蔬菜，牽起我的手。「到這裡來。」他輕輕拉著我，讓我坐在廚房的椅子上。

「看來在煮晚餐之前，應該先跟妳談談。」

北原老師也在我對面坐下。

「發生什麼事了？」

我想說的只有一件事：我想立刻去到權的身邊。但我說不出口，這意味著我將失去此刻得來不易的、安穩而自由的生活，被放逐出島民這個群體。只有我一個人的話還無所謂，但連北原老師都會被牽扯進來。難以言喻的心情堵在喉頭。

「權出了什麼事嗎？」

我反射性地抬起臉。

「除此之外也沒有其他可能了。」

我鬆開緊咬的嘴唇，從喉間擠出聲音說：

「權生病了。」

北原老師微微睜大眼睛。

「是危及性命的病嗎？」

「是。」

隔著餐桌，我們四目相對。

「我知道了，我們動作快點。」

北原老師站起身，繞到我這一邊，沉默地牽起我的手走向寢室。一進房間，他立刻打開壁櫥，從裡頭拉出行李箱。

「櫂在東京嗎？」

「對。」

「那趕快準備，現在還趕得及最後一班飛機。總之先帶上日常用品和幾天份的換洗衣物應該就夠了，剩下還需要什麼我再幫妳寄過去。」

「咦、那個，但是，我還沒跟你說……」

「話可以一邊收拾一邊說。」

北原老師取出手機，開始訂機票。我愣怔地看著，老師再一次語氣強烈地說「快一點」，我才終於動了起來。

我不知所措地打包著行李時，北原老師忽然想起什麼似的「啊」了一聲，拿起自己上班用的包包，往裡面掏了一陣，從底部翻出一個茶色信封。

「我一直把它帶在身上，畢竟不知道什麼時候、在哪裡能有機會當面還給他。」

老師把信封遞給我，我莫名其妙地接了過來。那是個久經磨損、相當老舊的茶色信封，高中地址的旁邊，寫著「北原老師收」。我心跳加速，這筆劃往右上傾斜的凌亂字跡我有印象。我戰戰兢兢地往裡面一看，信封裡裝著十張一萬圓紙鈔。

「這是櫂的錢，請幫我跟他說，這些錢我還是決定還給他了。」

「這是怎麼回事？」

我來回看著手中的茶色信封和北原老師。

「妳這麼告訴櫂，他就會明白了。話雖如此，他也可能不願意收下，那樣的話就當作妳在那邊的生活費吧。」

我愣在原地，搖了搖頭。

「……為什麼？為什麼做到這種地步……」

我不是去探病的。一旦見到櫂，我可能不會再回到這裡也不一定。明知如此，北原老師還是想送我啟程。

「我們不是約好了嗎，要在人生中彼此幫助。」老師說。

「只有我在單方面地依賴你而已。」

北原老師說，他害怕一個人走過未來漫長的人生，如今我卻又要丟下他一個人生活，完全違背了我們互助的約定。

「妳確實幫助了我哦。」

「我做過什麼嗎？」

「妳接受了我的過去。」

北原老師揚起嘴角，那是發自真心喜悅的笑容。

「對世人來說，我過去做的是該被丟石頭譴責的壞事。但我不後悔，那時候無論要我拋棄什麼，我都想實現她的願望。妳接受了這樣的我，說願意跟我一起生活。」

所以——北原老師將手放上我的行李箱。

「當時我就決定，當妳真正想要追求什麼的時候，我一定要助妳一臂之力。」
「可是老師——」
「無論要我再說幾次都可以。不管別人怎麼說，我們都有權利活出屬於自己的人生。我說的話很奇怪嗎？很任性嗎？但這是跟誰比較才顯得『奇怪』呢？誰能證明那個人的生活方式就是正確的？」
「……我不知道。」
「沒錯，我也不知道。」
北原老師直直面向我。
「誰也不知道什麼才算『正確』。所以，妳也捨棄它吧。」
「……捨棄……」
從前北原老師說過，正因為我們是充滿煩惱的生物，所以才需要正論，它是允許我們捨棄所有煩惱的最後一座堡壘。可是，現在老師要我做的正好相反，要我連最後一座堡壘都斷然捨棄。我感到害怕，要是我也從「正確」之中獲得解放，那就真的孑然一身了。
「或者，作出選擇吧。」
捨棄、選擇。
這兩個詞彙意義不同，卻無限近似。
我該捨棄什麼，又該選擇什麼？
父母、孩子、配偶、戀人、友人、寵物、工作，或是無形的尊嚴、價值觀、某人的正義。我可以全數捨棄，也可以全部承擔。自由。

攤在眼前的自由，比想像中更深更廣，無窮無盡，像一片海。接下來，我要一個人渡過它。我怕得心驚膽顫，跨出去的腳都在顫抖。但問我這個問題的北原老師自己，也捨棄了某些事物、又選擇了某些事物，是比我更早、更早以前就作好覺悟的人。

北原老師過去所做的事和「正確」天差地遠，在那個女學生的父母看來，他一定是十惡不赦、低劣透頂的男人。可是對她來說，卻是摯愛的戀人。而看在我眼中則是一種赦免，一路上我受到北原老師這種我行我素的特質拯救了太多。

「我要去。」

北原老師聽了點點頭。他和櫂之間沒有一處相同，我不曾和北原老師談過戀愛，卻和這個人彼此相繫。像在暴風雨的海面上，遙遙望見和自己一樣獨自飛行的一隻孤鳥，如此令人心安。彷彿告訴我，即使隻身一人，我也絕不孤獨。

我們把行李箱塞進後車廂的時候，小結回來了。

「曉海姊，妳要出去呀？」

當我還在思考該怎麼回答的時候，北原老師答道。

「曉海要離開島上了。」

小結眨了眨眼睛。

「她要去見重要的人。」

小結愣了愣，然後「啊」了一聲。

「是櫂？」

「對不起。」

「我覺得很好呀。」

這一次換我錯愕地眨眼睛了。

「雖然爸爸結婚也讓我鬆了一口氣，但曉海姊和我爸一點也不像夫妻嘛。我覺得你們是很好的搭檔，但曉海姊還在跟櫂交往的時候比現在更漂亮。要交往的話，當然要挑讓自己變漂亮的男生囉。」

聽見小結若無其事地這麼說，我瞬間放鬆了下來。北原老師露出有點受傷的表情，我和小結對看一眼，輕聲笑了出來。我們沒說再見。

「好了，我們出發吧。」

北原老師開動車子。為了趕上末班飛機，平時奉安全駕駛為信條的他，今天頻頻變換車道超車。粗暴的駕駛方式一點也不令我害怕，我的內在反而野蠻地躍動起來，門扉一扇扇打開，被封閉已久的一切從中飛躍而出。

——聽到你說可以飛向任何地方，我卻感到寂寞。

明明我昨天晚上才剛說過這種話。

車子開上來島海峽大橋，我打開車窗，探出身體感受著風。或許無法再回來的我，把黃昏時分染成橘紅色的瀨戶內海深深烙印在眼底。

啊，多美的風景。

被困在島上的時候，我從來不曾留心。

直到將要離開的時候，孕育我的故鄉真正的壯麗才初次撼動我心扉。

十八歲的時候，我原本該和櫂一同離開，把這片景色拋在身後。

當時的我，或許無法察覺它的美麗之處。

明明司空見慣，卻恍如初見的風景使我看得出神，我甚至想，或許從一開始，我離開這座島的時刻就注定該是「現在」。假如十八歲時和心愛的男人一起離開，我眼中將只有多彩炫目的未來，不會理解自己拋下的東西有多麼沉重，由於這種一往無前的堅強，和櫂之間或許也會曇花一現、蜻蜓點水般地結束。

從那之後過了十四年。我一路活到三十二歲，遇見了許多人，傷害過別人也受過傷，幫助過別人也曾受人關照，現在終於作好了準備。我理解自己捨棄的事物有多少價值，即使如此，仍然自由地、憑藉自己的意志，隨心所向地去到櫂的身邊。

島上的大家一定無法理解吧。

母親或許又會哭泣也不一定。

即使如此，我也想去見見那個明天說不定就要撒手人寰的男人。

無法過得幸福也無所謂。

啊，不對，這就是我所選擇的幸福。

我想為了所愛的男人踏上人生的歧途。

我一定很愚蠢吧。

但這種豁然開朗的感覺又是怎麼回事？
彷彿打從一開始就注定該走到這一步似的，沒有一絲一毫的迷惘。

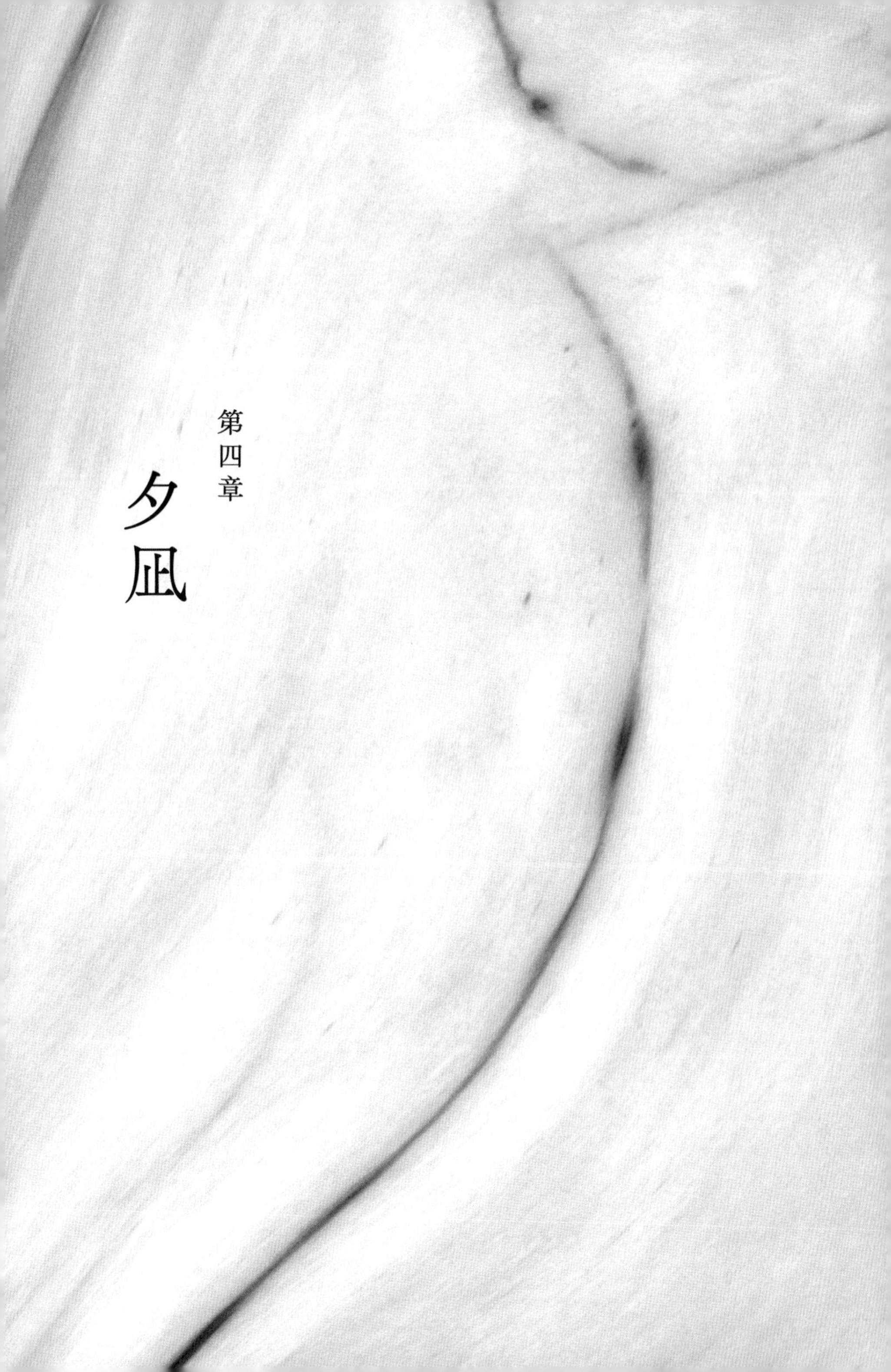

第四章 夕凪

青埜櫂　三十二歲　春

我把幾乎沒動過的餐盤送去回收的時候，被負責我這一床的護理師抓到了。

「不好好吃飯，體力會下降哦。」

「我成天光是躺在床上，不需要什麼體力啦。」

「身體不好的人連覺也沒辦法好好睡哦。來，再多吃一點吧。」

我拿著被退回的午餐托盤，垂頭喪氣地回到病房，坐在四人房最深處的病床上，有一搭沒一搭地把調味清淡的醬煮魚往嘴裡送。好腥，好難吃。倒也不是因為醫院餐的關係，只是我吃魚特別挑剔。

——島上的魚多好吃啊。

我回想著淡紅色鱗片閃閃發亮的鯛魚，一面思考我到底是為了什麼而吃飯。現在的我對任何人來說都沒有任何用處，我並不覺得自己有價值。不過，這種鬱悶只在死前這短暫的片刻持續，也算是浮生的一番滋味吧。當我把這些寫在筆記本上的時候，繪理說了聲「早安」，拉開簾子探出臉來。

「啊，你又不吃飯了。」

「這對話我都聽膩啦。」

「我也膩了。你邊吃飯，我們邊討論吧，本子給我。」

她伸出手，我把寫到一半的筆記本交了過去。今年春天，繪理當上了總編輯，負責老牌出版社歷史悠久的文藝雜誌。可想而知她一定相當忙碌，卻還是時不時來探望我，除了每個月的散文之外，也催促我快點寫小說。

繪理在病床邊的椅子上坐下，開始閱讀我毫無價值的冗文。這裡要改、這句可以刪除，她俐落地用紅筆在上頭改稿。

「細節再怎麼改，這些東西也還是不能用啊。」

「假如真的是這樣，我怎麼可能特別為它撥出時間。」

「妳是念在舊情，對我太寬容了。」

「那都什麼時候的事，早就過期作廢了。工作是另一回事。」

繪理吹了吹翻頁的指尖，嘴唇上擦了紅色唇釉，閃耀著溼潤的光澤。她還是一樣是個充滿魅力的好女人啊，我這麼想著，卻一點也不感到心猿意馬，只有一種懷念久遠過去的心情。

「對了。」

繪理的視線仍然落在筆記本上，起了個話頭。她說得太若無其事，我反而一眼便看出她算準了時機開口。我很清楚，她在工作之外是個笨拙的人。

「我聽植木先生說你拒絕做化療。」

是這件事啊。即使胃部切除了大半，我的體內仍然殘留著許多微小的癌症病灶，化療便是以藥物抑制這些病灶，以免它們繼續增生。但化療副作用實在太嚴重，我當時難受到生不如死。

「你還年輕，萬一癌細胞轉移，一下子就會擴散開來了。」

「是啊。」

「明知如此，你還是不想化療？」

「我沒有努力的理由。」

繪理正要翻頁的手一瞬間凝在原處。在對我百般關照的人面前，我不該這麼說。我對自己的任性感到抱歉，但我沒有想守護的家人，也沒什麼東西想流傳後世，無論如何都提不起勁。

「沒事啦，我不會馬上就死掉的。」

這話沒有任何保證，不過是一時的寬慰。繪理凝視著筆記本，專心致志地寫下修改指示，努力為我營造繼續活下去的理由。可是，我心中對故事的熱情早已不可能再次點燃，這麼簡單的事她應該早就看透了才對。

「謝謝妳呀。」

繪理裝作沒聽見，神情認真地在紙頁上批改紅字。

夜晚漫長得令人難耐。隔壁床的老爺爺磨牙太吵，我睡不著，但四下太安靜時也一樣無法入睡。幾小時後必然造訪的早晨顯得過於遙遠。

從剛才開始，胃部一帶便隱隱作痛。最近病況一直很糟，當我想像疾病的黑點逐漸布滿我的全身，夜晚便顯得更加深沉。主動拒絕治療的是我自己，害怕死亡未免也太矛盾了。為什麼死亡總是與痛苦綑綁在一起？一路這麼辛苦地活過來，至少在死前也該讓人輕鬆一下吧。

在我翻來覆去難以成眠的時候，傳來病房門打開的聲音。我以為是來巡房的，但簾子一拉開，看見在閱讀燈微弱光源下浮現的女人，我忘記了呼吸。我在做夢嗎？曉海朝我邁出一步，朝我伸出手。我做不出任何反應。

——櫂。

她的手緩緩伸過來，撥開我的劉海。我能感受到她指尖溼潤的潮氣，那隻手輕柔地覆蓋我的額頭，彷彿捨不得分開。我不禁閉上眼睛。

我失意潦倒了太多年，已經疲憊不堪，全身到處發疼，厭倦了心情大起大落。我只想靜靜停在原地，像一片無風無浪的海。

曉海默默觸摸著我的額頭。這時，響起一道微小的聲音，我反射性睜開眼睛，看見拿著手電筒來巡房的護理師站在那裡。她盤問道，這是誰？

「抱歉，是我朋友。」

「這種時間來探病也太沒常識了，房裡還有其他病患在。」

「抱歉。」

「總之，請妳先出來吧。」

曉海被護理師帶走，獨自被留在房裡的我整晚無法闔眼。

直到天快亮的時候，我才終於打起盹來，早餐就不吃了。

到了中午，我才真正醒過來，配餐的職員替我把托盤放在床頭櫃上。粥、味噌湯、雞肉燴菜，我絲毫沒有食慾，但還是拿起湯匙，把飯菜舀進嘴裡。空氣裡混雜著食物、藥品氣味和細微的尿騷味，隔壁床傳來新聞節目的聲音。

在與活力無緣的情景包圍之下，我開始覺得昨晚發生的事是一場夢。距離最後一次見到曉海已過了六年以上，在我對事到如今還放不下的自己感到無奈的時候，病房的門板滑開，昨晚的夢走了進來。我捧著盛粥的碗傻在床上。

「啊，櫂。」

曉海輕輕朝我揮了揮手。她肩上背著大尺寸的包包，還拿著寫有公司名稱的文件袋和便利商店的袋子，用充滿真實感的穩健步伐朝這裡走來。

「抱歉，打擾你吃飯了。」

該抱歉的不是這個吧？我呆愣地仰望她，曉海逕自在病床邊的椅子上坐了下來。

「我本來打算趁早上過來的，但剛剛先到房屋仲介那裡去了一趟。」

她從文件袋裡拿出一張出租房屋的平面圖給我看。

「高圓寺的三房一廳附廚房，在純情商店街附近。怎麼樣？」

「那一帶滿方便的，還不錯吧？」

「太好了，那就決定租這裡囉。」

「是誰要住啊？」

「我呀。」

「咦？」

「還有你。」

曉海理所當然地回答。

「我原本想租兩房一廳的，但我想你需要一個房間好好休息，我也需要一個工作間，所以還是決定租三房一廳了。啊，出院日期確定了再跟我說哦。」

曉海淡淡地說下去，簡直像妻子還是長年交往的戀人一樣。她說的每一個字我都懂，大腦卻無法理解。我發現自己還像個呆子一樣端著粥，總而言之先把碗放回了托盤，然後挺直了背脊面對曉海。

「妳在說什麼啊。」

「抱歉，讓你久等了。」

「不是，妳到底——」

「我要跟你一起生活。」

她柔和卻堅定地如此斷言。

「我已經決定了。」

她為什麼來到這裡？聽誰說的？是什麼意思？北原老師呢？接下來又打算怎麼辦？

曉海笑著，好像這一切都無關緊要，又或者，只有這一件事至關重要一樣。

這是我所知的曉海，在眼前的卻又是我所不認識的曉海，可是我總覺得在哪裡見過此刻的她。平靜、沉穩、明朗，能感受得到深藏在底下的堅強如暗潮湧動，令人難以抗拒地將自身交託出去。

「……是在哪裡看過呢？」

我看向半空，曉海偏了偏頭。

「話好像到這裡了，卻想不起來。」

說「這裡」的時候，我平放手掌，往喉頭比了比。

「也不用勉強自己想起來吧。」

「這樣很不痛快。」

「哪天就會想起來了。」

——哪天，是哪一天？

——到了那天，妳還會在我身邊嗎？

想問的問題像泡沫般浮上水面，但我還是說：

「也是。」

我點點頭，再一次凝視曉海的臉龐。自從我們相遇到現在，把曉海束縛在那座島上的種種，以及曉海在那座島上編織的生命歷程——曉海完整背負著這一切，坐在我面前。既然如此，我只能放棄抵抗了。

無論經過多少波折，我還是非曉海不可，而曉海非我不可。

花費漫長的時間，歷經無數次失敗，獲悉的僅此而已。
這是多麼單純的道理。
單純得近乎愚昧。
「啊，還有，北原老師要我把這個還給你。」
曉海從包包裡取出發縐的茶色信封，我對它有印象。
「這些錢是做什麼用的？」
「禮金。」
「什麼禮金？」
「妳和北原老師結婚的禮金。」
曉海突然嘟了嘟嘴唇，意想不到的表情十分可愛。
「什麼，我都不知道。」
「是男人之間的事。」
曉海蹙起眉頭。
「兩個怪人。」
聽她這麼說，我回嘴：
「你們夫妻才是怪人。」
我們瞪著彼此一會兒，然後表情像跌落熱水的方糖一樣融化，相視而笑。壓縮成硬塊的心就這麼輕而易舉地散開，逐漸溶解。

「大家都是怪人。」

是啊，沒錯。完美體面的人只存在於幻想當中，比起那種不曉得是誰捏造出來的東西，我們只能活出自己的模樣，哪怕時間已經所剩無幾。

曉海把自己的手，覆蓋在我瘦得血管浮凸的手上。

我們微微使力，雙手交握。

「我想起來了。」

「嗯？」

「妳就像那片瀨戶內海一樣。」

「什麼呀。」

背朝著窗外照進來的日光，曉海笑了。

井上曉海　三十二歲　夏

逃離島上之後，我在高圓寺三房一廳的公寓展開新生活。這是櫂剛來到東京時居住的街區，也是我在東京唯一熟悉的區域。

第二次的化療結束，今天我到醫院接櫂出院。不久前櫂似乎還不願意積極治療，但現在他說願意努力看看。

一期四週的療程當中，副作用使得櫂從早到晚嘔吐不止，只能陪在一旁的我連指尖都冷得像冰。這種情況未來還要持續下去，擔憂和不安仍然如影隨形，儘管與平穩無緣，但我無法不愛我們所選擇的生活。

「這房子好讓人懷念啊。」

今天是櫂第一次踏進新居。他把公寓內部看過一圈，愉快地從陽臺望著高圓寺雜亂擁擠的街景。

「我第一次見到的東京風景就是這裡。」

「感覺像回到十幾歲那時候？」

櫂稍微想了想。

「一旦走過，就再也不可能回到同一個地方了。不過，確實像是閒晃到那附近的感覺。」

櫂把手肘擱在欄杆上，釋然地仰望著天空，說：「真傻啊。」我也是同樣的心情。

「啊，對了。」

櫂想起什麼似的說著，把手伸進卡其褲口袋。

「這個給妳。」

他遞來一個小盒子，看起來像戒指盒，但已經十分陳舊了。

「雖然也不是什麼了不起的東西。」

櫂害臊地別開視線。

該不會是……我按捺著加速的心跳打開，裡頭果然是一枚戒指。大顆的綠色寶石，是祖母綠嗎？明明才剛收下，為什麼卻有種懷念的感覺？

「總算是把它交給妳了。」

「這是什麼時候買的？」

「不記得了。」

櫂看著窗外多雲的天空。在我覺得最糟糕透頂的那時候，他的求婚該不會是認真的吧？儘管好奇，但問了也沒有意義。一旦走過，就再也不可能回到同一個地方了——說得沒錯，無論多麼渴望回去，也無法再回頭。

「謝謝你，我會珍惜的。」

聽我這麼說，櫂的手往盒子伸了過來。原以為他要替我戴上戒指，他卻拿走了整個戒指盒，塞進我的裙子口袋。

「怎麼了？」

「都這麼舊了，我很難為情。」

「可是我很高興。」

我們微微低著頭，臉湊著臉笑了開來。一陣涼風吹來，從耳垂底下拂過。上一週蟬還叫得那麼聒譟，東京一轉眼便換了個季節。這陣風並非當時的風，這個季節也不是那一年的季節。所以，我們只能珍惜現在。

這陣風、這個季節，都錯過不再。

午後近傍晚的時間，權吃了三分之一包煮得偏軟的蛋花烏龍麵，和半杯優格。他切除了大部分的胃，因此必須少量多餐地慢慢吃飯，仔細咀嚼。我一天為權準備六餐。

「五點那一餐就吃義大利雜菜湯烏龍麵吧。」

「感覺是義大利人看了會暴怒的菜色。」

為了不足掛齒的小事，我們相視而笑。我們每天在小小的餐廳面對面吃飯，在小小的浴室洗澡，在同一個房間睡覺。沒有任何多餘的事物，所需的一切一應俱全。生活由我的刺繡工作支撐，由於同居的我具有經濟能力，權的生活保護津貼被中止了。真不可思議，我和北原老師還維持著婚姻關係，法律上我的自由受到限制，卻只有收入被要求跨越婚姻的藩籬彼此分配。既然法律也能隨著國家的需要解釋、運用，那麼每個人也自由自在地活著就可以了吧。

自由固然甜美，但維持自由需要力量。為了不給權的身體帶來負擔，我替他烹調食物、整頓環境，化療期間在一旁照顧他。時間不夠用，因此工作期間的專注力自然也提升了。動作加快，同時維持品質，我雖然疲倦想睡，但做得比預期更好。

和公司、刺繡蠟燭兩頭燒，還得照顧母親的那陣子相比，現在的生活反而比較輕鬆。既然如此，當時令我絕望的一切也並沒有白費。雖然都說過去的事無法改變，但這麼看來，未來確實能夠覆寫已成定局的往事。不過，說到最後，鞭策我努力最主要的理由，還是「這裡是我所選擇的歸處」這個單純的事實。

「要是我死了，妳要怎麼辦呀？」

不知第幾次的化療告一段落之後，權這麼問我。每次療程一開始，他便食不下嚥，連喝水都會吐出來，瘦得判若兩人。那張顴骨突出的臉笑著說，我以為這次真的要死掉了。儘管語氣像開玩笑，卻是肺腑之言吧。

「找個地方隨便生活囉。」

我坐在床邊，邊刺繡邊這麼答道。

「沒問題嗎？」

「以我現在的收入，已經衣食無虞了。」

權說了句「這樣啊」，一瞬間把眼神拋向遠方。

「是啊，我都忘記了，妳和以前的曉海已經不一樣了。」

權呼出長長的一口氣，像由衷放下了心中一塊大石。

「我不用替妳操心了，還真輕鬆啊。」

「多謝誇獎。」

我低了低頭這麼說，覺得有趣的權便笑了出來，說：

「這種心情，總覺得就像風箏斷了線一樣。」

我心下一緊。

——請你不要飛遠。

——一直活在我身邊。

我將湧上喉頭的話語全數嚥下。

「你想飛到哪，就飛到哪吧。」

「真的？」

「我會追著你跑，而且也會追上你的。」

權露出柔和的微笑，說，我想睡了，然後像個安心的孩子一樣閉上眼睛。

最近，權的神情不一樣了。剛開始他頻繁地道歉，總說不好意思造成我這麼多負擔。

但到了最近，他開始看著我刺繡，優閒地打起盹來。

看著他坦率地說想睡了、累了，我不禁心想，這種懂得依賴的模樣，或許才是權原本的樣子。和那位以照顧者來說有些問題的母親住在一起、奮力振作的時候，以及被工作上的銷售數字磨耗得身心俱疲的時候完全不一樣，我想一直看著權這麼安詳的樣子。所以，我從不在他面前表露不安。一旦我腳步不穩，權就不會把自己的不適說出口，他就是這樣的男人。我已經決定不要再讓權背負任何負擔了。

老實說，也有辛苦的時候，我畢竟不是拯救世界的超人。但此刻的辛苦是我所選擇的，我自己決定要守護屬於我和櫂的小小世界。決定自己歸屬於何處的自由——即使分隔兩地，北原老師說過的話依然像照亮腳下的燈火，引導我前進。

今天有五件女用襯衫要交貨，我熬了一整晚，一直做到天亮，在兩隻袖子繡上雨點般晶亮的細長珠子。幸好還勉強趕得及。

櫂起床之後，我和他一起吃了早午餐，把碗盤洗好之後又回去工作。櫂坐在餐桌旁，正往筆記本上寫東西。

「你在寫什麼？」

我泡茶的時候順便探頭看了看，他不著痕跡地用手臂擋住了頁面，所以在那之後我便不再多問。是漫畫的原作嗎？細小的字跡寫滿了一整頁。

我在客廳專注地動著鉤針，櫂在廚房振筆疾書。兩個空間就在隔壁，我們能看見彼此，偶爾呼出一口氣、一抬起眼，對方就在那裡。

——啊，這種感覺。

懷念的感受攫住我。高中時，當我不小心在櫂的房間睡著，一醒來總是看見櫂面向著電腦，撰寫漫畫原作。從那之後已經過了幾年？

「怎麼了？」

櫂忽然抬起臉，對上我的視線。

「沒什麼。」

我搖搖頭，我們又專心回到各自的工作。明明已經長大成人，發生了這麼多事，卻覺得我們彷彿在重新描摹青春。

偶爾，權會到站前的咖啡廳跟一個女人見面，是當初我去跟權借錢時，站在權身邊的那個漂亮女生。原來他們的關係還在繼續呀，我直接從咖啡廳前面走過。

「白天跟你見面的那個人是誰呀？」

我問權，他只說是朋友。見我不再多問，權便主動澄清：

「我沒有花心哦？」

「我沒有懷疑你哦。」我回道，動手準備晚餐。他們看起來不像在約會，最重要的是，權看起來聊得很開心，那就好了。權可以按照自己想要的方式生活，見自己想見的人。畢竟，我也按照自己想要的方式活著，像這樣來見了我想見的人。

擁有日常所需便已經知足的生活單純、安穩，但還是讓母親操心了。當我告訴她我從島上離開，和權住在一起的時候，她嘆了一口氣。

「不過，這終歸是妳的人生，妳決定了就好。」

最後她這麼對我說。我想她肯定有許多意見和擔憂，但與先前不同的是，這一次她把那些都留在心裡。我想，親子之間果然還是需要一點距離、不，或許正因為是親子，才特別需要保有彼此的空間吧。我和母親只是兩輛軌道相鄰的列車，各自駛向自己的目的地。

我也跟瞳子小姐和父親說了。我還有工作事項要向瞳子小姐報告，於是順便把我從島上搬出來的事也告訴了她。「那還真不得了。」她笑著說，我也開玩笑說，「很不得了吧。」能以不沉重也不誇大的方式告訴她，我為自己感到自豪。當我仍是個十七歲少女的時候，曾經對瞳子小姐滿懷憧憬，覺得自己絕對無法成為那樣的人；如今，我似乎稍微接近她一點了。

但我沒有料到父親聽了會生氣。他不顧自己以前的所作所為，對我說教了一番。我靜靜聽完之後，說，我還要跟瞳子小姐說些工作上的事，能把電話轉給她嗎？父親聽了沉默，接著放棄似的把話筒交給了瞳子小姐。從被雙親百般折騰的高中時代到現在，我面對父親第一次感受到得償所願的痛快，但同時發現自己沒有幼稚到回他一句「你活該」，也讓我鬆了一口氣。

新年連假期間，我們兩個人一起優閒度過，但也發生了一點意外插曲。北原老師寄了島上的魚過來，因此我做了久違的生魚片和火鍋，櫂看了很開心，吃得比平時還多。到這裡為止還好，但他吃得太多，把身體弄壞了。

「貪吃鬼。」

我在醫院候診室受不了地說。

「我太懷念了嘛。」

櫂垂頭喪氣地這麼說，語氣卻含著笑意。

我和北原老師沒有離婚，也依然保持聯絡。

新婚不到兩年便離家出走的我，在島上成了名聲傳遍全島的負心惡女，島民們對於和這種女人結了婚的北原老師相當同情。「拜此所賜，我們收到了很多蔬菜和魚。」北原老師苦笑道，小結在他身後說：「收到太多了也不知道怎麼處理，多的都寄過去給你們哦——」從此以後，我們家再也不愁沒有魚和蔬菜可吃。

這一週寄來的老師宅急便除了魚以外，還有白花椰菜、孢子甘藍、芝麻葉，看起來似乎和島上那些質樸健壯的蔬果不太一樣，裡面還附上了一張便條。

「這是岳母在『向陽之家』種的蔬菜，她說希望明年能種得更漂亮。她一切都好。」

我一株一株細心清洗著那些看得出是業餘栽種的迷你蔬菜，不知為何熱淚盈眶，母親愉快地享受生活讓我好高興。我打了電話，向北原老師道謝。

——那太好了。

老師還是一如往常，淡淡地這麼回答。

快到春天的時候，櫂的母親終於來探望他了。她表現得十分開朗，就像今治那場鬧劇不曾發生一樣，還送了我們一大堆蜜柑當作伴手禮。

「櫂和曉海果然是命中注定要走在一起呢。」

各種意義上來說，她真是很不得了的人，我暗自佩服地這麼想。

「但是把曉海搶走了，總覺得這樣北原老師很可憐。」

唯有聽見她這麼說的時候，我很想回嘴。我沒有被任何人搶走，北原老師也不是可憐人。但最後還是算了，坐在我身旁的櫂一直很尷尬的樣子。

晚餐後，櫂發了低燒，因此由我送他的母親到車站。

「這樣我再也沒什麼後顧之憂，總算可以讓小孩子獨立啦。」

她一路上反覆這麼說，我隨便點頭應著。經過銀行的時候，權的母親忽然停下腳步。

「那個呀，曉海。」聽這個開頭，我便察覺了她想說什麼。

「最近手頭有點緊，妳能不能幫個忙呀？一點點就好。拜託。」

她雙手合十這麼說。我請她稍等一下，到銀行領了錢交給她。「謝謝妳。」看見她露出純真的笑容，我頓時不曉得該如何計較了。

——幸好我有工作。

送走權的母親之後，回家路上我不知第幾次深深感到安心。我並不想賺得特別多，只要能支撐我和權的小日子便已足夠。我想守護自己和重要的人，權的母親對我個人而言雖然不算在其中，但她是權重要的親人，所以我也想好好對待她。當這件事超出我能力範圍的時候，將會是問題所在。

——到了那個時候，我會怎麼做？

為了支撐一切而更加努力？還是不勉強自己，果斷地拋下她不顧？人生像跑障礙賽，過了一關立刻又出現下一道阻礙，可能到死都無法完成所有關卡吧。我仰望天空，在太陽已經落下的西方，有一顆星獨自懸在那裡。

——啊，是晚星。

看見一顆在晝夜交界中閃爍的星辰，該思及一天的結束而感到惋惜，還是為即將來臨的夜晚感到期待？即便只是一顆星星，從不同角度也有不同的看法。未來，我還會作出什麼樣的選擇？我向星星祈禱，希望我能好好完成所有決定。

回到公寓，櫂睡得很熟。我走到廚房，輕手輕腳地把剛才收到的蜜柑一一剝皮，小心不吵醒他。我想把它們加熱，做成低糖的果醬。柑橘類直接食用的話太過刺激，櫂的腸胃受不了。當我顧著咕嘟咕嘟熬煮的鍋子時，櫂醒來了。

「是我媽送的蜜柑？」

他從後面把下巴擱在我肩上，朝鍋子裡看。

「嗯，雖然有點糟蹋，我還是把它做成果醬哦。」

「抱歉，我真不知道該從哪裡開始道歉才好了。」

櫂並不遲鈍，許多事他一定都有所察覺了。我想為他說點什麼，卻一句話也說不出來，於是轉而拈起明亮的橙色蜜柑皮，湊近他的鼻尖。

「是島上的香味。」

「妳想回去嗎？」

櫂偶爾會問些蠢問題。

「我不回去。」

我毫不遲疑地回答。我才剛抵達我尋尋覓覓的棲身之處。

當我說櫻花很不解風情，大部分的人都覺得莫名其妙。因為櫻花一旦凋謝，便立刻萌發出綠葉，覆蓋了整棵樹，給人一種「好啦結束了，下一位」的感覺。櫂說他可以理解，那是我們搭著電車，到千鳥淵賞花時的對話。

「總是希望它謝得慢一點，對吧。」權說。

「嗯，是呀。」

「不過要是拖拖拉拉的，它就不會開得這麼漂亮了吧。」

「嗯，這也沒錯。」

那之後幾天颳起強風，淡粉色的花瓣全部凋落一地。那段期間，權幾乎食不下嚥，連聞到優格的氣味都反胃，所以我把蜜柑果醬拌在溫水裡，讓他一點一點喝下。即使只攝取這麼一點東西，他也腹脹得難受。

到醫院檢查過後，我們兩人被叫到診間，醫生說癌症轉移了，癌細胞遍布了整片腹膜。由於年紀輕，病情將惡化得很快，最多再撐幾個月。聽見這番話，溫度像退潮般從我的身體裡散逸，連交疊的指尖都冷得像冰。

我們離開診間，在大廳等候批價。

「抱歉。」

在批價叫號的廣播聲中，權喃喃說。

「為什麼要道歉？」

「我以為還能跟妳在一起久一點。」

我該怎麼回答才好？我拚命尋找著言辭，但現在我心中空無一物，找到最後，只說出了原本就存在的唯一一個願望。

「繼續跟我在一起吧。」

直到不得不分開的那一刻，請讓我們一起生活，請讓我待在你身邊。

從梅雨季大約過了一半的時候，櫂開始肉眼可見地變瘦。

無論再怎麼用藥物延緩病情，年輕的身體仍然趕過治療的速度。

到了七月，我們決定暫停療程，改採安寧醫療，櫂的體力已經無法負荷更密集的治療了。雖說是暫停，但我們都明白一旦停止治療，病情將會迅速惡化。我們也討論過是否要轉院到安寧療養中心，但櫂說他想回家，而我也贊成。我想跟他兩個人一起度過平穩的生活，現在只剩下這一個觸手可及的願望。

徵求房東同意在宅療養，把照護用病床搬進屋內，辦理居家照護等等手續——替我們處理這些的是植木先生。我跟櫂還在交往的時候，櫂曾經介紹我們認識，那次之後不曉得幾年沒見了。聽說在櫂和尚人不畫漫畫之後，植木先生還是一直很照顧他們。我只聽櫂說尚人已經過世了，所以從植木先生口中聽說詳細的來龍去脈時非常難受。一想到分開的期間櫂所受過的傷，我便覺得胸口擰絞般地痛。

「這裡跟櫂以前住的房子好像哦。」植木先生懷念地環顧屋內這麼說著，把瘦成皮包骨的櫂抱了起來，放上安置在明亮窗邊的病床。

「對了，二階堂小姐拿給我看囉。」

植木先生坐在床邊，對櫂這麼說。

「真的假的，那個人也不先問我一聲。」

「非常好看。」

「別說了，有夠丟臉。」

「下次跟我合作吧，我這裡有個圖畫得很好的新人。」

櫂接過植木先生拿來的平板，一臉認真地盯著螢幕瞧了一會兒，喃喃說「真不錯」。

看見櫂顧著聊我聽不懂的漫畫話題，以前我還會鬧彆扭，現在不會了——我原本是這麼想的，但他實在聊得太開心，我還是鬧了點脾氣。

「妳心情好像很好哦。」

植木先生回去之後，櫂這麼說。

「相反，一點都不好。」

原以為自己已經長大，但孩提時代愚蠢又不講道理的小孩仍然存在我心中。這讓我有點難為情，又覺得有點有趣，難以形容的感覺。

「妳好可愛。」

「男人口中的『可愛』是『妳好笨』的意思，我不愛聽。」

「我不是那個意思啦。」

曉海——他開玩笑似的朝我伸出手。那隻手臂實在太過瘦削，我笑著說「你幹嘛啦」，故意被他抓住。多希望可以一直當一對隨處可見的笨蛋情侶。

「好想看煙火。」

八月的一個下午，櫂喝完午餐的碎蔬菜湯後這麼說。

「不錯呀，我們找個地方一起去看吧。」

我拿起手機搜尋附近的煙火大會。

「我想看今治的煙火。」

咦，我從螢幕上抬起臉。

「我們沒有好好看過吧？」

念高中時、出社會後，都因為各自的原因沒有看成。

「現在說這個是不是太遲了？」

我搖搖頭。

「我也想看。我去找老師商量一下。」

雖然這麼說，但準備是個大工程。

我們徵詢了主治醫師、負責護理師、個案管理師、營養師、社工的意見，為了防範緊急情況也聯繫今治的醫院共同合作，花了不少時間。不僅如此，住宿問題也讓我們傷透腦筋，由於擔憂緊急狀況發生時無法負擔責任，飯店那邊拒絕讓我們入住。當我找北原老師商量時，他說，來住我們家不就好了？

「讓離家出走的老婆和外遇對象進家門，老師不是認真的吧？」

在我講電話的時候，櫂在我後面慌了手腳。

「櫂說他不好意思。」
『先不說這個了，如果有什麼東西需要事先準備再告訴我。』
北原老師乾脆地裝作沒聽見，把該決定的事項一件件定下。我也聯絡了櫂的母親，但她只是抽抽搭搭地哭個不停，實在說不上話。

久違地回到愛媛，北原老師開車到松山機場迎接我們。看到櫂瘦得只剩皮包骨，小結頓時神情一僵，不過立刻開了個玩笑掩飾過去：
「櫂，你變成大叔了耶。」
「是小結啊，我剛才還納悶這是誰呢。妳長大了。」
「我已經是大學生啦。」
「那也難怪我會被叫作大叔了。」
櫂呼出一口氣，對北原老師低頭致意。
「老師，真的很對不起。」
聽見櫂如坐針氈地打了招呼，北原老師只說：
「看你的氣色比想像中好，我就放心了。」
上車吧，老師說著，打開後座車門。
由於舟車勞頓，晚餐櫂只喝了一點湯，便斜靠在躺椅上，看我們圍在餐桌邊吃飯。
「預報說週末會放晴哦，櫂，能看到很漂亮的煙火。」

小結看著電視上的天氣預報，向權搭話。

「你想穿浴衣嗎？如果不介意的話，我爸的浴衣可以借你哦。」

明明還聊著這種話題，但從隔天開始，權的身體狀況卻開始迅速惡化。他的腹腔裡積了水，就連坐起身都感到痛苦。還是帶他到今治的醫院做診療比較好，但要是在這個狀態帶他去就醫，煙火說不定就看不成了。不僅如此，就連能不能回到東京也——

「留在我們家就好，我們請醫生過來。」

「不能這樣麻煩老師，要做到這個地步的話，我寧可去今治的醫院。」

「做自己想做的事，是我們家的方針。」

北原老師像平常一樣淡淡地說：

「我們家每一個人都是這樣，我、結、曉海都是。你也很清楚吧？」

確實如此，櫂皺起臉來。

「那麼，我再問一次。你想怎麼做？」

櫂靜靜閉上眼睛。

「我，想和曉海，一起，看煙火。」

「那就這麼辦吧。」

櫂決定留在這裡，我們從今治的醫院請了醫師和護理師過來進行處置。止痛藥非常有效，櫂安穩地睡去，我伸出手，輕輕觸碰他的臉頰。從東京出發之前，醫生交代過我作好發生萬一的心理準備。

煙火大會辦在週末的星期日，我面對著時間祈禱。

週日傍晚，我們開車載著無法步行的櫂來到會場附近，由北原老師背著他，走到對岸看得見煙火的沙灘。櫂笑著說「我這樣好丟臉」，嗓音細如蚊蚋。北原老師、我、小結、小結的男友，在我們後方不遠處，還有個陌生的女人跟著走來。

「這是我之前那所高中的學生。」

抵達沙灘之後，老師這麼介紹道。學生，該不會是……我看向北原老師，他微微點頭回應。這是怎麼回事？

「幸會，我是明日見菜菜。」

她向我點頭打了招呼之後，走近坐在沙灘上的櫂，先蹲下身與他視線齊平，才低頭說「幸會」，態度十分自然。她和小結似乎已經打過照面，兩人只交換了一個眼神。

「妳記得我之前說過，好像在今治的超市見過她嗎？」

看來那次不是幻覺，今年北原老師在今治的同一間超市又見到了她，這一次兩人順利重逢。

「你打算跟她復合嗎？」

「也不是。」北原老師說著，把視線投向即將入夜的海。他似乎不打算多談，我也沒再多問。他們兩人的故事旁人無從得知，只屬於他們兩人。大家各自隨意坐下，我也在櫂身旁坐了下來。

「這陣容真是亂七八糟啊。」

「是呀。」我輕笑。人影散落在黃昏的沙灘上，北原老師和菜菜、小結和小結的男友、我和櫂。夫妻、父女、養母女、從前的戀人、現在的戀人，儘管只有六個人，標示關係的箭頭卻錯綜複雜。

我們的關係各自零散，我們因此擁有彼此連結的自由，以及脫離了這樣的關係就無法連結的不自由，像緩衝氣囊一樣，活在兩者之間的夾縫。

我們各自保留了一點距離，因此只能微微聽到其他人的說話聲，不過大家都能感受到彼此的存在。這是一旦發生什麼事，立刻能向彼此伸出援手的距離。

「啊，是金星。」

傳來小結的聲音。在西方偏低的天空，有顆微微發亮的星星。

「高中的時候，我們也在海灘上一起看過金星呢。」我說。

「我在東京也見過，雖然看不見的時候更多。」

「我也是。」

在我們有一搭沒一搭地聊著的期間，天空中清澄的藍也逐漸拓展，把太陽的朱色推向一旁。描摹出海平面的幾座島影，也和天空與海洋一起，逐漸沉入深沉的群青之中。

「變冷了。」

櫂這麼說，我從背包拿出厚毛毯，把我們裹在一起。八月的夜晚暑氣蒸騰，汗水從我的額角滑落，然而櫂牽著我的手卻一點一點失去溫度。

慢點，我在心中呢喃。

慢點、慢點，煙火還沒升空。

已經聽不見任何說話聲，所有人都沉默下來。左側權的呼吸聲逐漸微弱，彷彿要被海潮聲捲走，我急得想大喊。

快點、快點，快點升空。

慢點、慢點，還不要走。

當我祈禱得太過強烈，眼窩深處開始發疼的時候，遠處傳來細小的爆裂聲。

我反射性地抬頭仰望，火光在對岸的夜空中閃耀。

我不禁用力握住權的手。

回應似的，權也輕輕回握。

煙火搖搖晃晃地從地面升空，忽然消失不見，緊接著在遙遠的上空如花綻放。一發接著一發升空，光與光毫不間斷地彼此交疊，在一眨眼那麼短暫的時間，它們以驚人的光熱驅走黑暗，最後用盡了全力，拖曳著尾光墜落海面，化為數以千計的碎星。

多美。

我緊緊握住權的手。

權已經不再回握。

他一定就在那些，散發著耀眼光芒消散的星星當中。

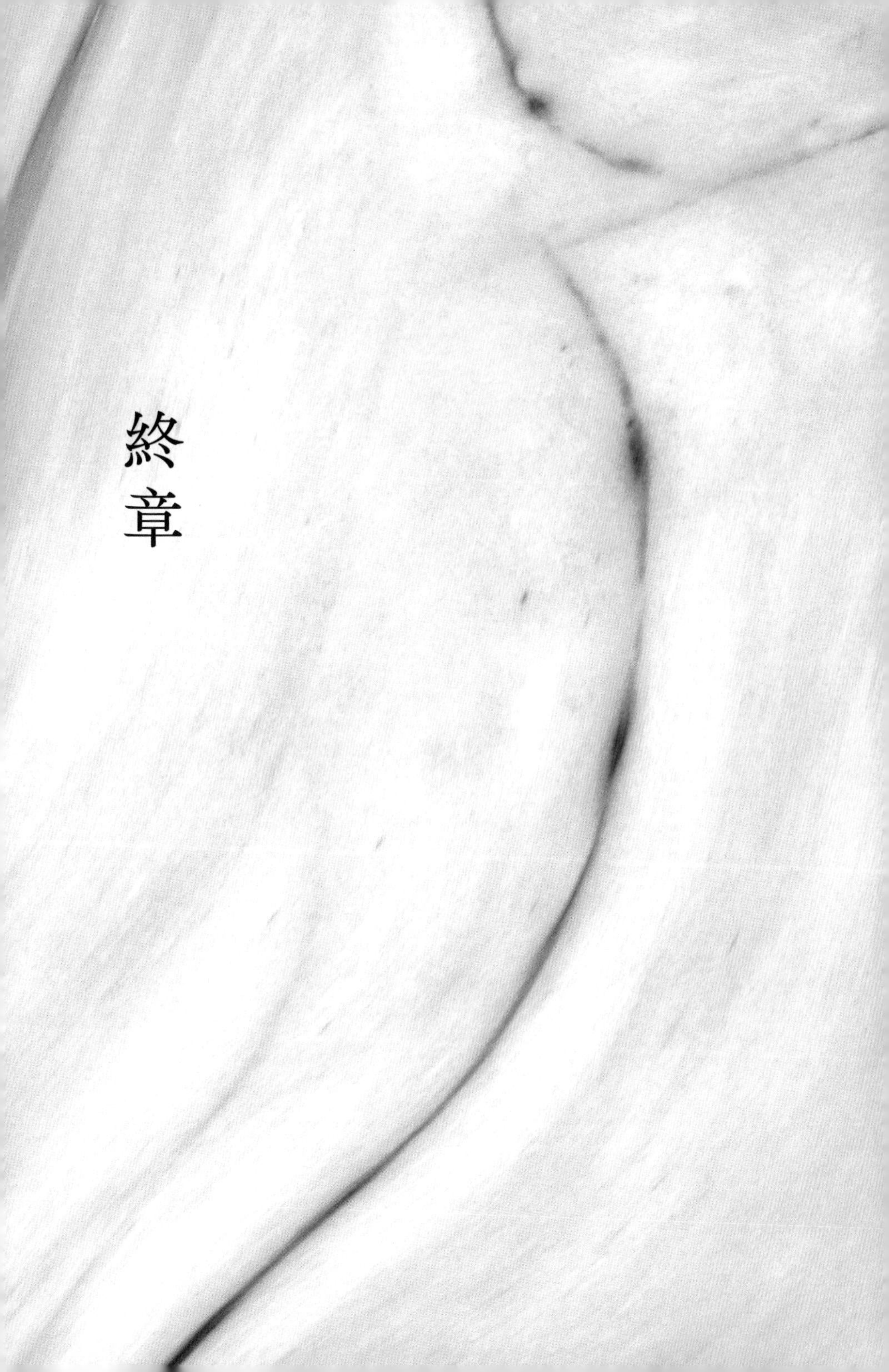

終章

每個月有一天，北原老師會去跟菜菜見面。

他在上車前看了看信箱說「有信哦」，把郵件交給了我。

夏季的夕暮時分，我暫且停下澆花的手接過那疊郵件，混在帳單、ＤＭ廣告之中，有個書籍尺寸的厚實信封，從東京寄來的。寄件人是個陌生的名字。

「需要買什麼東西回來嗎？」

我稍微想了想，搖搖頭說，不用。

北原老師點點頭，說他明天回來，然後上了車。

和他說了聲「路上小心」，我繼續澆花，手指按住水管前端，把水揑成一片水膜，花灑前幾天壞掉了。對了，應該請他買回來才對——我把手伸進口袋，思考要不要打電話，很快又打消了念頭。

——在明天之前，那個人不是我丈夫。

我不清楚北原老師和菜菜的關係如何。不過我已經跟北原老師說好，我隨時都可以離婚，也決定無論北原老師給出什麼樣的答案，我都會欣然接受——就像北原老師接納了我，從背後推了我一把一樣。

我調整水管的角度，朝著上方噴灑水膜。看著它在悶熱的橙色空氣中灑落一整片閃閃發亮的水珠，我等待著不久後即將升上西方天空的金星。

——是晚星。

我閉上眼睛，傾聽仍殘留在鼓膜的那個聲音。

我身處目送權離開之後的第一個夏季。

我搬離了我們兩人一起生活的東京公寓，像以前一樣，和北原老師、小結三個人一起分擔家事，各做各的工作，在島上過著平穩寧靜的日子。

澆完花，距離晚餐還有一段時間，於是我繼續回去工作，在窗邊的椅子上坐下，我拿起放在繡架上的鉤針。在深藍色透明的烏干紗上，刺上耀眼的珠子，描摹出夜空中綻放的煙火，淡水真珠、金屬珠子、粉色珠子、施華洛世奇水晶、黑鑽石。明年我預計舉辦首次個展，這件是個展的主要作品，題名為「Homme fatal」——

年輕時和權一起到舊書店買的巴黎服飾品牌作品集，就放在工作室的書架上。那時我還年輕、還什麼也搆不著，當時嚮往的美麗世界，如今三十四歲的我已經握在手中。一路上持續追求的事物當中，我取得了一些，也永遠失去了一些。我不後悔，途中繞過的所有遠路都有其必要。

仔細、迅速而精確地操作著鉤針的過程中，自我的存在逐漸淡薄，彷彿和一點一滴出現的美麗圖紋融為一體，一回神幾個小時就過去了。但今天卻怎麼也無法專注，於是我拿起放在桌上的郵件，走出房間。

小結正在準備晚飯，她的聲音從廚房傳來。

「因為今天我爸不在。對啊，去今治那個人那邊。」

『妳們家真的很不得了耶，正妻公認的外遇也太不正常了。』

她好像把智慧型手機開著擴音，也聽得見小結朋友的聲音。

「我倒是很習慣了。」

『這就是最不正常的點啊。』

「所謂不正常，是用什麼標準判斷的呀？」

聽到小結輕快的笑聲，我也跟著笑了出來，穿上涼鞋走出家門。

夏季的黃昏時分，天色遲遲不暗，我聽著震動空氣的蟬聲前行。不遠處有間小雜貨店，太太們坐在供人休息用的長椅上聊天。經過那裡的時候，我們彼此只點了點頭，像不同生態的魚一樣擦肩而過。

——沒想到北原老師居然也搞外遇。

——畢竟之前曉海也很誇張。

——那時候還真虧北原老師有辦法原諒她。

——他一定無法原諒，所以才在外面找了女人。

流言在島上傳得甚囂塵上。在這座娛樂稀少的小島，我們家的內情就是島民共同的、現在進行式的「即時娛樂」。年輕時我對此難以忍受，現在已經能事不關己地置若罔聞，這些流言再也無法撼動我。

我和櫂的故事，只要我和櫂自己知道就好——啊，不對，北原老師知道，小結也知道，我重視的人們都知道。除此之外，我別無所求。視野遠方，能看見銀色的海映照著夕照。

走在海岸邊時，對向有輛雙載的腳踏車騎了過來，我看見我和櫂高中母校的制服。髮絲在風中翻飛，笑聲被海風吹散，兩人從我身邊通過。這座島上的每個角落，都有當年我和櫂的影子。

我走下沙灘，靠在護岸磚上，重新打量那個信封。

上頭印刷著東京一家出版社的名字。翻到背面一看，手寫字跡標示著寄件人姓名。二階堂繪理，是陌生的名字。我拆開封口，從裡面取出一本書。那是一本小說。

最初躍入眼簾的，是與眼前景色十分相似的裝幀。迫近的深青色，與黃昏時分的薔薇色在天空與海洋中雜揉，兩種色彩的交界處，有一顆發出微光的星。

《宛如星辰的你　青埜 櫂》

白色鏤空的書名與作者名。

僅僅九個字，攫走了我所有的呼吸。

從沒有地名的世界盡頭，洶湧的巨浪翻騰而來，一聲不響地吞沒我，捲走我，將我沖到這片海洋遙遠彼端的小島。那裡有我深愛的人影，我伸出手，浪潮卻在指尖觸及之前退卻，再一次將我帶回這一側。

睜開眼，我坐在熟悉的沙灘上。
淚水濡溼臉頰，像一場無聲的雨。
沒什麼好悲傷的。
現在我知道，只要我想，隨時隨地，我都能步履輕盈地去到那一側，所以不必著急。
我們置身於屹立不搖的浩瀚法則之中，與各自懷念的人影交換確切無疑的約定。
染著群青與薔薇色的天空中，不知不覺間浮現了一顆閃爍的星。
同樣的星辰也在我的手中。
把書放在曲起的膝蓋上，我緩緩翻開扉頁。

國家圖書館出版品預行編目資料

宛如星辰的你／凪良汐 著；簡捷 譯. -- 初版. --
臺北市：皇冠, 2023. 12
384面；21×14.8公分. --(皇冠叢書；第5127種)(大賞；154)
譯自：汝、星のごとく

ISBN 978-957-33-4089-8 (平裝)

861.57 112018586

皇冠叢書第5127種
大賞｜154

宛如星辰的你

汝、星のごとく

作　　者—凪良汐
譯　　者—簡　捷
發 行 人—平　雲
出版發行—皇冠文化出版有限公司
臺北市敦化北路120巷50號
電話◎02-27168888
郵撥帳號◎15261516號
皇冠出版社(香港)有限公司
香港銅鑼灣道180號百樂商業中心
19字樓1903室
電話◎2529-1778　傳真◎2527-0904
總 編 輯—許婷婷
責任編輯—蔡承歡
內頁設計—李偉涵
行銷企劃—蕭采芹
日文版封面設計—鈴木久美
著作完成日期—2022年
初版一刷日期—2023年12月
初版三刷日期—2024年1月
法律顧問—王惠光律師
有著作權・翻印必究
如有破損或裝訂錯誤，請寄回本社更換
讀者服務傳真專線◎02-27150507
電腦編號◎506154
ISBN◎978-957-33-4089-8
Printed in Taiwan
本書定價◎新臺幣450元/港幣150元